GEORGE SAND

Sie sind ja eine Fee, Madame!

Märchen aus Schloß Nohant
Mit Zeichnungen von George Sand
Herausgegeben von Hans T. Siepe

EUGEN DIEDERICHS VERLAG

Aus dem Französischen übertragen von
Angela von Hagen
(Schloß Pictordu, Was die Blumen sprechen, Die rote Streitaxt, Der Hund *und* Die Göttliche Blume) und
Hans T. Siepe
(Die Königin Quax, Die Titanenorgel, Die Staubfee)

CIP-Kurztitelaufnahme der Deutschen Bibliothek
SAND, GEORGE
Sie sind ja eine Fee, Madame!:
Märchen aus Schloß Nohant / George Sand.
Mit Zeichn. von George Sand.
Hrsg. von Hans T. Siepe.
(Aus d. Franz. übertr. von Angela von Hagen u. Hans T. Siepe.)
1. Aufl. – Köln: Diederichs, 1985
ISBN 3-424-00864-8
NE: Hagen, Angela von (Übers.)

Erste Auflage

Umschlaggestaltung: Tilman Michalski
Satz: Lichtsatz Fanslau, Düsseldorf
Druck und Bindung: May & Co., Darmstadt
ISBN 3-424-00864-8

INHALT

VORWORT

»Wer hätte es im Erzählen mit meiner Großmutter aufnehmen können? ... Es waren Geschichten, die Abend für Abend erzählt wurden, wenn ich mich in ihrem Zimmer hingelegt hatte und darauf wie auf eine Belohnung wartete. Ich durfte auf den Boden klopfen, der über dem Salon lag, wo sie mit meinen Eltern oder mit Freunden zusammen war. Sie kam dann schnell nach oben und setzte sich neben die große Schlafcouch, auf der ich lag. Dann folgte eine jener phantastischen Erzählungen über Feen oder andere Geister.«

Die Großmutter, von der hier die Rede ist, war George Sand, die mit der Familie ihres Sohnes Maurice auf Schloß Nohant lebte. Das Mädchen, dem sie ihre Geschichten erzählte und das sich später so erinnerte, war ihr Enkelkind Aurore. Auch Gabrielle, die 1868 geborene und um zwei Jahre jüngere Schwester, hörte oft den Erzählungen der Großmutter zu, die eigens für die beiden Enkeltöchter erdacht waren.

Zu jener Zeit war George Sand eine siebzigjährige alte Dame. Nach wie vor unermüdlich in ihrem Schaffen schrieb sie zwischen 1872 und ihrem Todesjahr 1876 noch sechs Romane, einen autobiographischen Bericht und jene dreizehn Märchen und phantastischen Erzählungen, die zunächst den Kindern vorgetragen, dann einzeln in Zeitschriften publiziert und schließlich gesammelt in zwei Büchern veröffentlicht wurden: die Geschichten einer Großmutter, *Contes d'une Grand-mère,* von 1873 und 1876.

Es war dies nicht das erste Mal, daß George Sand für Kinder erzählte: 1837 hatte sie für ihre Tochter Solange die (unveröffentlichte) Erzählung vom Schneekönig verfaßt *(Le Roi des Neiges),* und zwischen 1850 und 1860 waren weitere drei Erzählungen gefolgt *(L'Histoire du véritable Gribouille, La Fée qui court, La Coupe).*

Märchen, insbesondere Feenmärchen, waren als literarische Gattung zu dieser Zeit nicht mehr modern; schon die Leser der ersten Jahrhunderthälfte liebten vielmehr die phantastischen Erzählungen als neue Gattung. So folgen George Sands Märchen und Erzählungen auf den ersten Blick anderen Tendenzen: einer für Kinder und Jugendliche bestimmten Literatur, wie sie vor allem der Verleger Hetzel seit den vierziger Jahren forderte und förderte. Musset, Nodier, Dumas und auch George Sand haben neben vielen anderen für seinen Verlag geschrieben, der auf ein neues Publikum ausgerichtet war. Und Hetzel selbst läßt in seiner Einleitung zu den *Nouvelles et seules véritables Aventures de Tom Pouce* (1844) das neue Programm von einer Großmutter verkünden:

»Es ist auch heute noch eine wichtige Frage, ob es früher einmal Feen, Zauberer und Geister gegeben hat. Dabei scheint es fast sicher zu sein, daß es sie nicht gab und daß all die schönen Dinge, von denen man euch erzählt hat, erfunden worden sind, um Kinder wie euch zu amüsieren. Was aber leider ohne Zweifel feststeht, ist: daß es heute keine Feen mehr gibt. Auch ist die Feenmode ein wenig veraltet. Doch statt dieser netten Geschichten, die man euch so gut erzählt hat, gibt es heute für euch fast nur noch grobschlächtige Geschichten, die zudem schlecht erzählt werden und euch gewaltig langweilen.

Ich, die ich fast so alt und vergangen bin wie die Feen, liebe aber diese Feen und ihre wundervollen Geschichten. Ich finde sie hervorragend geeignet für kleine Kinder wie euch und auch leichter verständlich und nützlicher zu hören (...) als all jene gefährlichen Wahrheiten, die man vor euch so ausstreut. Ihr seid noch so jung, daß ich nicht zu euch sprechen will wie zu Erwachsenen. Euch zu unterhalten ist vielmehr meine Aufgabe, und dabei wird eure Phantasie geschult zum Besten eurer Herzen. Es wird immer noch früh genug Zeit sein, sich an euren Verstand zu richten, wenn ihr einmal älter sein werdet.«

Hier und zugleich auch in Hetzels späterem Programm

der sechziger Jahre (als er Jules Verne verlegte und überhaupt das Wissen der Zeit fortschrittsgläubig zu vermitteln suchte) haben die späten Texte von George Sand ihren dichterischen und historischen Ort: Wo es noch Feen in den Erzählungen gibt, und *zugleich* die Naturwissenschaften zu finden sind. So erscheinen die traditionellen Feenmärchen der Vergangenheit (Perrault, Madame d'Aulnoy, Madame de Beaumont, *Le Cabinet des Fées*) von Grund auf verwandelt, denn die Fee heißt hier Natur, ist Ausdruck für ein wunderbares Walten der Naturkräfte, ist kein Helfer oder Gegner des Menschen.
Die Stimme der Frau, die hier erzählt, klingt nicht vereinzelt. Sie gehört zum Chor all der Mütter und Großmütter, die im 19. Jahrhundert aus dem Ungenügen an der zeitgenössischen Kinderliteratur heraus eigene Geschichten für ihre Kinder und Enkelkinder erfunden haben.
Eine solche Großmutter ist auch die wohl bis heute bekannteste französische Kinderbuchautorin des 19. Jahrhunderts, die Comtesse de Ségur. Erst in recht hohem Alter entdeckte sie ihr Schreibtalent mit Geschichten, die sie für ihre Enkeltochter verfaßte. *Geschichten für meine Enkeltöchter* lautete so auch der ursprüngliche Titel ihres ersten Buches, das dann 1856 als *Nouveaux Contes de Fées* mit großem Erfolg erschienen war. Ihm folgten noch viele andere, die sich mit dem Heranwachsen der Enkeltöchter auch an ältere Kinder und Jugendliche richteten.
George Sand hat sicherlich dieses erste Werk der Comtesse de Ségur gekannt und auch deren Erfolg miterlebt. Aber sie hat ganz anders erzählt, und ihre Stimme ist auch eine besondere: nämlich die einer der engagiertesten Frauen der Zeit, bekannt oder befreundet oder verbunden mit vielen literarischen und künstlerischen Größen des 19. Jahrhunderts; die Stimme einer Schriftstellerin, die ihre Stoffe kunstvoll gestaltete und sich mit den *Erzählungen einer Großmutter* letztlich auch an Leser richtete, die keineswegs mehr Kinder waren. Und dies ist ein Grund dafür, daß in Frankreich die bislang noch nicht ins Deutsche

übersetzten *Contes d'une Grand-mère* immer wieder aufgelegt wurden.

Die Auswahl von sieben der insgesamt dreizehn Erzählungen folgt dem Text der jüngsten kritischen Ausgabe von Philippe Berthier (*Contes d'une Grand-mère*, 2 vol. Meylan: Les Editions de l'Aurore 1982/83) und ordnet die Texte in einer chronologischen Reihenfolge. Sie umfaßt dabei den Gesamtzeitraum, in dem George Sand für ihre Enkeltöchter erzählte (1872–1875), stellt verschiedene Erzählformen vor und ist (wie jede Auswahl) letztlich auch subjektiv. In den Übersetzungen wurde nur gelegentlich geringfügig gekürzt.

Jack Zipes hat bei der Konzeption dieses Buches Pate gestanden; meine Frau und Freunde haben mich bei der Durchführung unterstützt. Ihnen allen gilt mein Dank.

Hans T. Siepe

DIE KÖNIGIN QUAX

Für Fräulein Aurore Sand.

Da Du jetzt lesen kannst, mein Liebes,
schreibe ich Dir die Geschichten auf,
die ich Dir erzählt habe: um Dich
ein klein wenig zu belehren und um Dich
vor allem zu erfreuen. So lernst Du Wörter
und Dinge, die für Dich neu sind.
Ich habe mich entschlossen, eine dieser
Geschichten zu veröffentlichen,
damit auch andere Kinder davon profitieren
können; ihre Eltern werden mir dankbar sein.

Deine Großmutter

In einem großen, alten Schloß in der Normandie oder in der Picardie (ich erinnere mich nicht mehr so genau) lebte einmal eine alte Dame. Sie besaß viele Ländereien und war sehr gut und verständig trotz ihres hohen Alters. Rund um das Schloß verliefen breite Wassergräben voller Schilf, Seerosen, Zypergras und tausend anderer wunderschöner wildwachsender Pflanzen. Und es lebten dort eine Menge Frösche, von denen einige so alt und so dick waren, daß man sich über ihren schönen Wuchs und ihre kräftige Stimme wunderte. Die Schloßherrin, Madame Yolande, war an ihr Lärmen so gewöhnt, daß sie deswegen nicht weniger gut schlief, und niemand in ihrer Umgebung fühlte sich dadurch belästigt.

Es kam aber eines Tages eine große Trockenheit. Das Wasser versiegte in den Gräben, das Schilfrohr und die anderen Pflanzen verdorrten. Viele Frösche, Salamander, Wassereidechsen und andere kleine Tiere, die in den Gräsern lebten, starben. Der Schlamm war daher wie vergiftet, verbreitete einen widerlichen Sumpfgeruch und brachte das Fieber ins Schloß und in die Umgebung. Dieses Fieber war so bösartig, daß mehrere Menschen daran starben; und Madame Yolande sowie fast alle, die mit ihr zusammen dort lebten, wurden krank.

Madame Yolandes Kinder hatten sich in anderen Gegenden niedergelassen, und nur eine ihrer Enkelinnen war bei ihr geblieben. Sie hieß Marguerite. Sie war ein Mädchen von fünfzehn Jahren, sehr besonnen, sehr beherzt und sehr freundlich; man mochte sie gerne, obgleich sie ganz und gar nicht hübsch war. Sie war klein, recht beweglich und anmutig. Aber die Nase war zu kurz, die Augen zu rund, der Mund zu groß. Madame Yolande, die zu ihrer Zeit sehr schön gewesen war, sagte manchmal: »Welch eine Schande, daß ein so liebenswertes und intelligentes Mädchen ein Gesicht hat wie ein kleiner Frosch!«

Mochte diese Ähnlichkeit der Grund dafür sein, daß Marguerite die Frösche liebte und voller Mitleid zusah, wie sie in den ausgetrockneten Gräben vor Hunger und Durst umkamen? Trotz ihres Mitleids mit den armen Tieren hatte sie eines Tages eine Idee: wenn die Gräben völlig ausgetrocknet und zu Gärten kultiviert wären, dann könnten dort schöne Früchte wachsen, geschützt vor Frost; und von dem gereinigten und trockengelegten Grund aus würde niemals mehr schlechte Luft und Fieber die Leute vom Schloß und der Umgebung befallen. Sie versorgte die Großmutter und deren Dienerschaft so gut, daß sie schließlich alle wieder gesund wurden. Und als der Winter kam, sagte sie zu Madame Yolande: »Großmutter, schau dir einmal die ausgetrockneten Gräben an; der Frost hat alle Tiere und Pflanzen zerstört. Laß uns nicht das Frühjahr abwarten, denn die Regenzeit wird diesen ganzen Sumpf wieder aufleben lassen. Wir sollten Arbeiter kommen lassen, um die Überreste abzutragen und Rinnen zu ziehen, durch die das Wasser ablaufen kann. Wir lassen gute Erde kommen, bestreuen die Wege mit Sand, säen und pflanzen. Und im nächsten Jahr haben wir hier keine Krankheiten mehr.« »Du kannst alles tun, was du für richtig hältst, Marguerite«, antwortete die Großmutter. »Du bist ein vernünftiges Mädchen, und ich überlasse es dir, alle Arbeiter anzuweisen.«

Marguerite beeilte sich, alles in die Wege zu leiten. Nach zwei Wochen waren die großen Gräben gereinigt. Die vertrockneten und verrotteten Gräser wurden verbrannt; schöne Beete wurden gezogen, die Wege wurden mit Sand bestreut, und im März wurden Spaliere entlang der Mauern gepflanzt; kostbare Stauden wuchsen in den großen und Blumen in den kleinen Beeten. Im Mai grünte und blühte alles in den Gräben, die früher so ungesund und so gefährlich waren. In jeder Parzelle der Beete hatte man Becken ausgehoben und mit Marmor verkleidet. In ihnen sammelte sich das Regenwasser an, ohne daß es trübe wurde. Darin schwammen hübsche Goldfische, rot wie Feuer, und schöne Schwäne, weiß wie Schnee. Marguerite ließ für ihre Schwäne und Pfauen kleine Häuser bauen und grün anstreichen. Stieglitze und Finken kamen, um in den Bäumen ihre Nester zu bauen. In ihren neuen Gärten, die gleichermaßen Schutz vor Hitze wie vor Frost boten, hielt sie sich so gerne auf, daß sie alle Tage dort verbrachte. Von Zeit zu Zeit stieg auch Madame Yolande dorthin hinab über eine Treppe, die ihre Enkelin für sie extra flach hatte anlegen lassen.

Eines Tages fragte Marguerite sie, ob sie zufrieden sei,

denn der Sommer war gekommen und niemand war krank.
»Sicherlich bin ich zufrieden mit dir«, antwortete die alte Dame, »und ich bin dankbar, weil du uns einen großen Dienst erwiesen hast. Dennoch muß ich dir etwas gestehen: ob ich will oder nicht, vermisse ich hier etwas: nicht etwa den tückischen Sumpf, von dem du uns befreit hast, aber die Zeit meiner Jugend, in der die Gewässer noch reich und klar waren. Nichts ist schöner als ein Herrenhaus, das von Wassergräben umzogen ist. Jetzt gleicht unser Schloß aber einem bürgerlichen Haus, und sicherlich machen sich die Damen der Umgebung über uns lustig und fragen sich beim Anblick deiner Anpflanzungen, ob wir wohl unsere Äpfel zum Markt schicken wollen.«
Marguerite fühlte sich von den Worten ihrer Großmutter so betroffen, daß sie den Kopf senkte und errötete. Madame Yolande küßte sie auf die Stirn und sagte tröstend: »Nun ist die ganze Sache abgeschlossen und sie hat schon ihre Vorteile. Man muß es nur verstehen, das Nützliche dem Angenehmen vorzuziehen. Wir werden unsere Äpfel essen und die Leute reden lassen. Versorge du nur weiter deinen Garten, und du kannst sicher sein, daß ich damit einverstanden bin.«
Als Marguerite allein war, wurde sie ganz nachdenklich. Sie hatte die Wassergräben noch niemals gefüllt und sauber gesehen. Vielleicht waren sie nie so voll und klar gewesen, wie die Großmutter sie sich vorstellte. Marguerite erinnerte sich viel mehr daran, wie sie ganz grün waren, voll von Wasserlinsen wie ein Teppich aus fein durchwirkter Seide, mit großen Büschen aus riesigen Schilfrohren, aus denen braun-samtige Köpfe ragten. Sie dachte an das blühende Binsengewächs mit seinen dicken Sträußen aus kleinen roten und weißen Rosen, an die Wasserranunkeln mit Tausenden von mattsilbernen Blättchen, an die Froschlöffelblumen und an azurblaues Männertreu, an all diese kleinen Wunder von Quellenmoos, die sie beim Spielen zu Nestern gerollt hatte. Sie dachte an die langen Zungenfar-

ne, aus denen sie sich Gürtel geflochten hatte, und an die feineren Farne, die sie zu Sträußen gebunden hatte. Da bedauerte sie, was sie getan hatte, und fand ihren Garten jetzt traurig und häßlich.
»Ich habe etwas zerstört«, sagte sie zu sich, »das mir gefiel und dem die Großmutter nachtrauert. Etwas, das schön war und das vielleicht wieder schön geworden wäre im nächsten Herbstregen.« Sie betrachtete ihr Marmorbekken, ihre Goldfische und ihre schönen Schwäne, und fing an zu weinen. Denn sie war überzeugt, daß dies alles wenig war gegenüber den dicken Fröschen, den Salamandern, den Wassereidechsen und den tausend kleinen Tierchen, die sich einst im Moos und im Schlamm getümmelt hatten. Sie richtete ihre Augen voller Tränen auf das klare Wasser, das in einem Überlauf aus dem Becken lief, und folgte unwillkürlich diesem kleinen Wasserlauf, wie er sich ins Land ergoß.
Er wurde zu einem anmutigen Bach, der sich in einer großen Weide verlor. Und Marguerite lief durch das feuchte Gras dem Rinnsal entlang, das lautlos dahinglitt und sich im Gras zu verstecken schien. So gelangte sie an einen Ort, wo die Wasserläufe einen weiträumigen Sumpf gebildet hatten, der früher nicht dort gewesen war. Der Fluß, der neben dem Sumpf lag, war nicht breit; die vom Gewitter abgeschlagenen Bäume behinderten an dieser Stelle seinen Lauf, und was ihm aus der Wiese zufloß, konnte nicht ungehindert weiterfließen. So waren die hohen Schilfrohre, die damals aus den Wassergräben um das Haus ragten, hier wieder wild ausgeschlagen, zusammen mit den Froschlöffelblumen, dem Zypergras, den Schwertlilien, den weißen Ranunkeln und dem blauen Männertreu. Unzählige Insekten lebten hier.
Marguerite erinnerte sich an die Zeiten, als sie mit Freude diesen kleinen Lebewesen beim Spiel und den Fröschen beim Schwimmen zugeschaut hatte. Aber soviel sie auch suchte, sie fand in diesem Gewässer keinen Frosch, weder einen großen noch einen kleinen. »Und wenn es auf der

ganzen Welt keine Frösche mehr gäbe«, so fragte sie sich, »wäre ich wohl dann der Grund dafür, daß diese armen Tiere nicht mehr existieren?«
Die Sonne hatte sich hinter einer dicken, violetten Wolke versteckt, die am Horizont entlangzog, bis sie sich plötzlich auflöste und ein so leuchtend roter Strahl die Wiese traf, daß Marguerite für einen Moment die Augen schließen mußte. Als sie sie wieder öffnete, fand sie sich nicht mehr am Rand des Sumpfes, sondern mitten darin, auf einer kleinen Insel aus Zweigen und Wurzeln, und um sie herum war nur Wasser. Wasser, das tief zu sein schien und klar war; Tausende von Funken sprühten darin. Sie fragte sich gar nicht, wie sie dorthin gekommen war, ohne naß zu werden, noch wie sie diesen Ort wieder verlassen könnte, ohne zu ertrinken. Der Sonnenstrahl war so schön, daß alles in dem Sumpf wie verzaubert schien: das Wasser sah aus wie schmelzendes Gold, die Schilfrohre glichen Palmen, welche smaragdfarbene und rubinrote Früchte trugen, und aus einer alten Weide, die sich über das Ufer neigte, fiel ein Regen von silbernen Insekten, die sich beeilten, die lilafarbenen Blüten des Wasserhanfes auszusaugen.
Da hörte Marguerite ein schwaches, unbestimmtes Singen unter dem Wasser. Die Stimmen stiegen bald hinauf in die Gräser und murmelten ein paar unverständliche Worte. Nach und nach wurden die Laute aber deutlicher und die Worte wurden verständlich. Marguerite hörte ihren Namen rufen, tausendfach wiederholt von tausend leisen Stimmen: »Marguerite! Marguerite! Marguerite! Marguerite! Marguerite!«, und sie mußte einfach antworten: »Was ist? Was wollt ihr von mir?«
Da begannen alle Tierchen, die Eidechsen, Salamander, Wasserspinnen, Schwimmfliegen, Seeschwalben und Libellen durcheinanderzureden, während sie immer weiter umherglitten, eintauchten, wie verrückt in der Luft tanzten und immer wieder riefen: »Marguerite! Marguerite!«, in allen Tonlagen, bis Marguerite fast davon taub wurde. »Also«, sagte sie sich und stopfte sich die Ohren zu,

»wenn ihr etwas sagen wollt, dann sprecht nicht alle gleichzeitig und macht deutlich, was ihr mich fragen wollt.«

Da entstand eine große Stille. Alle Tiere erstarrten, die Sonne verschleierte sich wieder, die Schilfrohre legten sich auseinander wie unter den Schritten eines Menschen. Marguerite sah vor sich einen prächtigen, schwarz getigerten Laubfrosch auftauchen; aber der war so dick, so ungemein dick, wie sie niemals zuvor einen gesehen hatte, und sie bekam deshalb schreckliche Angst.

»Du brauchst dich nicht zu fürchten, wenn du es gut meinst«, sprach der Frosch zu ihr mit einer Stimme, die tönte wie ein Reibeisen. »Du mußt wissen, daß ich – so wahr wie du ein kleines einflußreiches Fräulein auf dieser Erde bist – in diesen Gewässern und Gräsern eine große, allmächtige Königin bin, die Königin Quax. Ich kenne dich recht gut. Lange Zeit habe ich unter deinem Fenster gelebt, in den Gräben um das alte Landhaus. Zu jener Zeit war ich Herrin und Mutter eines großen Volkes, und wir hatten dich lieb, weil du uns lieb hattest. Wir hatten deine Ähnlichkeit mit uns bemerkt und wir betrachteten dich als eine unserer Schwestern. Du kamst jeden Tag, um uns zuzuschauen, und unsere anmutigen Bewegungen gefielen dir, während unsere klangvolle Stimme gleichzeitig deine Sorgen vertrieb. Du hast uns nie etwas Böses getan, und ich habe dir daher nie die Schuld gegeben am Unglück meines Volkes. Sein Verderben war die Trockenheit, leider! Nur ich allein habe dieses Unglück überlebt, ich alleine bin den wenigen Wassertropfen gefolgt, die durch diese Wiese rannen. Ich habe mich hier eingerichtet in der Hoffnung auf eine neue Heirat, die mir erlauben würde, wieder eine Familie zu gründen. Gib gut auf meine Worte acht! Laß dir niemals einfallen, mein neues Reich auszutrocknen, wie du die Wassergräben deines Schlosses ausgetrocknet hast, wo ich meinen Wohnsitz eingerichtet hatte. Wenn du mit der Wiese dasselbe tust, wird großes Unglück über dich und deine Familie kommen.«

»Sie scherzen, Madame«, antwortete Marguerite. »Ich sehe sehr wohl, daß Sie eine Fee sind, und Sie sollten wissen, daß ich niemals die Absicht hatte, Ihnen ein Leid zuzufügen. Und wenn ich Ihnen irgendeinen Gefallen tun kann, bin ich gerne dazu bereit. Denn ich sehe sehr wohl Ihren Schmerz, und ich habe kein schlechtes Herz.«
»Nun denn, mein schönes Kind«, sagte die Froschkönigin,« so werde ich dir mein Herz öffnen und dir meinen Kummer anvertrauen. Folge mir in meinen Kristallpalast, und du wirst von wunderbaren Dingen hören, die noch kein Mensch je vernommen hat.«
Als sie dies gesprochen hatte, tauchte die Königin Quax an der tiefsten Stelle im Wasser unter. Marguerite war schon bereit, ihr dorthin zu folgen, als sie sich am Rockzipfel festgehalten fühlte; und als sie sich umdrehte, sah sie hinter sich den schönen Névé, den größten und zahmsten ihrer Schwäne. Er war ihr der liebste von allen und trug ein goldenes Halsband. Augenblicklich löste sich der Zauber, den die Froschkönigin über sie geworfen hatte, und mit Schrecken merkte sie, daß sie sich mitten in dem Gewässer befand. Um sie herum war tiefe Nacht, die Sonne war untergegangen, der Himmel war von dunklen Wolken bedeckt. Sie wußte nicht, wohin sie den Fuß hätte setzen können, um dem Sumpf zu entkommen. »Ach, mein lieber Névé«, sagte sie zu dem Schwan und liebkoste ihn, »wie hast du mich bloß hier finden können, und wie komme ich hier wieder heraus?«
Der Schwan schnappte wieder nach ihrem Rocksaum und zog daran mit aller Kraft. Blindlings folgte sie ihm, und schon fühlte sie wieder Sand und Steine unter ihren Füßen. Aber kaum war sie gerettet, sah sie den Schwan nicht mehr. Vergeblich rief sie nach ihm, suchte ihn und rief die Froschkönigin an, sie möge ihr sagen, wohin der Schwan verschwunden sei. Alles blieb stumm, und die Nacht wurde immer schwärzer. »Soll ich etwa geträumt haben?« fragte sie sich, »oder ist Névé vielleicht zum Schloß vorausgeeilt?«

Sie entschloß sich, dorthin zurückzulaufen; und sogleich sah sie nach, ob Névé zurückgekehrt war. Aber sie fand ihn weder in der Hütte noch im Garten, nicht im Schloßhof noch bei den Ställen, und große Unruhe ergriff sie. Noch größer war die Sorge ihrer Großmutter gewesen. Marguerite beruhigte sie, sie hätte die Zeit am Bachufer verträumt.

Sie wagte aber nicht, ihr zu erzählen, welch seltsame Dinge ihr zugestoßen waren. Sie fürchtete nämlich, verspottet zu werden, zumal sie selbst nicht sicher war, ob sie alles nicht nur im Traum gesehen und gehört hatte. Sicher war für sie nur, daß ihr schöner Schwan verschwunden war. Und als nach vergeblicher Suche alle zu Bett gegangen waren, öffnete sie ihr Fenster, schaute nach allen Seiten und pfiff leise, so wie sie es immer getan hatte, um ihn zu rufen. Als sie jedoch nichts sah und hörte als das grollende Gewitter und den Wind, der den Wetterhahn knarrend drehte, legte sie sich schlafen, sehr traurig und auch sehr müde.

Da hörte sie plötzlich eine Stimme wie eine sanfte Musik, die von weither mit dem Gewitterwind kam und ihr sagte: »Fürchte dich nicht, ich wache über dich; aber vertraue nicht der Königin Quax. Ein kluges und wachsames Mädchen sollte nicht mit Fröschen reden, die es nicht kennt.«

Als sie wieder aufwachte, war ihr, als habe sie diese Stimme und deren Worte nur geträumt, und schon glaubte sie, daß die Abenteuer des Vorabends wohl nur in ihrer Phantasie stattgefunden hätten. Denn als sie am Morgen herunterkam, sah sie als erstes den schönen Schwan, wie er in einem der Teiche schwamm. Sie rief ihn, fütterte ihn mit Brot und streichelte ihn. Er verschlang das Brot mit der gewohnten Gefräßigkeit und duldete ihre Zärtlichkeiten mit derselben Gleichgültigkeit wie eh und je. Obwohl er schön und sehr zahm war, war er doch deshalb nicht empfindsamer als die anderen Schwäne. Marguerite versuchte mit ihm zu reden, doch er hörte gar nicht zu; und als er keinen Hunger mehr hatte, begann er in der Sonne seine

Flügel zu spreizen, sein Gefieder aufzuplustern, seinen Bauch zu kratzen; dann schlief er ein, auf einem Bein, ohne an irgend etwas zu denken.

Marguerite suchte nach dem Grund ihrer Träume. Da fiel ihr ein, mit wieviel Freude sie in ihrer Kindheit den Märchen gelauscht hatte, die ihre Großmutter ihr immer vor dem Einschlafen erzählt hatte. In einem der Märchen war ein Zauberfrosch vorgekommen, der wundersame Dinge tat. Sie versuchte, sich genauer daran zu erinnern, aber es wollte ihr nicht gelingen. »Das muß diese Geschichte sein, die mir durch den Kopf gegangen ist«, sagte sie sich. »Um nicht mehr länger darüber nachzudenken, werde ich meine Großmutter bitten, sie mir noch einmal zu erzählen, damit wir zusammen darüber lachen können.«

Sie ging zu Madame Yolande in den Salon, aber sie vergaß sogleich die Frösche und Feen, als sie bei ihr eine Person bemerkte, deren Aussehen und Kleidung sie in ein bewunderndes Staunen versetzte. Es war ein großer junger Mann mit heller Haut und rosigem Teint, nach der neuesten Mode frisiert und gepudert, in einer schönen himmelblauen Offiziersuniform, die über und über mit silbernen Borten besetzt war. Er erhob sich, ging auf sie zu, als ob er ein Menuett tanzen wollte, küßte ihr die Hand und sprach mit zarter Stimme: »Sind Sie es, meine liebe Cousine Marguerite? Ich bin glücklich, Sie erneut kennenzulernen. Sie sind groß geworden, aber Ihr Gesicht hat sich überhaupt nicht verändert.«

Marguerite errötete, da sie die Äußerung für ein Kompliment hielt, und blieb stumm. Sie erkannte den, der sie »meine liebe Cousine« genannt hatte, keineswegs wieder.

»Liebes Kind«, sagte Madame Yolande zu ihr, »erinnerst du dich denn nicht mehr an deinen Cousin Mélidor de Puypercé? Gewiß, du warst noch ganz klein, als er als einfacher Offizier fortging. Jetzt ist er 20 Jahre alt, hat von seinen Eltern ein Regiment erhalten und vor dir steht ein Dragoneroberst! Umarmt euch, meine Kinder, und seid gute Freunde wie früher!«

Da erinnerte sich Marguerite an diesen Cousin, den sie nie hatte leiden können, weil er streitsüchtig und noch dazu faul war. Da sie aber nicht nachtragend war, hielt sie ihm die Wange hin, die er mit spitzen Lippen berührte; er hatte dabei einen spöttischen Ausdruck, der ihr weh tat. Sie dachte, daß er entweder flegelhaft sei oder aber all die Bosheiten vergessen hätte, die sie ihm zu verzeihen hatte.
Er nahm jedoch das Gespräch wieder auf, und sie hörte ihm mit offenem Mund und großen Augen zu, denn er erzählte von den herrlichen Dingen in Paris, den Schauspielen, den Festen und den Bällen, auf denen er sich schon hervorgetan hatte. Er sprach von der neuesten Mode und der Kleidung der Damen und schien so auf dem laufenden zu sein und ein so gutes Urteil über den Schmuck der Frauen zu haben, daß Marguerite sich schämte in ihrem rotgeblümten Kattunkleidchen und dem dünnen grünen Band, das ihre Haare zusammenhielt. Er aber hatte gar kein Gespür für den Verdruß, den er ihr bereitete, und Madame Yolande schien gar nicht zu merken, wie oberflächlich ihr Großneffe war. Lächelnd hörte sie seinen Albernheiten zu, und es schien, als würde sie sich gerne an die Zeiten erinnern, als sie selbst noch eine Rolle in der großen Gesellschaft spielte. Das Abendessen wurde aufgetragen. Monsieur de Puypercé fand alles so mittelmäßig, selbst das süße Gebäck, das Marguerite so vortrefflich zu machen wußte und das gewöhnlich von allen Gästen des Hauses hochgeschätzt wurde. Den hervorragenden Apfelwein aus der Gegend verabscheute er ganz und schämte sich nicht, statt dessen Champagner zu verlangen, den ihm seine Großtante auch servieren ließ. Er fand ihn sehr fade und trank dennoch mehr, als nötig gewesen wäre, um dummes Zeug zu faseln.
Da bemerkte Frau Yolande doch sein schlechtes Benehmen und sagte zu ihm: »Mein liebes Kind, gehen Sie zu Bett. Morgen wird Ihnen vielleicht klar, was Sie reden. Ich möchte gerne glauben, daß man Sie Höflichkeit gelehrt hat und daß Sie, wenn Sie wieder bei Verstand sind, nicht

mehr auf so impertinente Weise die Dinge verachten, die Ihnen hier von ganzem Herzen angeboten werden.«

Marguerite war zufrieden mit der Lektion, die ihrem Cousin erteilt worden war, und schlief ein, ohne mehr an ihn zu denken. Da aber ein wenig Eitelkeit auch im Herzen des vernünftigsten Menschen schlummert, machte sie am nächsten Morgen beim Ankleiden ihrem Kammermädchen Vorhaltungen, daß es ihr immer ihre häßlichsten Kleider bereitlegte. Dabei hatte sie so hübsche Sachen in ihrem Schrank, die sie nie trug. Das Kammermädchen brachte ihr daraufhin ein sehr wertvolles Kleid aus gelber Seide, mit feuerroten Bändern verziert, das Marguerite einmal von Madame Yolande bekommen hatte. Madame Yolande war weder arm noch geizig, aber sie lebte schon seit geraumer Zeit auf dem Lande, so daß sie nichts mehr von modischer Kleidung verstand; und Marguerite kümmerte sich nicht darum, sondern bevorzugte kurze Röcke und solche Kleidung, in der sie bequem laufen und ihren Garten pflegen konnte. Und so machte das arme Kind, wenn es sich hübsch zurechtmachen sollte, den Eindruck einer kleinen alten Frau im Sonntagsgewand. Für den jungen Puypercé war dies eigentlich eine Gelegenheit, sich über sie lustig zu machen. Dennoch tat er es nicht, und die Lektion von Madame Yolande hatte ihre Wirkung getan. Marguerite war überrascht, ihn so liebenswürdig und so höflich wiederzufinden. Sie war froh über seine Entschuldigung, die er für seine (angebliche) Migräne am Vorabend vorbrachte; sie hätte ihn, so sagte er, verdrießlich gemacht. Dann redete er mit Marguerite in einer Weise, die sie alles vergessen ließ, was ihr an ihm mißfallen hatte, und sie wünschte ihrerseits, ihm zu gefallen. Nach dem Frühstück schlug sie ihm einen Spaziergang in ihre neuen Gärten vor. Sie führte ihn dorthin und freute sich, wie ihm alles gefiel, wie er sich nach allem erkundigte und nichts zu vergessen schien. Er betrachtete die Goldfische und fragte, ob man sie essen könne; er bewunderte die Ranunkeln, die er Tulpen nannte, und es machte ihm Spaß, die Schwäne

beim Schwimmen zu beobachten, wobei er meinte, daß sie bei einer Jagd für einen Schuß gut wären.
Eine Sache aber beunruhigte Marguerite: Als ob Névé die Worte von Puypercé verstanden hätte, wurde er fürchterlich wütend und verfolgte ihn mit kräftigen Flügel- und Schnabelschlägen. Sie fürchtete, der Dragoneroberst könnte sich verteidigen, wenn er sich derartig angegriffen fühlte, wobei der Schwan sicher unterliegen würde – doch nichts dergleichen geschah. Der schöne Oberst flüchtete sich zunächst zu seiner Cousine. Und als er sah, daß er keinen Schritt tun konnte, ohne daß Névé ihn nicht wutentbrannt in seine Waden zu beißen versuchte, ergriff er die Flucht und stellte sich hinter das Gartentor, das er sorgsam zwischen sich und dem Schwan geschlossen hielt. Marguerite hatte Mühe, den aufgebrachten Vogel zurückzudrängen und ihren Cousin wieder zu erreichen, dessen Furcht sie doch sehr erstaunte. Er rechtfertigte sich damit, daß er nicht so wütend werden wollte, um bei seiner Verteidigung ein Tier töten zu müssen, das er gerne hätte. Marguerite war bereit, ihm alles zu verzeihen und führte ihn aufs Land zu einem abgeschlossenen Bezirk, wo schöne große Bäume wuchsen.
»Und wieviel sind sie wert?« fragte Monsieur de Puypercé.
»Ich weiß es wirklich nicht«, antwortete Marguerite. »Sie sind nicht zu verkaufen.«
»Aber wenn sie einmal Ihnen gehören? Ihre Großmutter hat mir heute morgen erzählt, daß sie Ihnen nach ihrem Tode alles vererben will, was sie in dieser Gegend hier besitzt.«
»Mit mir hat sie nie davon gesprochen, und ich bitte Sie, Mélidor, niemals mehr mit mir vom Tode meiner Großmutter zu sprechen.«
»Sie wird dennoch eines Tages sterben müssen. Sie ist sehr alt und möchte Sie noch vorher verheiraten!«
»Ich möchte überhaupt nicht heiraten«, rief Marguerite. »Ich will meine gute Oma nicht verlassen müssen, die

mich aufgezogen hat, und die ich lieber habe als alles auf der Welt.«
»Das ist sehr nett gedacht, aber meine Tante Yolande wird trotzdem bald sterben, und Sie werden es nicht bedauern, einen Ehemann zu finden, der Sie reich macht, indem er all diese Felder und Wiesen hier verkauft sowie das häßliche alte Schloß, in dem Sie ja lebendig begraben sind! Sie werden dann, meine liebe Marguerite, prachtvolle Kleider nach der neuesten Mode tragen! Sie werden am Hof empfangen, sie werden einen schönen Wagen haben, viele Bedienstete, Diamanten, eine Loge in der Oper, ein Haus in Paris; mit einem Wort: alles, was eine Frau glücklich machen kann.«
Zunächst war Marguerite sehr betrübt, ihren Cousin so sprechen zu hören. Aber wie er mit ihr so durch die Wälder lief, über die Felder und Weiden, welche er begutachtete und taxierte, kam er oft darauf zurück, daß sie beide sehr reich und schon bald glücklich verheiratet sein würden; so begann auch sie daran zu denken und wunderte sich, daß sie nicht schon früher auf diese Idee gekommen war.
Ohne sich weitere Gedanken über ihren Weg zu machen, gelangten sie zum Rande des Sumpfes. Plötzlich rief Puypercé: »Ah! Was für ein schöner Frosch! Einen so großen habe ich noch nie gesehen! Frösche schmecken hervorragend; ich muß ihn haben!« Und da der Frosch arglos in der Sonne schlief, hob er schon seinen Stock.
»Halten Sie an, lieber Cousin«, rief Marguerite und hielt seine Arme fest. »Tun Sie dem Tier nichts, Sie würden mir großen Kummer bereiten.«
»Aber warum denn nicht?« entgegnete der Cousin erstaunt, drehte sich um und sah sie erstaunt an.
Dieser Blick verwirrte Marguerite. Ganz betroffen von der Erinnerung, die sie mit diesem Ort verband, wußte sie nicht mehr, was sie sagte: »Wachen Sie auf und retten Sie sich, Madame!«, sagte sie zur Froschfrau und stupste sie ganz sacht mit der Spitze ihres Sonnenschirms.
Die Froschfrau plumpste ins Wasser, und der Oberst bog

sich vor Lachen. »Sie brauchen sich gar nicht über mich lustig zu machen«, sagte Marguerite zu ihm. »Ich kann es nicht ertragen, daß man den Tieren Böses tut ...«
»Besonders Fröschen!« rief Puypercé, der immer noch lachte, so daß seine Augen schon ganz rot wurden. »Sie beschützen die Frösche, Sie sprechen sogar mit Ihnen in höflichen Worten, Sie verstehen sich wohl bestens mit ihnen!«
»Und wenn es so wäre«, sagte Marguerite ärgerlich, »was finden Sie daran so lächerlich und belustigend?«
»Nichts!« antwortete Puypercé und wurde plötzlich wieder ernst, »wenn ein Frosch Geist und Anmut hat ... Man gewöhnt sich an alles, an dieses Tier da wie an jedes andere. Ich verspreche Ihnen, meine liebe Cousine, Ihren Freundinnen hier nichts Böses zu tun. Aber lassen Sie uns von etwas anderem reden, und glauben Sie mir, daß ich mich keineswegs über Sie lustig mache. Sie sind eine liebenswerte Person, und wenn Sie etwas von der Welt gesehen hätten, würden Sie noch mehr gewinnen.«
»Also ist sie schön, die große Gesellschaft?« fragte sich Marguerite, während sie, auf dem Arm des Oberst gestützt, zum Schloß zurückkehrte. Sie wurde von einer großen Neugier gepackt, und als der Abend gekommen war, wollte sie Madame Yolande fragen, warum sie denn das Land niemals verließe und in die Stadt ginge. »Ach wie, Marguerite«, antwortete die alte Dame, »du langweilst dich plötzlich, weil du auf dem Land lebst? Hab Geduld, mein Kind, ich bin sehr alt und bald wirst du frei sein, dort zu leben, wo du willst.«
Marguerite brach in Tränen aus, warf sich der Großmutter an den Hals und konnte kein Wort mehr herausbringen. Aber Madame Yolande erfaßte sehr wohl ihr gutes Herz und ihre tiefe Freundschaft. Da wandte sie sich ihrem Großneffen zu und sagte: »Du hast dich getäuscht, mein Junge. Marguerite langweilt sich nicht mit mir und will mich auch nicht verlassen. Du kannst zurückkehren zu deinem Regiment oder zu deinen Vergnügungen.«

»Da Sie mich verabschieden, meine liebe Tante«, antwortete er, »habe ich die Ehre, Ihnen Adieu zu sagen. Ich fahre morgen in aller Frühe ab. Adieu. Überlegen Sie es sich, Marguerite.« Und mit einem eleganten Gruß zog er sich zurück.

»Was soll das heißen?« wunderte sich Marguerite, als er gegangen war.

»Das soll heißen, daß es nur an dir liegt, mein Kind, ob du deinen Vetter Puypercé heiraten willst.«

»Was? Er war gekommen, weil er um meine Hand anhalten wollte?«

»Nein, daran hatte er zunächst nicht gedacht. Aber die Idee ist ihm wohl heute morgen gekommen.«

»Und wieso?«

»Vielleicht hat er dich hübsch gefunden«, sagte lächelnd Madame Yolande.

»Großmutter, machen Sie sich nicht lustig über mich! Ich bin nicht hübsch, das weiß ich selbst. Ich bin nur ein kleines Fröschlein, und das haben Sie mir oft gesagt.«

»Aber das hat ihn nicht gehindert, sich in dich zu verlieben! Man kann ein Fröschlein sein und doch Gefühle erwecken.«

»Mein Vetter sollte mich lieben? Aber nein, er kennt mich doch viel zu wenig! Sagen Sie mir die Wahrheit, Großmutter! Er kann mich doch gar nicht lieben!«

»Was ich darüber denken soll, mußt du mir schon sagen. Ihr seid den ganzen Nachmittag spazieren gegangen, und ich war ja nicht dabei. Er hat dir doch wohl viel Nettes sagen müssen! Hast du ihm nicht auch gesagt, daß du gerne verheiratet wärst, um eine hübsche Dame zu sein und die Welt kennenzulernen?«

»Nein, Großmutter. Er hat gelogen; ich habe nichts dergleichen gesagt.«

»Aber hast du nicht vielleicht daran gedacht? Er ist so schlau, daß er es erraten haben wird.«

Marguerite konnte nicht lügen. Sie war ganz durcheinander und antwortete nicht. Madame Yolande war einfühlsam und verstand. »Hör mal, mein liebes Kind«, sagte sie. »Du hast mich im Alter glücklich gemacht und gepflegt; ich muß jetzt dafür sorgen, daß deine Jugend glücklich wird. Du wirst durch mich reich werden, und dein Vetter weiß das. Über ihn will ich dir weder Gutes noch Schlechtes sagen. Du hast selbst genug Vernunft und Verstand und du wirst selbst urteilen, so wie er es dir gesagt hat: Überlegen Sie es sich! Ruh dich jetzt aus, und wenn du morgen möchtest, daß er bleiben soll, dann brauchst du es ihm ja nur zu sagen.«

Marguerite war so bewegt von Überraschung und Unruhe, daß sie noch nicht an Schlaf dachte. Sie empfand keine Freundschaft für ihren Vetter; aber vielleicht hatte er für sie Freundschaft übrig. Sie wußte, daß sie liebenswert und keineswegs dumm war. Puypercé war ihr zunächst abgeschmackt und unangenehm erschienen. Wenn aber dennoch dieser hübsche Junge ihre Häßlichkeit vergessen hatte und ihren Verstand geschätzt hatte, dann mußte er gewiß doch auch welchen haben! Er hatte Fehler: er war leichtfertig, liebte Verschwendung und gutes Essen; aber vielleicht hatte er ein gutes Herz, denn er hatte ihr nachgegeben, als sie die Tiere schützen wollte, und er schien nicht darauf zu bestehen, Recht zu haben. »Ich bin so häßlich dagegen«, sagte sie sich. »Vielleicht werde ich nie mehr einem anderen gefallen, oder es wird ein ebenso häßlicher Junge sein, wie ich ein häßliches Mädchen bin, und alle werden sagen: Sie konnte keinen Besseren finden. Ist denn der Ehrgeiz verboten, am Arm eines hübschen Mannes spazierengehen und hören zu wollen: ›Marguerite hat zwar das Aussehen eines Frosches, aber sie hat dennoch diesem hübschen Herrn gefallen, diesem gepflegten Oberst, der so gut gekleidet ist und der unter den hübschesten Frauen hätte wählen können!‹ Ich will aber meine Großmutter nicht verlassen. Wenn er mich liebt, dann wird er einwilligen, daß ich bei ihr bleibe und wird uns oft besuchen kommen. Nun denn, da sie mir die Freiheit läßt, muß ich selbst mich vor morgen früh entscheiden. Wenn ich ihn abreisen lasse, wird er verärgert sein und nie mehr zurückkommen. Und wenn ich ihm einen Brief schreibe, den man ihm am frühen Morgen überreicht? Aber ich wage es nicht. Warum hat er eine solche Angst vor meinem Schwan, warum war der Schwan so wütend auf ihn? Er ist schon sehr seltsam, mein Cousin. Warum hat er so gelacht, als ich zu dem Frosch sprach ...?«

Marguerite war müde geworden und schlief fast auf ihrem Stuhl ein. Sie erhob sich, um wach zu bleiben, und plötzlich befand sie sich, ohne zu wissen wie, bei den Teichanlagen am Rande eines Marmorbeckens, das der Mond erleuchtete. Sie war überrascht, als sie sah, daß ringsum und auch im Wasser Schilfrohre standen, die sie noch nie bemerkt hatte; und als sie sich müde und erschöpft auf einer Rasenbank niederließ, sprang die Froschkönigin Quax zu ihr und sprach: »Marguerite, du bist ein lieber Mensch, denn du hast mich gerettet. Ich will dir einen guten Rat geben, deshalb bin ich aus meinem Wiesenpalast gekommen, um dich hier bei den Wassergräben zu finden, die ich kenne wie meine Westentasche. Du mußt deinen Cousin heiraten, Liebes, es wird zu deinem Glück und Ruhm sein.«

»Sind Sie ihm denn nicht mehr böse wegen des Stockschlags, den er Ihnen verpassen wollte?«

»Er wußte nicht, wer ich bin, er hielt mich für einen Frosch wie jeden anderen. Daher wäre es vernünftig, von jetzt an auch meine Krone aufzusetzen und meinen Schmuck anzulegen. Ich werde mich wohl heute abend so kleiden, wie es meinem Rang entspricht.«

»Ihre Krone und Ihre Edelsteine?« fragte Marguerite, »wo sind sie denn?«

»Das frage ich dich, Marguerite, denn sie sind bei dir.«

»Wieso denn das?«

»Hör dir meine Geschichte an, die ich dir gerade erzählen wollte an jenem Tage, als dein scheußlicher Schwan, dieser Unglücksvogel, den du Névé nennst und der niemand anderes ist als der Prinz Rolando, dich meiner vertrauten

Unterhaltung beraubt hat. Hör ihn nur, wie unruhig er ist in seinem Bretterhaus und mich gerne verschlingen würde! Aber ich habe mich vergewissert, daß er gut eingeschlossen ist: außerdem kenne ich einige Zauberworte, um ihn zurückzuhalten. Hör mir also zu und nütze es für dich, was ich dir jetzt erzählen werde:

Ich bin eine deiner Vorfahren; ich bin die Ururgroßmutter der Ururgroßmutter deiner Tante, Madame de Puypercé, Mutter deines Vetters, des Oberst. Deshalb interessiere ich mich für ihn und für dich. Im Augenblick habe ich die Ehre, eine Fee zu sein. Aber ich war sterblich wie du, und ich bin in diesem Schloß geboren. Man nannte mich Ranaide. Ich war schön wie die Sonne, ebenso schön als Frau wie heute als Frosch. Mein Vater, der sich mit Zauberei beschäftigte, unterwies mich in den okkulten Wissenschaften, und da ich viel Verstand hatte, wurde ich so gelehrt, daß ich mir die seltensten Geheimnisse aneignete, unter anderem das der Transformationen. Ich konnte mich in jede Form verwandeln und wieder zurück. So erfuhr ich alles, was auf der Erde und im Wasser gesagt und getan wurde; aber sorgfältig verbarg ich meine besondere Fähigkeit, denn zu jener Zeit des Unwissens und des Aberglaubens wäre ich als Hexe denunziert, verfolgt und verbrannt worden.

Ich war zwanzig Jahre alt, als der Prinz Rolando mich heiratete. Er war jung, reich, liebenswert und schön. Ich liebte ihn unsagbar, und ich hatte auch bald mehrere Kinder. Wir waren die glücklichsten Menschen auf diesem Schloß, das damals prachtvoll war und von allen Adligen der Gegend besucht wurde. Bis ich eines Tages einen Grund zur Eifersucht zu haben glaubte: ich sah am Abend bei den Gräben eine meiner Kammerfrauen namens Melasie in der Begleitung eines Mannes, der sich in einen Mantel eingehüllt hatte. Ich vermutete, daß dieser Mann mein Gatte sei, und ich verwandelte mich in einen Frosch, um ihn aus der Nähe zu beobachten oder um ihn am Klang seiner Stimme erkennen zu können. Ich ließ mich zwischen zwei Steinen am Rande des Wassergrabens nieder, und ich sah den Mann ganz nahe bei mir vorbeigehen. Da erkannte ich, daß ich mich getäuscht hatte, denn der Unbekannte war ein Page meines Mannes, der seine eigene Sache dabei verfolgte. Ich war darüber so erfreut, daß ich mich in mein Zimmer stürzte und mich, da es schon ziemlich spät war, mit Vergnügen auf mein Bett warf, ohne leider daran zu denken, den Trank zu nehmen, der mir mein natürliches Aussehen wiedergeben sollte.

Am anderen Morgen trat Melasie zu der Zeit, als man mich gewöhnlich weckte, in mein Zimmer, sah einen Frosch auf meinem Bett liegen, und erschrak so, daß sie kein Wort mehr sagen noch schreien konnte (weshalb ich dann auch nicht aufwachte). Kaum hatte sie sich wieder ein wenig gefangen, schloß sie lautlos die Tür zu meinem Zimmer und weckte Prinz Rolando, um ihn nach mir zu fragen und ihm von dem erstaunlichen Ding zu berichten, das sie statt meiner an meinem Platz gefunden hatte.

Der Prinz eilte herbei und glaubte, daß das Mädchen verrückt geworden sei. Aber als er mich so daliegen sah, wurde er von Schrecken und Abscheu gepackt; er zog (da er nicht annehmen konnte, daß ich es sei) seinen Degen und versetzte mir einen Schlag, der einen meiner vorderen Füße abtrennte. Meine Verzauberung bewahrte mich vor dem Tod: denn solange ich in einer verzauberten Hülle steckte, konnte mir für die Dauer von zweihundert Jahren kein Leid geschehen. Verletzt, aber nicht tödlich getroffen, sprang ich auf das Fenster und von dort in den Wassergraben, wo mein amputiertes Bein sofort wieder gesund nachwuchs, so wie du es jetzt siehst. Von hier aus hörte ich den Lärm, den man im Schloß machte, um die verlorene Schloßherrin wiederzufinden. Man suchte mich überall, und mein Mann wurde von einem tödlichen Schmerz gepackt. Ich wartete die Nacht ab, um vorsichtig wieder in das Haus zurückzugehen. Ich kletterte an der Hauswand hoch, indem ich von Mauervorsprung zu Mauervorsprung sprang bis zu meinem Zimmer, um eilends

den Trank zu nehmen, der mich wieder zur Frau und so hübsch wie in der Vergangenheit machen sollte. Aber, o weh! Ich konnte noch so sehr die Kraft des Getränks durch die geheimnisvollsten Zauberworte verstärken und mich mit den kräftigsten Salben einreiben – die unglückliche Hand wuchs nicht nach! Sie blieb als Froschbein zurück. Als mein Mann untröstlich auf mein Zimmer zukam, weil er dort vor Kummer sterben wollte, hatte ich gerade noch Zeit, mir meinen Samtmantel halb umzuhängen, um diesen Unglücksarm zu verbergen.
Mein Mann wäre beinahe vor Freude gestorben, als er mich wiederfand. Er nahm mich in seine Arme, weinte und überschüttete mich mit Fragen. Er nahm an, daß ein böser Geist mich seiner Zärtlichkeit entführt hätte, und er wollte wissen, wie ich ihm wieder zurückgegeben worden sei. Ich war gezwungen, eine Geschichte zu erfinden und mich seinen Zärtlichkeiten zu entziehen aus Furcht, er könne sonst meinen Arm sehen. Aber schmerzlich kam mir in den Sinn, daß alles vergeblich sei, ihm mein Geheimnis zu verbergen, und daß er bald die schaurige Wahrheit entdecken würde. Ich mußte einen äußersten, schrecklichen Entschluß fassen: den Menschen verschwinden zu lassen, den ich über alles liebte.«
Erschrocken wollte Marguerite aufstehen und dieser widerwärtigen Ranaide entfliehen. Aber da fühlte sie sich zurückgehalten wie durch einen Zauber, und der Frosch sprach weiter:
»Du sollst wissen, mein armes Kind, daß ich nicht anders handeln konnte. Denn ein Schwur, den nichts aufheben kann und den man nicht verletzen darf, verpflichtet alle, die Zauberkräfte erhalten haben, denjenigen zu vernichten, der ihr Geheimnis entdeckt hat. Mein Mann war also verdammt, von den Geistern, meinen Herren und Meistern, in den Abgrund gezogen zu werden, sobald er meinen Froscharm entdecken würde. Daher beschloß ich, ihn aus ihrer Gewalt zu entziehen und ihn verschwinden zu lassen, bevor er irgend etwas entdeckt hatte. Ich ver-

mischte seinen Wein mit einem Zaubermittel: sogleich wuchsen ihm weiße Federn und große Flügel. In weniger als einer Viertelstunde war er ein Schwan, so weiß wie der Schnee, der nicht wieder zum Menschen werden konnte, aber für zweihundert Jahre dem Tod und der Macht der Geister entging.

Zweihundert Jahre werden in dieser Nacht mit dem Sonnenaufgang vergangen sein, und es liegt an dir, daß ich meine Jugend, meine Schönheit und meine Stellung als Mensch in der Schöpfung wiederfinde.«

»Einverstanden«, sagte Marguerite, »denn zweifellos werdet Ihr dann auch Névé, ich will sagen: dem Prinzen Rolando, den gleichen Dienst erweisen, den ich Ihnen erweise?«

»Gewiß«, antwortete Ranaide, »das wünsche ich mir am meisten.«

»Dann bin ich dazu bereit. Sagt mir schnell, was ich tun soll.«

»Damit du verstehen kannst, was du tun sollst, muß du erst noch den Rest meiner Geschichte erfahren. Kaum hatte der Prinz bemerkt, daß er in einen Vogel verwandelt worden war, wurde er schrecklich wütend auf mich und wollte mich töten. Hatte er noch genügend menschlichen Verstand bewahrt, um das Unglück zu begreifen, in das ich ihn hatte mitnehmen müssen? Oder gehorchte er allein dem neuen Instinkt seiner Rasse als Schwan? Er dachte an nichts anderes als mich zu verschlingen. Vergeblich versuchte ich, ihm unsere gemeinsame Situation verständlich zu machen. Er hörte überhaupt nicht zu, und ich war gezwungen, jene Zauberworte auszusprechen, die uns für zweihundert Jahre einander fremd machen sollten. Mit großem Geschrei hob er sich in die Lüfte, und ich habe ihn nicht wiedergesehen bis gestern, als er dich aus dem Sumpf holte, wo ich notgedrungen zuletzt mein Zuhause hatte.«

»Aber warum«, so bemerkte Marguerite, »waren Sie dazu verdammt, wieder für zweihundert Jahre zum Frosch zu werden, wenn es doch von Ihnen selbst abhing, eine Frau

zu bleiben und Ihren Arm vor neugierigen Blicken zu verbergen?«
»Die grausamen Geister haben es so gewollt, kleine Marguerite. Weil sie beleidigt waren über meine List, mit der ich ihnen meinen Mann vorenthalten hatte; weil ich ihn zum Vogel verwandelt hatte, verdammten sie mich dazu, meine Kinder zu verlassen und Quax, den König der Frösche, zu heiraten.
Mit ihm herrschte ich lange über die Wassergräben und jetzt bin ich schließlich verwitwet. Das Schloß ist mit der Zeit an deine Großmutter übergegangen, und alle Zaubermittel, die ich so mühevoll vorbereitet hatte, sind verschwunden oder haben inzwischen ihre Wirkung verloren. Aber es gibt bei euch noch einen wertvollen Schatz, der mir all meine Anmut wiedergeben kann. Es handelt sich um verzauberten Schmuck, meinen Hochzeitsschmuck, der sich in einer Zedernholzkassette befindet, die Madame Yolande in ihrem Zimmer eingeschlossen hat. Diese Schatulle gehört dir, da ja deine Großmutter dir alles einmal geben will, was sie besitzt. Suche sie und bring sie mir!«
»Nein«, antwortete Marguerite. »Ich will nicht etwas stehlen, das jetzt noch meiner guten Großmutter gehört; es sei denn, sie würde selbst ihre Zustimmung geben ...«
»Es geht nicht um Stehlen«, fuhr Ranaide fort, »denn ich will meine Edelsteine gar nicht zurückhaben. Ich möchte mich nur für einen Augenblick damit schmücken, und sobald ich wieder zurückverwandelt bin, brauche ich sie nicht mehr. Ich werde sie dir dann zurückgeben, denn du wirst sie noch für dich selbst brauchen. Eines noch sollst du wissen, was deine Entscheidung erleichtern wird: diese Zauberjuwelen haben die Macht, häßliche Frauen in schöne Frauen zu verwandeln; und wenn du sie nur eine Stunde trägst, dann wirst du, statt dem Frosch zu gleichen, der ich jetzt bin, mir gleichen, wie ich früher war und wie ich wieder werde: der schönsten Frau von allen.«
Marguerite spürte, daß sie überredet war, und ging die

Schatulle suchen. Aber als sie diese aus dem Schrank ihrer Großmutter nahm, war ihr, als ob Madame Yolande aufgewacht sei und sie anschaue. Marguerite kniete vor ihrem Bett nieder und war bereit, ihr alles zu gestehen. Aber Madame Yolande drehte sich zur anderen Seite, anscheinend ohne sie gesehen zu haben. Die Zeit drängte. Der Himmel hellte sich schon auf, als ob der Tag bereits anbräche. Marguerite verschwand nach draußen, und sogleich befand sie sich an jenem Becken, wo die Königin Quax sie erwartete.
»Mein Gott«, rief Marguerite, als sie ihr die Schatulle übergab, »es ist kein Schlüssel dabei, und ich kenne das Geheimnis nicht, um sie zu öffnen.«
»Ich aber kenne es«, antwortete die Froschfrau und sprang vor Freude hoch. »Jemand, der noch niemals gelogen hat, muß einfach sagen: ›Schatulle, öffne dich!‹«
»Dann sagen Sie es doch!«
»Ich kann es nicht, mein Mädchen, denn ich war zum Lügen gezwungen, als ich die Geheimnisse meiner Kunst einst verbergen mußte. Du mußt es sagen, und wir werden sehen, ob dein Mund (wie ich es annehme) frei von Lüge ist.«
»Schatulle, öffne dich!« sprach Marguerite voller Gewißheit, und die Schatulle öffnete sich. Eine rote Flamme kam daraus hervor, aber das schien die Froschfrau nicht zu kümmern. Sie griff in die Schatulle und zog daraus einen kleinen Spiegel in einem goldenen Rahmen hervor, dann eine funkelnde Smaragdkette im alten Stil, verschiedene Ohrringe, einen Stirnreifen und einen Perlengürtel mit einer Smaragdschnalle. Sie schmückte sich mit diesen Kostbarkeiten und betrachtete sich mit dem seltsamsten Getue im Spiegel.
Marguerite beobachtete sie voller Angst, weil sie befürchtete, sie würde mit dem Schmuck ihrer Großmutter verschwinden; aber die Königin Quax dachte nicht daran zu fliehen. Trunken vor Freude und Zuversicht machte sie sich zurecht und betrachtete im Spiegel ihre zerfahrenen Bewegungen und seltsamen Grimassen. Ihre Augen

schleuderten Flammen hervor, ein grünlicher Schaum quoll aus ihrem Mund, und ihr Körper wurde blaugrün und fahl, während sie sich in ihrer Größe dem menschlichen Maß annäherte. »Marguerite, Marguerite«, rief sie, ohne ihre Stimme zu dämpfen, »schau mich an und staune! Schau, wie ich wachse, wie ich mich verwandle, wie ich schön werde! Gib mir deinen Schleier als mein Kleid, damit ich sittsam angezogen bin ... und dann fehlt mir noch etwas ... mein Fächer aus Federn ... wo hast du Unglückliche ihn hingetan? Ah, ich habe ihn wieder! ... und meine weißen Handschuhe ... mach doch schnell! Meine wohlduftenden Handschuhe! Meine Kette ist nicht gut geschlossen; mach sie doch fest, du Tölpel! Himmel! Wo ist mein Brautstrauß? Sollte er etwa nicht in der Schatulle sein? Schau doch mal nach, kipp sie aus ... da, ich habe ihn! Ich mache ihn an meinem Gürtel fest und schau: das Wunder ist geschehen! Gegen mich ist Venus nur eine Schlampe! Ich bin es, ich bin die echte schaumgeborene Venus, die aus den heiligen Wogen steigt! Ich muß tanzen, aber ich habe Krämpfe in den Waden: die Verwandlung läuft! Ja, ja! Und der Tanz wird meine Befreiung beschleunigen! Ich fühle, wie ich die unvergleichliche Anmut meiner Bewegungen wiedererlange; ich fühle das Feuer meiner ewigen Jugend, wie es mir wieder in den Kopf steigt! Hatschi! Ich niese wieder! Hatschi!«
Während sie so sprach, sprang und hüpfte die Königin Quax wild hin und her. Aber was sie auch alles versuchte – sie blieb ein Frosch, und am Horizont wurde es hell. Sie lachte, sie schrie und weinte; sie trampelte mit ihren Füßen auf den Marmorrand des Beckens; sie spielte mit dem Fächer, streckte ihre vorderen Beine wie eine Balletteuse, krümmte sich in der Taille und ließ ihre Augen rollen wie eine Tänzerin aus dem Orient. Da wurde Marguerite, die ihr voller Schreck zusah, plötzlich von ihren übertriebenen Bewegungen aufgeschreckt, wurde von einem wahnsinnigen Lachen gepackt und ließ sich auf den Rasen fallen. Die Froschfrau geriet in eine unsagbare Wut: »Sei ru-

hig, elendes Kind«, schrie sie, »dein Lachen stört meine Beschwörungen. Sei ruhig, oder ich werde dich so bestrafen, wie du es verdienst!«

»Mein Gott, vergeben Sie mir«, antwortete Marguerite, »es ist stärker als ich. Sie sehen so lustig aus! Ich muß lachen oder ich sterbe!«

»Es macht mich rasend, daß ich dich nicht sterben lassen kann«, erwiderte Ranaide und warf sich auf sie, indem sie ihr eines ihrer kalten und klebrigen Beine auf ihr Gesicht legte. »Aber du wirst die Qualen büßen müssen, die ich leide! Ich wollte dich verschonen, aber du nimmst mir jegliches Mitleid. Schluß jetzt! Ich leide allzusehr! Nimm meine Häßlichkeit; sie sei deiner hinzugefügt! Ich werde schneller befreit sein, wenn ich dich an meine Stelle setze! Hier schau, da ist der Spiegel. Lach jetzt, wenn du noch Lust zu lachen hast!«

Marguerite nahm den Spiegel, den ihr die Fee hinhielt, und stieß einen Schrei des Entsetzens aus als sie sah, daß sie keine Haare mehr hatte und ein grünes Gesicht und ganz runde Augen. »Frosch! Frosch!« rief sie voller Verzweiflung, »ich werde ein Frosch, ich bin ein Frosch! Es ist geschehen!« Sie warf den Spiegel weg und unwillkürlich sprang sie hoch und tauchte dann in das Becken hinab. Dort blieb sie zunächst sitzen, so als sei sie eingeschlafen. Aber langsam kam sie wieder zu sich als sie sah, wie die Sonne am Horizont erschien und ein großes Feuertuch über die Erde warf, das die Spitzen des Schilfrohrs über ihr vergoldete. Sie wagte es, aus dem Wasser zu steigen, und sah dann ein außergewöhnliches Schauspiel: die unglückliche Quax lag leblos ausgestreckt am Rand, die Beine in der Luft mit todesstarrem Körper. Sie hatte den schrecklichen Kopf eines Menschen mit langen grünen Haaren wie Algen; der übrige Teil ihres Körpers, der so groß war wie der eines normalen Menschen, war matthell und runzlig geworden und hatte die Form eines Frosches.

Neben ihr stand der Prinz Rolando, mit silberner Rüstung und goldenem Degengurt, den Helm mit einem schnee-

weißen Helmstutz geschmückt und mit seinen großen Schwanenflügeln an den Schultern. Er nahm Ranaide den verzauberten Schmuck ab, mit dem sie sich vergeblich geschmückt hatte.
»Komm näher zu mir«, sagte er zu Marguerite, »und lege geschwind diesen Schmuck an, der dir wieder deine ursprüngliche Gestalt zurückgeben wird. Aber versuche nicht, durch die Macht der Verzauberungen auch zugleich schön zu werden. Bleibe klug und gut, und du sollst nur dem gehören, der dich so liebt, wie du bist. Auf Wiedersehen! Der Tod jener verbrecherischen Zauberin befreit mich für immer von der Knechtschaft, zu der ich seit zwei Jahrhunderten verdammt war. Beklage nicht ihr Schicksal; sie hat dich nämlich belogen und wollte mich umbringen, um ihre verfluchten Zaubergeheimnisse zu verbergen. Aber die Geister, die sie gegen mich herbeirief, haben mich verteidigt. Ich kehre mit ihnen zurück, aber ich werde über dich wachen, wenn du immer meines Schutzes würdig bleibst.«
Er breitete seine Flügel aus und schwang sich in einem Sonnenstrahl empor. Als Marguerite ihn in den Lüften schweben sah, glaubte sie, Névé mit seinem Goldband zu erkennen; dann schien es ihr wieder, daß es der Morgenstern sei. Nachdem sie ihn aus den Augen verloren hatte, suchte sie den Froschkadaver, doch fand statt dessen nur einen abscheulichen tintenschwarzen Pilz, der mit einem Windstoß zu Staub zerfiel.
Sie befand sich plötzlich wieder in ihrem Zimmer, saß auf einem Stuhl und war in den Augen von der aufgehenden Sonne geblendet. Sie lief zum Spiegel, und zum ersten Mal in ihrem Leben fand sie sich sehr hübsch, denn sie hatte ihre normale Gestalt wieder, die nur ein wenig ermüdet zu sein schien.
»Soll alles ein Traum gewesen sein? Dennoch sind hier die alten Schmuckstücke, die meine Großmutter sonst sorgfältig hütete. Wieso sind sie jetzt an mir? Soll ich sie etwa im Traum genommen haben?«

Sie legte sie ab, tat sie in die Schatulle zurück und brachte sie zu Madame Yolande, noch bevor diese aufgewacht war. Dann stieg sie hinunter zu den Wassergräben, um zu sehen, ob Névé in seiner Hütte sei, so wie sie ihn schon einmal dort gefunden hatte, nachdem sie ihn verloren geglaubt hatte.

»Suchen Sie den Schwan?« fragte der Gärtner sie. »Er ist weggeflogen bei Sonnenaufgang, als ein Schwarm wilder Schwäne hier vorbeiflog. Ich hatte dem Fräulein ja gesagt, daß man ihm das Ende eines Flügels hätte brechen sollen, aber das Fräulein hat es ja nicht gewollt! So konnte er fliehen, und das hatte er schon lange vorgehabt.«

»Nun, um so besser«, sagte Marguerite, »denn jetzt ist er glücklich und frei. Wenn Sie gesehen haben, wie er weggeflogen ist, haben Sie dann nicht auch etwas anderes hier am Wasser gesehen? Gab es hier nicht auch großes Schilfrohr?«

»Schilfrohr? Zweifellos, und es ist immer noch etwas da, das an den Beckenrändern wieder sprießen will. Aber das Schilfrohr hier ist noch ganz klein, und ich achte darauf. Heute morgen noch habe ich alles sorgfältig herausgerissen und statt dessen Sand angeschüttet. Ich hoffe, daß es nicht wieder wachsen wird.« Marguerite betrachtete den Sand, und es schien ihr, als würde sie noch den Abdruck sehen, den die großen Froschpfoten dort bei dem wilden Tanz hinterlassen hatten. Aber sie erkannte dann doch, daß diese Spuren von Pfauen stammten, welche in der frisch angeschütteten Erde gescharrt hatten.

In diesem Augenblick hörte sie Pferdegetrappel. Sie blickte auf und sah auf der Zugbrücke ihren Vetter Puypercé mit seinen Dienern abreisen. Sie hatte ihn ganz vergessen, und sie spürte, daß seine Abreise sie nicht traurig stimmte. Sie bräuchte nur ein Wort zu sagen, um ihn zurückzurufen; sie zögerte einen Augenblick lang, zuckte dann mit den Schultern und sah, wie er sich immer weiter entfernte.

Auf dem Weg zum Schloß begegnete sie den Dienern, die

auf der großen Treppe versammelt waren und einander das Trinkgeld aufteilten, das der Dragoneroberst ihnen bei seiner Abreise zugeworfen hatte. Sie vernahm aus ihrem Gemurmel, daß für jeden nicht mehr als ein Sou dabei sei. »Dann«, so sagte sie sich, »rechnet er wohl mit einer Rückkehr oder aber er ist sehr arm, und das ist nicht sein Fehler.«

Madame Yolande trat in ihr Zimmer, um Marguerite den Frühstückskakao zu bringen: »Nun, hast du deinen Vetter gesehen? Bleibt er bei uns?«

»Er ist abgereist, Großmutter, und ich habe ihm nichts gesagt.«

»Und warum nicht?«

»Ich weiß es nicht. Ich war so verwirrt durch einen Traum, den ich hatte und den ich Ihnen erzählen möchte. Aber da dieser Traum oder diese Vision vielleicht eine Erinnerung sein kann, ohne daß ich es weiß, würde ich Sie gerne nach dem Märchen von der Froschfee fragen, das Sie mir früher einmal vor dem Einschlafen erzählt haben.«

»Ich erinnere mich nur sehr ungenau daran«, antwortete Madame Yolande, »zumal es ein Märchen nach meiner Art war, das ich jedesmal veränderte, wie es mir beliebte. Wir wollen mal sehen, ob ich mich noch erinnere ... Es war einmal in diesem Schloß eine schöne Erbin, genannt ...«

»Ranaide?« rief Marguerite.

»Genau, und sie war eine Zauberin.«

»Sie heiratete den schönen Prinzen ... Sagen Sie mir den Namen des Prinzen, liebste Großmutter!«

»Warte mal, ich glaube ... ja, es war der Prinz Rolando!«

»Jetzt ist mir alles klar. Ich habe die ganze Geschichte wiedergesehen, als ob sie sich vor meinen Augen abspielte.«

»Aber wie war das Ende?«

»Oh, das Ende war schrecklich! Die Froschfrau wollte wieder ihre menschliche Gestalt annehmen ...«

»Und blähte sich so auf, bis sie platzte?«

»Ja, genau.«

»Dann ist dein Schluß eine Erinnerung an eine andere Fabel, die ich dir damals zur gleichen Zeit erzählte. Denn es war immer recht einfach, meine Geschichten zu beenden: Du warst immer schon vorher eingeschlafen.«
In diesem Augenblick blies ein heftiger Windstoß einige trockene Blätter und Strohhalme in das Zimmer. Marguerite schloß das Fenster und entdeckte auf dem Fensterbrett ein beschriebenes Blatt Papier, das der Entwurf eines Briefes zu sein schien und mehrfach angerissen war. Als sie es aufhob, um es hinauszuwerfen, sah sie auf dem Blatt ihren Namen und brachte den Zettel ihrer Großmutter. Madame Yolande nahm ihn, prüfte ihn und gab ihn ihr wieder mit den Worten: »Es ist der Anfang eines Briefes, den dein Vetter an seine Mutter geschrieben hat. Der Wind hat ihn aus dem Zimmer unter mir, wo dein Vetter wohnte, hinausgeweht, und da wir gerade dabei sind, an Geister zu glauben, sollten wir dem Kobold danken, der uns diese Enthüllung liefert. Lies ihn vor, ich erlaube es dir.«
»Meine liebe Mutter! Vergib mir meine früheren Dummheiten; ich bin dabei, sie zu sühnen. Ich finde mich jetzt damit ab, eine Geldheirat zu machen. Denn ich habe entdeckt, daß die kleine Marguerite den gesamten Besitz ihrer alten Tante erben wird. Das Mädchen sieht scheußlich aus: ein wahrer Frosch oder, besser noch, eine kleine grüne Kröte, die dabei dennoch sehr kokett und schon verrückt nach mir ist. Aber wenn man so verschuldet ist wie wir ...«
Mehr war nicht zu lesen, aber Marguerite fand, daß es schon genug sei; sie sagte aber nichts dazu, bis sie bemerkte, daß ihre Großmutter darüber empört war und ihren Großneffen so behandelte, wie er es verdiente.
»Wir sollten uns nicht darüber ärgern, liebe Großmama, und vielmehr darüber lachen. Ich bin keineswegs verrückt nach meinem Vetter, und Sie sehen selbst, daß seine Selbstgefälligkeit mich nicht beleidigen kann. Sie hatten mich gestern abend gebeten, über die Sache nachzudenken. Ich weiß nicht, ob ich darüber nachgedacht oder ob

ich geschlafen habe. Aber in meinen Träumen habe ich Dinge gesehen, die mir wie eine Lehre noch vor Augen sind.«

»Und was hast du gesehen, meine Tochter?«

»Ich sah, wie sich eine Froschfrau mit Smaragden schmückte, wie sie mit dem Fächer spielte, wie sie eine Sarabande tanzte, wie sie sich besonders schön fand und wie sie schließlich platzte. Sie kam mir so lächerlich vor, daß ich jetzt noch lachen muß, wenn ich daran denke. Ich will es nicht wie sie machen. Ich habe nämlich auch einen schönen Schwan gesehen, der sich mit einem Sonnenstrahl aufschwang, und der zu mir gesagt hat:

›Heirate nur den, der dich so liebt, wie du bist‹. – Und so will ich es auch tun.«

»Und dann wirst du auch sicher sein, daß du um deinetwillen geliebt wirst«, sprach Madame Yolande und umarmte sie zärtlich.

»Denn es gibt nur eine Sache, die uns schön machen kann: das Glück, das man sich verdient.«

SCHLOSS PICTORDU

Für meine Enkelin Aurore Sand

Gibt es Feen? Du, Aurore, bist in dem Alter,
in dem man Wunder liebt. Und ich hätte am liebsten
die Wunder *in der Natur,* denn die liebst Du ja ebensosehr.
Ich glaube auch, daß es sie dort gibt. Sonst
könnte ich Dir nicht davon erzählen.
Bleibt nur noch die Frage:
Wo sind diese Wesen, die man übernatürlich nennt, die
Geister und die Feen? Wo kommen sie her und wo gehen sie hin?
Welche Macht haben sie über uns und wohin führen sie uns?
Die meisten Erwachsenen wissen nichts darüber,
und deshalb schreibe ich die Geschichten auf,
die ich Dir vor dem Einschlafen erzähle,
damit sie sie später lesen können.

1. Die sprechende Statue

Im Innern eines zu damaligen Zeiten noch unberührten Landes, die Provinz Gévaudan genannt, stand einsam in einer Wildnis inmitten von Wäldern und Bergen das Schloß Pictordu. Niemand bewohnte es

mehr, und es war sehr, sehr traurig. Es schien sich zu langweilen, wie ein Mensch, der immer viel Gesellschaft gehabt und glanzvolle Feste gegeben hat und nun arm, schwach und von allen vergessen auf sein Ende wartet.
Auf dem Weg, der den schmalen Fluß entlanglief, fuhr der ehrenwerte Monsieur Flochardet, ein im Süden Frankreichs sehr bekannter Maler, in der Postkutsche. Mit ihm reiste seine einzige Tochter, Diane. Sie war acht Jahre alt. Er hatte sie im Salesianerinnenkloster in Mende abgeholt, um sie nach Hause zu bringen, denn das Kind litt seit etwa drei Monaten an einem Fieber, an dem es jeden zweiten Tag daniederlag, und der Arzt hatte Heimatluft empfohlen. Flochardet nahm sie mit in seine Villa, die er in der Umgebung von Arles besaß.
Vater und Tochter waren tags zuvor in Mende aufgebrochen und hatten einen Umweg gemacht, um eine Verwandte zu besuchen, und nun wollten sie in Saint-Jean-Gardonenque, das heute Saint-Jean-du-Gard heißt, die Nacht verbringen.
Das war lange, bevor es Eisenbahnen gab. Alles ging etwas langsamer als heute, und so würden sie noch einen zweiten Tag brauchen, um nach Hause zu kommen. Der Weg war ganz fürchterlich schlecht, und sie kamen nur langsam voran. Monsieur Flochardet war aus dem Wagen gestiegen und ging neben dem Kutscher.
»Was ist das da vor uns?« fragte er ihn. »Ist es eine Ruine, oder ist es ein hellerer Felsen?«
»Aber, Monsieur«, sagte der Kutscher, »kennen Sie Schloß Pictordu nicht wieder?«
»Ich kann es nicht wiedererkennen, denn ich sehe es zum ersten Mal. Ich bin diesen Weg noch nie gefahren. Und ich werde ihn auch nicht mehr fahren, er ist grauenhaft. Wir kommen überhaupt nicht vorwärts.«
»Geduld, Monsieur. Die alte Straße hier verläuft gerader als die neue. Wir hätten noch sieben Meilen bis heute abend vor uns, wenn wir sie genommen hätten, und so sind es nur noch zwei.«

»Wenn wir aber für dieses Stück fünf Stunden brauchen, was haben wir gewonnen?«

»Monsieur scherzen. In zwei Stündchen sind wir in Saint-Jean-Gardonenque.«

Monsieur Flochardet seufzte. Er dachte an seine kleine Diane. Sie hatte heute ihren Fiebertag, und er hatte gehofft, frühzeitig in einem Gasthof anzukommen und sie schlafenzulegen, damit sie sich ausruhen und aufwärmen konnte. Aus der Schlucht stieg feuchte Luft empor. Die Sonne war bereits untergegangen. Er fürchtete, sie würde bei der kühlen Nachtluft und den Unebenheiten des alten, ungepflegten Weges noch kränker werden.

»Die Straße wird also nicht mehr benutzt?« fragte er den Kutscher.

»So ist es, Monsieur. Die Straße ist für das Schloß angelegt worden, und seitdem niemand mehr im Schloß wohnt ...«

»Es sieht aber groß und prächtig aus. Warum wohnt niemand mehr darin?«

»Weil der jetzige Besitzer, der es geerbt hat, als es schon zu zerfallen begann, nicht die Mittel hat, es ausbessern zu lassen. Früher hat es einem reichen Adligen gehört, der darin seine Tollheiten trieb, Bälle veranstaltete, Theateraufführungen, Spiele, Festgelage und was weiß ich alles. Er hat sein ganzes Vermögen verjubelt, und seine Nachkommen haben es nie mehr zu Reichtum gebracht. Das Schloß steht noch recht trutzig da, aber eines nicht allzu fernen Tages wird es von dort oben in den Fluß hinunterstürzen und damit auch über den Weg, den wir gerade fahren.«

»Wenn es uns nur heute abend noch in Ruhe vorbeiziehen läßt, danach kann es meinetwegen einstürzen, wenn es will! Aber woher kommt der seltsame Name Pictordu?«

»Von dem Felsen, den Sie aus dem Wald über dem Schloß ragen sehen. Er sieht aus wie vom Feuer verkrümmt. Es heißt, in alter Zeit hätte einmal das ganze Land in Flammen gestanden, man nennt es daher Vulkanland. Haben

Sie dergleichen schon mal gesehen? Doch wohl kaum.«
»Oh, ich habe schon einiges gesehen. Aber im Augenblick beschäftigt mich das eigentlich recht wenig. Ich bitte dich, Freund, steig lieber wieder auf und fahr weiter so schnell du kannst.«
»Verzeihung, Monsieur, das geht nicht. Wir müssen erst noch an den alten Wasserspeichern für die Kaskaden im Park vorbei. Es ist zwar fast kein Wasser mehr darin, aber es gibt viel Schutt, und ich muß meine Pferde sehr vorsichtig hindurchführen. Für das kleine Fräulein brauchen Sie nichts zu befürchten, es besteht keinerlei Gefahr.«
»Mag sein«, erwiderte Flochardet, »aber ich trage sie doch lieber auf den Armen. Sag mir, wenn es soweit ist.«
»Wir sind schon da, Monsieur. Tun Sie nur, was Sie für richtig halten.«
Der Maler ließ den Wagen anhalten und holte die kleine Diane heraus, die eingeschlummert war. Das Fieber begann sich bemerkbar zu machen.
»Steigen Sie diese Treppe hier hinauf«, erklärte der Kutscher, »und gehen Sie über die Terrasse. Sie werden zur selben Zeit an der Wegbiegung ankommen wie ich.«
Flochardet ging also mit seiner Tochter im Arm die Treppe hinauf. Bei aller Baufälligkeit war es eine wahrhaft herrschaftliche Treppe. Die Balustrade mußte einmal wunderschön gewesen sein; in gewissen Abständen standen noch einige anmutige Stauden. Die einst mit Steinplatten ausgelegte Terrasse war zu einer Art Garten geworden, überwuchert mit wilden Pflanzen; sie wuchsen zwischen den zerborstenen Steinen und verflochten sich mit den Zweigen veredelter Büsche, die einst in kleine Beete gepflanzt worden waren. Geißblattgewächse mit purpurfarbenen Blüten vertrugen sich sehr schön mit großen wilden Rosensträuchern, zwischen Brombeerbüschen blühte der Jasmin, Libanonzedern überragten einheimische Tannen und Steineichen, Efeu bildete Teppiche am Boden und auf den Mauern oder hängende Girlanden, und Erdbeerbüsche wuchsen auf den Treppenstufen und wanden sich

hinauf bis zu den Sockeln der Statuen. Vielleicht war die Terrasse nie so schön gewesen wie jetzt, da sie so überwachsen war von ungezähmter Vegetation, aber Flochardet war Salonmaler und liebte die freie Natur nicht besonders. Außerdem erschwerte die ganze ungeheure Pflanzenpracht in der Abenddämmerung das Vorwärtskommen. Er fürchtete, Dornen könnten das Gesichtchen seines Kindes verletzen. Er schützte es, so gut er konnte, und ging weiter, bis er unter sich das Klappern von Pferdehufen auf Steinen widerhallen hörte und die klagende Stimme des Kutschers, der bald seufzte, bald fluchte. Offenbar war irgendein Unglück geschehen.
Was sollte er tun? Wie dem Mann zu Hilfe eilen mit dem kranken Kind im Arm? Aber die kleine Diane half ihm aus der Verlegenheit, sanft und klug wie sie war. Sie war vom Geschrei des Kutschers wach geworden und merkte sofort, daß er aus einer Gefahr errettet werden mußte.
»Geh zu ihm, Papa, schnell«, sagte sie, »ich kann ganz gut hierbleiben. Der Garten ist sehr schön, ich mag ihn. Laß mir deinen Mantel da. Ich warte auf dich und rühr mich nicht vom Fleck. Du findest mich hier wieder, unter der großen Vase. Du kannst ganz beruhigt sein.«
Flochardet wickelte sie in seinen Mantel und ging weg, um nachzusehen, was geschehen war. Der Kutscher war unverletzt, aber der Wagen war umgekippt, als er ihn über den Schutt fahren wollte, und beide Räder waren zerbrochen. Eins der Pferde war gestürzt und hatte sich die Knie verletzt. Der Kutscher war ganz verzweifelt, er war zu bedauern; Flochardet jedoch packte sinnloser Zorn, denn er konnte sich nicht wehren. Was sollten sie jetzt tun? Die Nacht brach schon herein, und das Kind war zu schwer, um es zwei Meilen weit über Land zu tragen, das bedeutete drei Stunden Fußmarsch. Dennoch blieb ihnen kein anderer Ausweg. Er ließ den Kutscher mit seinem Unglück allein und begab sich zurück zu Diane. Anstatt sie aber, wie er erwartet hatte, schlafend am Fuß der großen Vase zu finden, lief sie ihm hellwach und beinahe fröhlich entgegen

und rief: »Papa! Ich hab von der Terrasse aus alles gehört. Dem Kutscher ist nichts passiert, aber die Pferde sind verletzt, der Wagen ist zerbrochen, und wir können heut abend nicht mehr weiter. Ich war sehr bedrückt, weil du dir so große Sorgen machst, aber da hat die Frau meinen Namen gerufen, und als ich hochschaute, hab ich gesehen, daß sie die Hand zum Schloß ausstreckt. Und sie hat zu mir gesagt, daß wir hineingehen sollen. Komm, gehn wir. Sie freut sich sicher, und wir haben es sicher gut bei ihr.«
»Von welcher Frau redest du da, mein Kind? Das Schloß ist unbewohnt, und hier ist niemand zu sehen.«
»Siehst du die Frau nicht? Es wird zwar schon Nacht, aber ich sehe sie noch ganz deutlich. Schau! Sie zeigt immer noch zu der Tür, wo es hineingeht.«
Flochardet sah in die Richtung, in die Diane zeigte, und da stand eine lebensgroße Statue, eine allegorische Figur, vielleicht die »Gastfreundschaft«. Sie schien in der Tat den Ankömmlingen mit graziöser Geste den Eingang zum Schloß zu weisen.
»Was du für eine Frau hältst, mein Kind, ist eine Statue, und daß sie zur dir gesprochen hat, das hast du dir dazugeträumt.«
»Nein, Papa, ich hab nicht geträumt. Wir müssen tun, was sie gesagt hat.«
Flochardet wollte dem kranken kleinen Mädchen nichts abschlagen. Er warf einen Blick auf die reichverzierte Fassade des Schlosses. Pflanzen kletterten die Mauern hoch und klammerten sich an die aus Stein gemeißelten Balkone und Mauerränder, aber es sah noch prächtig und solide aus.
Nun, es ist tatsächlich ein ganz guter Aufenthaltsort, solange wir ohnehin abwarten müssen; ich werde schon einen Winkel finden, wo die Kleine ausruhen kann, und kann dann das weitere überlegen, sagte sich der Maler.
Er trat mit Diane, die ihn entschlossen an der Hand hinter sich herzog, in eine mächtige Säulenhalle, und als sie weitergingen, gelangten sie in eine weitere Halle, die, um die

Wahrheit zu sagen, eigentlich nur noch ein einziges Blumenbeet war aus Wilder Minze und Weißblättrigem Andorn, umringt von Säulen, die zum größeren Teil auf der Erde lagen. Die übrigen trugen die Reste einer Kuppel, durch die man an unzähligen Stellen in den Himmel sehen konnte. Der halb zerstörte Bau erschien Flochardet nicht gerade einladend, und er wollte schon wieder umkehren, als der Kutscher herbeigelaufen kam und meinte:
»Kommen Sie mit, Monsieur. Dort auf der anderen Seite ist ein Pavillon, der noch ganz ist. Da können Sie gut die Nacht verbringen.«
»Wir müssen also über Nacht hierbleiben? Gibt es denn keine Möglichkeit, wenn wir schon nicht mehr in die Stadt kommen, wenigstens einen Bauernhof oder irgendein Landhaus zu finden?«
»Unmöglich, Monsieur. Sie müßten außerdem Ihre Sachen im Wagen lassen. Wir können nicht mehr mit ihm fahren.«
»Mein Gepäck herausholen ist nicht schwierig, es ist nicht viel, und wir könnten es auf eins deiner Pferde packen. Auf dem anderen reite ich mit meiner Tochter, und du zeigst uns den Weg zur nächsten Unterkunft.«
»Es gibt keine Unterkunft, die wir heute nacht noch erreichen könnten. Der Weg durchs Gebirge ist zu unwegsam, und meine armen Pferde sind alle beide nicht mehr zu gebrauchen. Ich wüßte nicht einmal bei Tage, wie wir hier herauskommen sollen. Und, gütiger Himmel, das wichtigste ist doch, daß das kleine Fräulein schlafengelegt wird. Ich werde einen Raum für Sie finden, in dem noch Türen und Fensterläden sind und die Decke nicht einstürzt. Ich habe so etwas wie einen Stall für meine Tiere gefunden, und da ich meinen kleinen Sack Hafer für sie habe und Sie noch einige Vorräte haben, werden wir heute abend jedenfalls nicht Hungers sterben. Ich bringe Ihnen Ihre Sachen und die Kissen aus der Kutsche zum Schlafen. Eine Nacht ist schnell vorbei.«
»Nun gut, wenn du meinst«, sagte Flochardet. »Du

scheinst ja deine Fassung wiedergefunden zu haben. Du kennst wohl hier einen Wächter, der uns hier bleiben läßt?«
»Es gibt keinen Wächter. Das Schloß Pictordu bewacht sich selbst. Zum einen gibt's hier nichts zu holen, und außerdem ... Aber das erzähle ich Ihnen ein andermal. Hier sind wir beim ehemaligen Bad angelangt. Ich weiß, wie man die Tür aufkriegt. So, treten Sie ein, Monsieur, Ratten, Eulen und Schlangen gibt es hier nicht. Warten Sie, bis ich wiederkomme, und fürchten Sie nichts.«
Während sie so redeten, waren sie durch mehr oder weniger zerfallene Teile des Hauptgebäudes zu einer Art Pavillon gelangt. Es war ein niedriges und etwas schwerfälliges strenges Gebäude und wie das Schloß in der Renaissance erbaut worden. Die Fassade bot ein eigentümliches Gemisch aus verschiedenen architektonischen Stilen, im übrigen war der Bau, in einem Hof gelegen, der die Form eines Kreuzgangs hatte, eine Miniaturnachahmung der antiken Thermen. Im Innern war er gut geschützt und leidlich erhalten.
Der Kutscher hatte eine der Laternen vom Wagen mitgebracht. Er entzündete sie, und Flochardet konnte sich davon überzeugen, daß der Platz als Nachtlager geeignet war. Er setzte sich auf einen Säulensockel und wollte Diane auf die Knie nehmen, solange der Kutscher die Kissen und das Gepäck holen ging, aber sie meinte: »Nein, Papa, danke. Ich freu mich sehr, daß ich die Nacht in dem schönen Schloß verbringen darf, und ich fühle mich auch gar nicht mehr krank. Gehn wir mit dem Kutscher und helfen ihm, dann geht es schneller. Du hast sicher Hunger, und ich glaube, ich möchte auch gern was von dem Kuchen und dem Obst, die du mir in den kleinen Korb gepackt hast.«
Als Flochardet seine kleine Kranke so munter sah, nahm er sie mit, und sie konnte sich auch wirklich nützlich machen. Nach einer Viertelstunde waren Kissen, Mäntel, Koffer, Körbe, kurz alles, was in der Kutsche war, in das

Bad des alten Herrensitzes gebracht. Diane vergaß auch ihre Puppe nicht, die sich bei dem Unfall einen Arm gebrochen hatte. Fast hätte sie geweint, aber als sie sah, daß ihr Vater einige wertvollere Dinge zu beklagen hatte, die zu Bruch gegangen waren, unterließ sie es lieber, laut zu klagen. Der Kutscher stellte die tröstliche Tatsache fest, daß zwei Flaschen guten Weines die Katastrophe überstanden hatten, und während er sie herbeitrug, sah er sie beide zärtlich an.

»Also, nachdem du für uns ein Lager gefunden hast«, erklärte Flochardet nun, »und nachdem du so ergeben sein willst, uns zu bedienen ... wie heißt du?«

»Romanèche, Monsieur!«

»Gut, Romanèche, du wirst mit uns zu Abend essen, und du kannst hier in diesem großen Saal auch schlafen, wenn du willst.«

»Nein, Monsieur, ich muß meine Pferde versorgen und gesundpflegen. Aber ein Glas Wein ist nie von der Hand zu weisen, vor allem nach einem Unglück. Im übrigen bin ich Ihnen zu Diensten. Das kleine Fräulein will sicher Wasser haben. Ich weiß, wo die Quelle ist. Und ich werde ihr das Bett machen. Ich weiß, wie man für Kinder sorgt, Monsieur, ich habe selbst welche!«

So sprach der brave Romanèche und richtete alles her, wie er gesagt hatte. Das Abendessen bestand aus kaltem Geflügel, Brot, Schinken und einigen Leckereien, die Diane mit großem Appetit verzehrte. Es gab weder Tisch noch Stühle, aber in der Mitte des Saales war ein Marmorbecken in Form eines kleinen Amphitheaters, auf dessen Stufen man gemütlich sitzen konnte. Die Quelle, die einst das Bad gespeist hatte und immer noch in dem kreuzgangförmigen Innenhof aus der Erde sprudelte, lieferte köstliches Wasser, das Diane aus ihrem kleinen Silberbecher trank. Flochardet gab Romanèche eine Flasche und behielt die andere; Gläser brauchten sie nicht.

Während er aß, beobachtete der Maler seine Tochter. Sie war sehr fröhlich und hätte lieber noch eine Weile geplau-

dert, anstatt schlafen zu gehen, aber als sie ihren Hunger gestillt hatte, hieß er sie sich niederlegen. In einer Marmorschale am Rand des Beckens machten sie ihr aus Kissen und Mänteln eine recht bequeme Lagerstatt.
Es war eine wunderschöne Sommernacht, und der Mond begann gerade aufzugehen. Die Kutscherlaterne brannte auch noch, und so war der Ort keineswegs düster. Einst waren die Wände bemalt gewesen, man konnte an der Decke noch Vögel sehen, die durch Ornamente flogen und Schmetterlinge einfangen wollten, die größer waren als sie selbst. An den Wänden hielten sich Nymphen an den Händen und tanzten im Reigen. Der einen fehlte ein Bein, der anderen fehlten die Hände oder der Kopf. Diane lag ganz still mit ihrer Puppe im Arm in ihrem improvisierten Bett, und bis sie einschlief, besah sie sich die Tänzerinnen, von denen einige kaum noch Füße hatten, die ihr aber dennoch sehr schön und festlich erschienen.

2. *Die Frau mit dem Schleier*

Als Monsieur Flochardet seine Tochter schlafend glaubte, fragte er den Kutscher Romanèche, der jetzt den Kammerdiener spielte und die Reste des Abendessens wegräumte:
»Erklär mir doch jetzt, warum das Schloß sich selbst bewacht. Du hast angedeutet, daß es damit seine besondere Bewandtnis habe.«
Romanèche zögerte einen Augenblick. Der gute Wein seines Reisenden hatte ihn jedoch in Erzähllaune versetzt, und er sprach folgendes: »Sie werden mich auslachen, Monsieur, da bin ich sicher. Ihr gebildeten Leute, ihr glaubt an gewisse Dinge nicht.«
»Wir wollen sehen. Erzähl nur, guter Mann. Ich glaube nicht an übernatürliche Dinge, das ist wahr. Aber ich liebe Geschichten, in denen Wunder vorkommen. Das Schloß

hat natürlich seine Legende. Erzähl sie mir. Ich werde auch bestimmt nicht lachen.«

»Nun, Monsieur, dann werde ich sie eben erzählen. Ich hatte gesagt, daß Schloß Pictordu sich selber bewacht. Das ist so eine Redensart. Es wird nämlich von der Frau mit dem Schleier bewacht.«

»Und wer ist das, die Frau mit dem Schleier?«

»Tja, das weiß niemand! Die einen sagen, es sei eine wirkliche Frau, die sich nur altmodisch anzieht. Andere sagen, es sei der Geist einer Prinzessin, die vor langer Zeit hier gelebt hat und jede Nacht hierherkommt.«

»Dann werden wir also das Vergnügen haben, sie zu sehen?«

»Nein, Monsieur, Sie werden sie nicht sehen. Es ist eine sehr höfliche Dame, und sie möchte, daß man so freundlich ist und bei ihr einkehrt. Manchmal lädt sie Vorüberfahrende dazu ein, und wenn diese nicht darauf achten, wirft sie ihnen den Wagen um oder läßt ihnen die Pferde stürzen. Oder sie läßt, wenn sie zu Fuß sind, so viele Steine auf den Weg rollen, daß sie nicht mehr weiterkönnen. Sie muß uns vom Turm oder von der Terrasse irgendein einladendes Wort zugerufen haben, das wir nicht verstanden haben. Denn Sie können sagen, was Sie wollen, Monsieur, der Unfall, den wir hatten, ist nicht auf natürliche Weise zustandegekommen, und wenn Sie darauf bestanden hätten, weiterzureisen, wäre uns noch Schlimmeres zugestoßen.«

»Ah, jetzt verstehe ich, warum du uns auf keinen Fall woandershin bringen wolltest.«

»Woanders, auch in der Stadt, hätten Sie es bestimmt nicht so gut und auch nicht so sauber. Das Abendessen hätte vielleicht besser sein können – aber ich für mein Teil fand es ganz ausgezeichnet!«

»Es war ausreichend, und ich beklage mich nicht, daß wir hier sind. Aber nun möchte ich alles über die verschleierte Frau wissen. Wenn man bei ihr einkehrt, ohne daß sie einen eingeladen hat, ist sie dann verärgert?«

»Sie ärgert sich nicht, und sie zeigt sich nicht. Noch niemand hat sie je gesehen. Sie ist nicht böse und hat noch nie jemandem etwas zuleide getan. Man hört nur eine Stimme rufen: ›Geh!‹ Und ob man will oder nicht, man fühlt sich gezwungen, ihr zu gehorchen, so als würde man von vierzig Pferdegespannen fortgezogen.«

»Das könnte uns dann auch passieren, nachdem sie uns ja nicht eingeladen hat.«

»Verzeihung, Monsieur, ich bin sicher, daß sie uns gerufen hat. Wir haben nur nicht darauf geachtet.«

Flochardet erinnerte sich nun an die kleine Diane, die geglaubt hatte, die Statue auf der Terrasse hätte sie gerufen. »Sprich leiser«, sagte er zum Kutscher, »das Kind hat irgend etwas in der Art geträumt, und es braucht nicht an derlei Verrücktheiten zu glauben.«

»Oh!« rief Romanèche ganz unbefangen, »sie hat es gehört! So ist es, Monsieur! Die verschleierte Frau liebt Kinder sehr, und als sie sah, daß Sie weiterwollten, ohne ihre Einladung ernst zu nehmen, hat sie den Wagen umkippen lassen.«

»Und deine Pferde zu Fall gebracht? Für eine gastfreundliche Person ist das aber ein schlechter Streich!«

»Wissen Sie, Monsieur, meinen Pferden ist nicht viel geschehen. Ein bißchen Blut ist geflossen, das war alles. Sie hatte es nur auf den Wagen abgesehen. Aber den können wir morgen reparieren oder einen anderen auftreiben, und Sie haben letztlich nur ein paar Stunden verloren. Sie hätten in Saint-Jean-Gardonenque ohnehin übernachten müssen. Oder werden Sie irgendwo erwartet und fürchten, daß man sich um Sie Sorgen macht, wenn Sie nicht am vereinbarten Tag eintreffen?«

»Ja, so ist es«, antwortete Flochardet, der sich mehr und mehr vor der sorglosen Unbekümmertheit des braven Mannes fürchtet, und vor seiner allzugroßen Ergebenheit, sollte der verschleierten Dame ein neuer launiger Einfall kommen. »Wir müssen zeitig aufstehen und die verlorene Zeit einholen.«

Eigentlich wurde Flochardet zu Hause an keinem bestimmten Tag erwartet. Seine Frau wußte nicht, daß Diane im Kloster krank geworden war und sie die Freude erwartete, sie vor Ferienbeginn wiederzusehen.
»Ich denke also, wir gehen jetzt schlafen«, sagte er. »Wenn du hier bleiben willst – ich habe nichts dagegen, wenn du lieber hier schläfst als bei deinen Pferden.«
»Danke, Monsieur, Sie sind sehr gütig«, erklärte Romanèche, »aber ich schlafe nur bei ihnen. Jeder hat seine Gewohnheiten. Oder fürchten Sie sich, wenn Sie mit dem kleinen Fräulein allein sind?«
»Fürchten? Nein. Nachdem ich deine Frau ja nicht zu Gesicht bekommen werde ... Aber kannst du mir noch sagen, woher man weiß, daß sie verschleiert ist, nachdem sie doch noch nie jemand gesehen hat?«
»Das weiß ich nicht, Monsieur. Es ist eine alte Geschichte, ich habe sie nicht erfunden. Ich glaube einfach daran, ohne mir weiter Gedanken zu machen. Ich bin auch nicht ängstlich. Und außerdem hab ich nie was getan, was den Geist des Schlosses hätte verärgern können.«
»Na, dann gute Nacht«, sagte Flochardet. »Und vergiß nicht, sei bei Tagesanbruch da. Mach alles schnell und gut, du wirst es nicht zu bereuen haben.«
Als Flochardet mit Diane allein war, ging er zu ihr hin und legte die Hand auf ihre Wangen und ihre kleinen Hände. Zu seiner Überraschung waren sie kühl, und darüber war er sehr froh. Er versuchte noch, ihren Puls zu fühlen, obwohl er von kranken Kindern nicht viel verstand.
»Du kannst ganz beruhigt sein, Papa«, sagte Diane und gab ihm einen Kuß, »mir geht es sehr gut. Meine Puppe hat das Fieber. Wir dürfen sie nicht stören.«
Diane war ein stilles und liebes Kind und beklagte sich niemals. Aber sie sah so ruhig und heiter aus, daß ihr Vater ganz glücklich war.
Sie hatte ihren Fieberanfall, und sie hat phantasiert, als sie die Statue sprechen hörte, dachte er bei sich. Aber der Anfall war kurz, und vielleicht ist sie durch die Luftverände-

rung schon wieder gesund. Vielleicht gefällt es ihr auch im Kloster nicht. Ich werde sie zu Hause behalten, und darüber ist meine Frau ganz bestimmt auch nicht unglücklich.

Flochardet wickelte sie ein, so gut er konnte, streckte sich auf den Stufen des Beckens neben ihr aus und war bald eingeschlafen, jung und gesund wie er war.

Monsieur Flochardet war nicht mehr als vierzig Jahre alt. Er war ein gutaussehender Mann, liebenswürdig, reich, gut erzogen und sehr galant. Sein vieles Geld hatte er mit sorgfältig gearbeiteten und sehr farbenfrohen Porträts verdient, von denen die Damen immer fanden, sie seien ihnen sehr ähnlich, weil er sie alle verjüngte und verschönerte. In Wirklichkeit ähnelten sich die Porträts von Flochardet alle eher untereinander, denn er hatte ein Vorbild im Kopf, das er unaufhörlich wiederholte und nur wenig veränderte. Er verwendete lediglich große Mühe darauf, die Kleider und Frisuren seiner Modelle sehr getreu wiederzugeben, und nur in diesen genau ausgeführten Details waren die Eigenheiten der dargestellten Person zu erkennen. Er brillierte darin, den Farbton eines Kleides, den Schwung einer Haarlocke, die Luftigkeit eines Seidenbandes wiederzugeben, und manche seiner Modelle erkannte man auf den Bildern sofort an einem Polster oder dem Papagei. Ohne Talent war er keineswegs, er hatte sogar in seinem Fach ein beachtliches Talent; Originalität jedoch, Genie, Gefühl für das wirkliche Leben – das waren Dinge, die man von ihm nicht erwarten konnte. Zudem war sein Erfolg unbestritten, und die elegante bürgerliche Welt zog ihn einem echten Meister vor, denn der hätte die Unverschämtheit besessen, eine Warze darzustellen oder eine Falte zu betonen.

Er hatte in zweiter Ehe ein Mädchen geheiratet, das jung und arm war, aber aus guter Familie, und das ihn für den größten Künstler auf der ganzen Welt hielt. Im Grunde war sie nicht dumm, aber sie war so außerordentlich hübsch, daß sie nie Zeit gehabt hatte, nachzudenken und sich zu bilden. Und so hatte sie es auch abgelehnt, die kleine Tochter ihres Gatten aufzuziehen. Sie ließ sie von ihm ins Kloster bringen mit der Bemerkung, da sie das einzige Kind sei, würde es ihr bei anderen kleinen Mädchen besser gefallen als allein zu Hause. Sie wußte nicht, wie sie mit ihr spielen und sie unterhalten sollte, oder wenn sie es gewußt hätte, so hätte sie keine Zeit dazu gehabt. Die brauchte sie, um sich zehnmal am Tag umzuziehen und jedesmal noch schöner auszusehen.

Flochardet war ein guter Vater und ein guter Ehemann. Er fand zwar, daß Madame Flochardet ein wenig oberflächlich sei, aber sie war es ja, um ihm zu gefallen, und außerdem müsse sie, sagte sie, sich deshalb den ganzen Tag herausputzen, um ihm nützlich zu sein, damit er eingehend weibliche Roben studieren könne, die einen so großen Teil seiner Malerei ausmachten.

Während Flochardet nun im Bad des alten Herrenhauses einschlief, dachte er an all das, an die Kleider seiner Frau, an ihre Schönheit, an seine kranke, vielleicht auch schon gesunde Tochter, an seine reiche Kundschaft, an seine Arbeit, die es ihn drängte fortzusetzen, an den Unfall mit der Kutsche, an das merkwürdige Zusammentreffen der phantastischen Geschichte des Kutschers mit der Halluzination seiner kleinen Diane, an die verschleierte Frau und an die Neigung der Leute auf dem Land, an Wunderdinge zu glauben, ohne daß unbedingt die Angst der Grund für diese Hirngespinste sein mußte. Und indem er über all das nachsann, fiel er in einen tiefen Schlaf und schnarchte sogar ein bißchen.

Auch Diane schlief – oder nicht? Nun, ich gestehe, daß ich das nicht weiß. Ich habe von ihrem Vater und ihrer Mutter erzählt, und ich habe mir diesen Abstecher erlaubt, auch auf die Gefahr, daß ihr ungeduldig werdet, weil ihr wissen müßt, warum Diane gewöhnlich ein so stilles und nachdenkliches kleines Mädchen war. Die ersten Lebensjahre hatte sie mit ihrer Amme verbracht, die sie vergötterte, die aber nur sehr wenig redete, und so hatte sie sich ihre Gedanken in ihrem kleinen Köpfchen selbst zusammengereimt, wie sie eben konnte. Ihr werdet euch also nicht wundern über das, was ich von ihr berichten werde. Aber nun zu ihrem Erlebnis im Schloß Pictordu, wie dort ihr Geist geweckt und in eine bestimmte Richtung gelenkt wurde.

Als Diane ihren Vater schnarchen hörte, öffnete sie die Augen und blickte um sich. Es war dunkel in dem großen runden Raum, aber die Decke war nicht sehr hoch, und die Kutscherlaterne, die an der Wand hing, flackerte noch trüb. So konnte sie ein oder zwei der antiken Tänzerinnen erkennen, die vor ihr an die Wand gemalt waren. Die eine war besser erhalten und in den Farben noch frischer als die andere; es war eine hochgewachsene Gestalt mit einem Kleid von schillerndem Grün, die nackten Arme und Beine waren gut zu erkennen, nur das Gesicht war durch die Feuchtigkeit zerstört und ganz verschwunden. Im Halbschlummer hatte Diane gehört, was der Kutscher Flochardet von der verschleierten Frau erzählt hatte, und nach und nach kam ihr der Gedanke, daß der gesichtslose Körper der Tänzerin etwas mit der Legende des Schlosses zu tun haben müsse.

Ich weiß nicht, dachte sie, warum Papa das Ganze nur verrückt findet. Ich bin ganz sicher, daß die Frau auf der Terrasse zu mir gesprochen hat, und sie sprach mit einer sehr melodischen und sanften Stimme. Wie schön wäre es, wenn sie noch einmal zu mir sprechen würde. Wenn ich nicht fürchten müßte, daß Papa, der glaubt, ich sei immer noch krank, ärgerlich wird, würde ich sogar nachsehen, ob sie immer noch da ist.

Kaum hatte sie das gedacht, da erlosch die Laterne, und sie sah ein wunderschönes helles bläuliches Licht, wie das des Mondes, den Raum durchfließen. Und in dem sanften Lichtstrahl löste sich die antike Tänzerin von der Wand und kam zu ihr.

Diane hatte keine Angst. Es war eine Gestalt von auserlesener Grazie. Ihr Kleid sah aus, als sei es mit Silberpaillet-

ten übersät und umhüllte in tausend Falten ihren schönen Körper. Ein Gürtel aus Edelsteinen hielt die leichte Tunika in der Mitte zusammen, und ein glänzender Gazeschleier lag auf ihrem Haar, dessen blonde Flechten aus ihm hervorlugten und auf die schneeweißen Schultern fielen. Das Gesicht war durch den Schleier kaum zu erkennen, nur dort, wo die Augen waren, schimmerte ein schwacher Schein. Die nackten Beine und die bis zur Schulter entblößten Arme waren von vollkommenem Liebreiz. Die Nymphe auf der Wand mit den verschwommenen Umrissen und den blassen Farben war eine lebendige Person geworden und ungemein lieblich anzuschauen.
Sie kam ganz nahe an das kleine Mädchen heran, ohne den Vater im Schlaf zu stören, der neben ihm lag, beugte sich zu ihm hinunter und drückte einen Kuß auf seine Stirn. Das heißt, Diane hörte zwar das leise Geräusch der Lippen, fühlte den Kuß aber nicht. Sie warf die Arme um den Hals der Frau, um ihre Zärtlichkeit zu erwidern und sie festzuhalten, aber sie umarmte einen Schatten.
»Sind Sie ganz aus Nebel gemacht«, sagte sie, »daß ich Sie nicht fühlen kann? Sprechen Sie wenigstens, damit ich weiß, ob Sie es sind, die vorher mit mir gesprochen hat.«
»Ja, ich bin es«, antwortete die Frau. »Willst du mit mir spazieren gehen?«
»Oh ja, sehr gern, aber nimm mir das Fieber weg, damit sich Papa keine Sorgen mehr machen muß.«
»Du kannst ganz beruhigt sein. Bei mir kann dir nichts geschehen. Gib mir deine Hand.«
Diane gab ihr vertrauensvoll die Hand, und obwohl sie die Hand der Fee nicht spürte, schien es ihr, als zöge eine angenehme Kühle durch ihren ganzen Körper.
Sie verließen zusammen den Raum.
»Wo möchtest du hingehen?« fragte die Fee.
»Wohin du willst«, antwortete Diane.
»Willst du wieder auf die Terrasse?«
»Ja, die Terrasse hat mir gut gefallen mit all den Büschen und den grünen Pflanzen mit den vielen kleinen Blumen.«

»Hast du keine Lust, das Innere meines Schlosses zu sehen? Es ist noch viel schöner!«
»Aber es ist doch ganz zerfallen, und der Wind zieht überall durch die Mauern.«
»Das scheint dir nur so, wie allen, denen ich es noch nicht gezeigt habe.«
»Und mir zeigst du es?«
»Ja, gewiß! Schau nur.«
In diesem Augenblick verwandelten sich die Ruinen, in denen Diane sich zu befinden glaubte, in eine Galerie mit vergoldetem Stuck an der Decke. Unter den Gewölbebögen entzündeten sich Kristalleuchter, und in den Maueröffnungen erschienen große, kunstvoll gemeißelte Figuren aus schwarzem Marmor, die Fackeln trugen. Auf reichverzierten Sockeln standen Statuen aus Bronze, weißem Marmor oder Jaspis, andere waren ganz vergoldet, und zu Füßen der kleinen Reisenden dehnte sich ein Mosaikboden mit Blumen und Vögeln in wundersamer Anordnung ins Endlose. Gleichzeitig ertönte von ferne Musik, und Diane, die Musik sehr liebte, begann sofort zu laufen, um dem Tanz zuzusehen, denn sie war ganz sicher, daß die Fee sie zum Ball führen würde.
»Du tanzt also gern?« fragte die Fee.
»Nein«, sagte Diane, »ich habe nie tanzen gelernt, und meine Beine sind noch zu schwach. Aber ich mag alles, was schön aussieht, und ich würde dich gern noch einmal im Kreis tanzen sehen, so wie ich dich auf dem Gemälde an der Wand gesehen habe.«
Sie gingen in einen großen, hell erleuchteten Spiegelsalon, und die Fee verschwand. Gleich darauf sah Diane Hunderte von Mädchen, die alle aussahen wie sie und ein grünes Kleid mit einem Gazeschleier trugen, leichtfüßig aus all den großen Spiegeln springen und tanzen, und ein unsichtbares Orchester spielte dazu. Sie sah mit großem Vergnügen dem Reigen zu, bis ihre Augen müde wurden und ihr war, als würde sie einschlafen. Aber gleich fühlte sie sich wieder von der kühlen Hand der Fee aufgeweckt und

befand sich in einem noch wunderbareren und noch reicher ausgestatteten Raum. In seiner Mitte stand ein schön geformter Tisch, ganz aus Gold, auf dem sich Naschwerk, exotische Früchte, Blumen, Kuchen und Bonbons bis zur Decke türmten.

»Nimm dir, soviel du möchtest«, sagte die Fee.

»Ich möchte nichts«, erwiderte Diane, »höchstens herrlich kaltes Wasser. Mir ist so heiß, als ob ich getanzt hätte.«

Die Fee blies sie durch ihren Schleier hindurch an, und sie fühlte sich ausgeruht und erquickt.

»Siehst du, nun geht es dir wieder gut. Was möchtest du jetzt sehen?«

»Was du möchtest.«

»Hast du keinen Wunsch?«

»Willst du mich vielleicht die Götter sehen lassen?«

Die Fee schien diese Frage nicht zu überraschen. Diane hatte einmal in einem alten Buch über Mythologie geblättert und darin ziemlich häßliche Gestalten gesehen, die sie zuerst sehr anzogen, ihr aber bald nicht mehr gefielen. Nun wünschte sie sich, sie in einer besseren Darstellung zu sehen, denn sie nahm an, daß die Fee sicher schöne Bilder hätte. Diese führte sie denn auch in einen Saal mit Gemälden, auf denen in Lebensgröße mythologische Gestalten abgebildet waren. Diane sah sie erst erstaunt an, dann bekam sie Lust, sie auch in Bewegung zu sehen.

»Mach, daß sie zu uns herkommen«, sagte sie zur Fee. Sogleich verließen all die Gottheiten ihren Rahmen und wandelten um sie herum durch den Saal, dann schwebten sie höher und immer höher, bis sie unter der Decke wie Vögel kreisten, die sich gegenseitig nachflogen. Schließlich kreisten sie so schnell, daß Diane die einzelnen nicht mehr unterscheiden konnte, nur wenige glaubte sie zu erkennen, die sie in ihrem Buch sehr gemocht hatte, die graziöse Hebe mit der Schale, die stolze Juno mit dem Pfau, den entzückenden Merkur mit seinem kleinen geflügelten Hut und Flora mit ihren Blumengirlanden. Aber all das bewegte Durcheinander ermüdete sie von neuem. »Es ist zu heiß bei dir«, sagte sie zur Fee, »führ mich in deinen Garten.«

Und schon befand sie sich auf der Terrasse. Aber es war nicht mehr der verwilderte und ungepflegte Ort, durch den sie zuvor zum Schloß gegangen war, es war ein Blumengarten mit Wegen, die ähnlich wie der Mosaikboden aus kleinen bunten Kieseln gelegt waren, und mit kunstvoll angelegten Beeten, in denen die Blumen vielfache Muster formten wie zu einem reich gewebten Teppich. Die Statuen sangen ein wohlklingendes Lied zu Ehren des Mondes, und Diane wollte nun gern die Göttin sehen, deren Namen auch sie trug. Schon erschien sie als silberne Wolke am Himmel, sie war sehr groß und trug einen glitzernden Bogen. Für einen Augenblick wurde sie kleiner, dann noch kleiner, so klein wie eine Schwalbe, dann kam sie wieder näher und wurde größer. Diane wurde es müde, ihr mit den Augen zu folgen, und sagte zur Fee:

»Jetzt möchte ich dich umarmen.«

»Du meinst, du willst jetzt schlafen?« Die Fee nahm sie in die Arme. »Also schlafe. Aber vergiß nichts von dem, was ich dir gezeigt habe, wenn du aufwachst.«

Diane fiel in einen tiefen Schlaf, und als sie die Augen wieder öffnete, lag sie in ihrem Bett in der Marmorschale und hielt die kleine Hand ihrer Puppe. Die bläuliche Morgendämmerung hatte das blaue Mondlicht vertrieben. Monsieur Flochardet war schon aufgestanden, hatte sein Reisenecessaire ausgepackt und rasierte sich in aller Ruhe den Bart, denn damals hätte sich ein Mann von Welt geschämt, morgens nicht frisch rasiert zu erscheinen, ganz gleich, in welcher Lage er sich befand.

Diane stand auf, zog ihre Schuhe wieder an, die sie zum Schlafen ausgezogen hatte, machte die Häkchen ihres Kleides zu und bat ihren Papa, ihr den Spiegel zu leihen, damit sie auch ein wenig Toilette machen konnte, während er mit Romanèche die Abreise organisierte. Flochardet wußte, daß sie sehr reinlich und ordentlich war und ließ sie allein. Er empfahl ihr nur noch, auch gut auf ihre Füße aufzupassen, wohin sie traten, wenn sie über die Schutthaufen ging, die im Schloß lagen.
Diane machte ihre Morgentoilette und räumte alles wieder fein säuberlich in das Reisenecessaire, und da ihr Vater nicht noch einmal zurückkam, ging sie im Schloß umher, in der Hoffnung, all die schönen Dinge wiederzufinden, die sie mit der Fee nachts hatte sehen dürfen. Aber sie fand nicht einmal mehr die Stelle, wo sie gewesen waren. Die Wendeltreppen waren zerfallen oder ihre Stufen wanden sich um die Mittelsäule, ohne an den Mauern der eingestürzten Türme Halt zu finden. Die Decken der oberen Säle waren eingebrochen, und von der Struktur der Hauptgebäude war nichts mehr zu erkennen. Man konnte noch sehen, daß sie reich verziert gewesen waren, einige Wände trugen noch Spuren von Bemalung und einige Marmorstücke noch Reste von Vergoldung. Prächtige Kamine, einst in die Wand hineingebaut, erhoben sich ins Leere. Die Böden waren mit Trümmerresten aller Art bedeckt. Splitter von farbigen Fensterscheiben warfen sprühende Fünkchen durch das Grün der wuchernden Pflanzen. Kleine Marmorhände, die Cupidostatuetten gehört hatten, einst vergoldete bronzene Zephirflügel von Kandelabern, von Ratten zernagte Fetzen von ehemaligen Gobelins lagen umher, auf denen vielleicht noch das blasse Gesicht einer Königin oder eine mit Blumen gefüllte Vase zu erkennen waren; kurz ein der Vergänglichkeit anheimgefallener fürstlicher Luxus, eine ganz zu Staub zerfallene Welt des Reichtums und des Vergnügens.

Diane konnte nicht verstehen, warum ein so großes Schloß, dessen Fassade sich noch mächtig über der Schlucht erhob, verlassen worden war, und fragte sich, ob das, was sie jetzt sah, vielleicht ein Traum sei. Man sagt, daß ich ein wenig durcheinander bin, wenn ich Fieber habe, dachte sie, aber heute nacht hatte ich kein Fieber, ich habe die Dinge ganz wirklich gesehen, und ich habe mich überhaupt nicht krank gefühlt. Die Fee hat aber gesagt, daß man ihr Schloß nur sehen kann, wenn sie es erlaubt, und ich muß mich wohl damit zufriedengeben, wie sie es mir jetzt zeigt.
Nachdem Diane vergeblich die wunderbaren Räume gesucht hatte, die großen Galerien, die Gemälde und die Figuren, den goldenen Tisch mit dem Bonbonberg und all die Herrlichkeiten, in denen sie in der Nacht umhergewandelt war, ging sie in den Garten. Auch dort fand sie nur Brennesseln, Brombeersträucher, Königskerzen und Asphodelen. Aber irgendein Gefühl sagte ihr, daß diese Pflanzen auch nicht häßlicher waren als die anderen, und die Beete, die ihre symmetrischen Muster und ihre farbigen Kieselwege verloren hatten, von denen sie auf der Suche nach Erdbeeren noch einige winzige Spuren fand, gefielen ihr sehr gut so, wie sie waren. Ein paar Mosaiksteinchen hob sie auf und steckte sie in die Taschen. Dann suchte sie, als sie an der Terrasse vorbeikam, im Gewirr der Büsche die Statue, die tags zuvor zu ihr gesprochen hatte. Sie stand immer noch neben der großen Vase und hatte den Arm zum Eingang des Schlosses ausgestreckt. Aber sie sagte nichts mehr. Wie hätte sie auch etwas sagen sollen? Sie hatte keinen Mund, denn sie hatte kein Gesicht mehr. Nur der Hinterkopf war ihr geblieben mit einem Stück Schleier in den steinernen Haaren. Die übrigen Statuen waren noch viel mehr beschädigt, durch die Zeit, durch die Verwahrlosung und dadurch, daß unartige Kinder zum Spaß Steine nach ihnen geworfen hatten. Jemand, der älter war als Diane, hätte verstanden, daß diese Statuen, wie sie so einsam an einem abgelegenen Ort standen,

den Bauern Furcht einflößten, und daß Verständigere nur den Verfall bedauerten und die Unwissenden gern glauben ließen, daß das Schloß von einer Frau ohne Gesicht bewacht wurde, die gutmütige Menschen aufnahm und unbelehrbare bestrafte. Als sich dann auch noch unterhalb der Terrasse, wo der Weg zwischen der Schloßmauer und dem schmalen Fluß eng und schwer befahrbar war, einige Unfälle ereignet hatten, hatte sich der Glaube an einen Geist, der die Ruinen bewachte, verstärkt, und niemand wagte es mehr, dort Schaden anzurichten. Doch der traurige Zustand der meisten Statuen sprach von einer langwährenden Verheerung; allen fehlten einer oder beide Arme, etliche lagen auf der Erde zwischen violetten Disteln und gelbem Leinkraut.

Während nun Diane die Statue, die zu ihr gesprochen hatte, aufmerksam betrachtete, glaubte sie das Abbild ihrer freundlichen Fee wiederzuerkennen und die Tänzerin, die in dem Pavillon, in dem sie geschlafen hatte, an die Wand gemalt war. Sie konnte sich alles vorstellen, was sie wollte, auch all die antiken Gottheiten, wie sie in der Renaissance gemalt worden waren. Ihre Gestalten und Kostüme schienen ihr vertraut, und da es der Zufall gewollt hatte, daß beide Gestalten kein Gesicht hatten, war Dianes Vorstellung zumindest von der Phantasie her durchaus richtig.

Des Herumlaufens müde, suchte sie nach ihrem Vater und fand ihn bei der Kutsche, um die Reparaturen voranzutreiben. Romanèche hatte in der Nähe einen Bauern ausfindig gemacht, der etwas von der Wagnerei verstand und auch nicht ungeschickt war, aber er hatte nicht das nötige Werkzeug, und so kam man nicht sehr schnell voran.

»Wir müssen noch etwas Geduld haben, kleines Fräulein«, sagte Romanèche. »Ich habe einstweilen Schwarzbrot für Sie besorgt, es schmeckt gar nicht so übel, außerdem frische Sahne und Kirschen, und habe das alles in den Pavillon gebracht. Wenn Sie frühstücken wollen, können Sie sich ein bißchen die Langeweile vertreiben.«

»Ich langweile mich gar nicht«, erwiderte Diane. »Aber

ich esse gerne etwas. Vielen Dank, daß Sie an mich gedacht haben.«
»Wie geht es dir?« fragte ihr Vater, »wie hast du geschlafen?«
»Viel geschlafen habe ich nicht, Papa, aber dafür hatte ich sehr viel Spaß.«
»Spaß beim Träumen, was? Du hattest fröhliche Träume, na, das ist ein gutes Zeichen. Geh jetzt etwas essen.«
Flochardet sah ihr nach und bewunderte die glückliche Natur des blassen und nicht sehr kräftigen Kindes, das alles zu seinem Besten fand, niemanden mit seiner Krankheit behelligen wollte und immer ausgeglichen und heiter war.
Ich verstehe nicht, dachte er bei sich, warum meine Frau sie hat weggeben wollen, sie ist so ruhig und so leicht zufriedenzustellen. Meine Schwester, die Äbtissin der Salesianerinnen in Mende, ist sicher eine gute Seele, aber meine eigene Frau müßte doch eigentlich noch besser für sie sorgen können.
Diane ging zurück ins Badehaus, und da sie schon lesen konnte, gelang es ihr, über der Eingangstür eine halb verwischte Inschrift zu entziffern: »Bad der Diana«.
Sieh mal an! dachte sie erheitert, ich bin also hier bei mir zu Hause? Ich würde ja gerne baden, aber es gibt kein Wasser mehr. Ich kann hier nur essen und schlafen.
Sie fand das Essen, das ihr Romanèche auf die Stufen des Beckens gestellt hatte, vorzüglich. Dann hatte sie Lust zu zeichnen.
Natürlich konnte sie es noch nicht. Ihr Vater hatte ihr nie Unterricht gegeben, er hatte ihr nur so viel Papier und Farbstifte gegeben, wie sie wollte, und ließ sie in einer Ecke seines Ateliers ihre kindlichen Klecksereien veranstalten, und sie versuchte, die Porträts zu kopieren, die er gerade anfertigte. Er fand ihre Versuche lustig und lachte herzlich darüber, aber er fand nicht, daß sie zum Zeichnen begabt sei, und hatte sich vorgenommen, sie nicht damit zu quälen, daß sie seinen Beruf erlernen sollte.

In dem Kloster, in dem Diane nun ein Jahr verbracht hatte, lernte man nicht zeichnen. Zur damaligen Zeit erhielt man nur eine künstlerische Ausbildung, wenn man seinen Lebensunterhalt damit verdienen mußte, und da Flochardet vermögend war, gedachte er aus seiner Tochter eine kleine Dame zu machen, das heißt eine hübsche Person, die es verstand, sich zu kleiden und zu plaudern, ohne sich über irgendwelche Dinge den Kopf zu zerbrechen.
Diane liebte jedoch das Zeichnen leidenschaftlich und betrachtete jedes Gemälde, jede Figur und jedes Bild, das sie sah, sehr genau. In der Kapelle des Klosters gab es Heiligenfiguren und gemalte Bilder, von denen ihr einige recht gut gefallen hatten. Aber wenn sie jetzt die Fresken im Bad der Diana von Schloß Pictordu betrachtete und sich, ein wenig verschwommen allerdings, an das erinnerte, was die Fee ihr in der vergangenen Nacht gezeigt hatte, kam sie, ich weiß nicht wie, zu dem Schluß, daß die Bildwerke im Kloster nichts taugten und das, was sie jetzt sah, viel schöner war.
Sie erinnerte sich daran, daß ihr Vater ihr zwei Alben in den Koffer gepackt und gesagt hatte: »Das kleine da ist für dich, wenn du wieder mal Lust hast, Papier zu verderben.«
Sie suchte das Album und nahm es heraus, schnitt mit ihrem kleinen Taschenmesser ihren Zeichenstift zurecht und machte sich daran, die Nymphe mit dem grünen Kleid, die von der Morgensonne mit reinem, klaren Licht übergossen wurde, abzuzeichnen. Nun sah sie, daß die Figur keine tanzende war. Sie schritt eher majestätisch vorwärts, mit weichem, rhythmischem Schritt zwar, aber ohne tänzerische Bewegung, beide Füße standen fest auf der Wolke, die sie trug, und die Hände hielten nicht die der Schwestern gefaßt, um sie im Reigentanz mit sich fortzuziehen. Vielleicht ist es eine Muse, dachte Diane, die im Kloster, wo weltliche Fabelgeschichten dieser Art verpönt waren, ihre Mythologie keineswegs vergessen hatte.
Diane sann vor sich hin und zeichnete und zeichnete. Mit

ihrer ersten Zeichnung unzufrieden, machte sie eine zweite, dann eine dritte und so fort, bis das Album halb voll war. Aber sie war immer noch unzufrieden. Sie wollte gerade die nächste Zeichnung beginnen, als sich eine kleine Hand auf ihre Schulter legte. Diane drehte sich ruckartig um und sah ein Mädchen von ungefähr zehn Jahren hinter sich stehen, das ziemlich ärmlich gekleidet, aber sehr hübsch war. Das Mädchen betrachtete ihre Zeichnung und meinte spöttisch:

»Du verbringst deine Zeit damit, Bücher mit irgendwelchen Damen vollzumalen?«

»Ja«, antwortete Diane, »und du?«

»Ich tu sowas nicht. Nie. Mein Vater hat's mir verboten. Ich schmiere nicht seine Bücher voll.«

»Mein Vater hat mir das da geschenkt, damit ich mir die Zeit vertreibe«, erklärte Diane.

»Ja, wirklich? Dann ist dein Vater wohl sehr reich?«

»Reich? Das weiß ich nicht!«

»Du weißt nicht, was es heißt, reich zu sein?«

»Eigentlich nicht, nein. Ich hab nie drüber nachgedacht.«

»Das kommt daher, daß du eben reich bist. Ich jedenfalls weiß ganz genau, was es heißt, arm zu sein.«

»Ja, wenn du arm bist ... Ich habe nichts, aber ich kann Papa fragen, ob er ...«

»Ach, du hältst mich für eine Bettlerin? Das ist aber nicht sehr höflich, hör mal! Du meinst wohl, weil du einen seidenen Rock hast und ich nur ein kurzes Kleid aus bemalter Baumwolle trage? Ich bin trotzdem was Besseres als du, das kannst du dir merken. Du bist nur die Tochter von irgend so einem Maler, aber ich, ich bin Blanche de Pictordu, die Tochter des Marquis de Pictordu.«

»Woher weißt du, wer ich bin?« fragte Diane, die derlei Unterscheidungen, von denen sie nicht das geringste wußte, wenig beeindruckten.

»Ich habe deinen Papa im Hof von meinem Schloß gesehen, wo er mit meinem Vater geredet hat. Ich weiß, daß ihr die Nacht über hier wart, dein Papa hat sich deswegen bei meinem Vater entschuldigt. Er ist ein richtiger Edelmann und hat ihn eingeladen, zu ihm zu kommen, das ist ein besseres Haus als dieses verwahrloste Schloß da. Ich bin hier, um dir zu sagen, daß ihr zu uns in das neue Haus zum Essen kommt.«

»Ich gehe dahin, wo Papa hingeht«, sagte Diane. »Aber warum sagst du, das Schloß hier sei verwahrlost? Ich finde es sehr schön. Du weißt anscheinend gar nicht, was es alles darin gibt.«

»Es gibt darin Ringelnattern, Fledermäuse und Brennesseln«, erwiderte das Fräulein von Pictordu hochnäsig und bedauernd. »Du kannst dich leicht darüber lustig machen, ich weiß, daß das Vermögen von unseren Vorfahren verlorengegangen ist und daß wir leben müssen wie arme Landedelleute; aber mein Papa hat mir gesagt, daß uns das keineswegs herabsetzt, weil niemand was dagegen machen kann, daß wir die einzigen echten Pictordus sind.«

Diane verstand immer weniger, was die kleine Marquise da redete und wie sie dachte. Sie fragte sie unumwunden, ob sie vielleicht die Tochter der »Frau mit dem Schleier« sei.

Diese Frage schien die junge Schloßherrin höchst ärgerlich zu stimmen.

»Merk dir eins«, gab sie trocken zur Antwort, »die Frau mit dem Schleier gibt es nicht, und nur ungebildete Leute und Verrückte glauben an solchen Unsinn. Ich bin doch nicht die Tochter von einem Gespenst, meine Mutter ist aus ebenso gutem Haus wie mein Vater.«

Diane fühlte sich zu ungebildet, um dagegen etwas zu sagen, und schwieg. Ihr Vater kam und sagte, sie solle sich zur Abreise bereit machen. Der Wagen war ausgebessert, und der Marquis de Pictordu bestand darauf, daß der Maler seine Einladung zum Essen annahm, das damals um die Mittagsstunde eingenommen wurde. Das neue Haus des Marquis lag am Ende der Schlucht an der Straße nach Saint-Jean-Gardonenque, und dieser kam von Zeit zu Zeit her zum Schloß seiner Ahnen, um in den Ruinen umher-

zuwandern. An diesem Tag war er zufällig vorbeigekommen. Er zeigte sich den Reisenden gegenüber, die ein Unfall hier festgehalten hatte, äußerst liebenswürdig und gastfreundlich.
Bevor Flochardet die Koffer zumachte, sagte er Diane leise, sie solle ein hübscheres Kleid anziehen, aber Diane war trotz ihrer Einfachheit sehr taktvoll und sah sehr wohl, daß Blanche de Pictordu schon auf ihr einfaches Reisekleid neidisch war. Sie wollte sie nicht noch mehr verstimmen, indem sie sich noch hübscher machte, und bat ihren Vater, sie zu lassen, wie sie war. Sie nahm sogar die kleine Türkisbrosche ab, die sie an ihrem schwarzen Samthalsband trug, und steckte sie in die Tasche.
Der Wagen wurde wieder beladen, der Marquis und seine Tochter, die zu Fuß gekommen waren, stiegen mit Diane und Flochardet in die Kutsche, und eine halbe Stunde später hielten sie vor dem neuen Haus.
Es war ein kleiner Gutshof mit dem Familienwappen am Giebel, und die Herrschaftswohnung war sehr bescheiden eingerichtet. Der Marquis war ein vortrefflicher und etwas beschränkter Mann mit wenig Bildung, jedoch gut erzogen, gastfreundlich und fromm. Er konnte sich nur nicht damit abfinden, einer der ärmsten Adeligen der Provinz zu sein, konnte er sich doch rühmen, der Geburt nach über den acht großen Baronen des Gévaudan zu stehen.
Er hegte gegen niemanden Verbitterung und fand es durchaus gerecht, daß ein Maler durch seine Arbeit reich wurde, er bezeigte Flochardet, von dem er schon gehört hatte, viel Hochachtung und bereitete ihm den bestmöglichen Empfang. Er konnte es aber nicht lassen, sich unausgesetzt für seine Armut zu entschuldigen und festzustellen, daß der Adel ohne Geld in dieser im Niedergang begriffenen Welt kein Ansehen mehr hatte.
Der Marquis war kein vergrämter Mensch, er langweilte sich nur schrecklich und sehnte sich nach Vergnügungen. Es war jedoch nicht recht, daß er immer in Gegenwart seiner Tochter über seine Lage sprach. Die kleine Blanche war von Natur

aus stolz und schnell neidisch, sie hatte bereits ein unzufriedenes Wesen, und das war sehr schade, denn sie hätte so reizend und glücklich sein können wie jedes andere kleine Mädchen, wäre sie mit ihrem Los einverstanden gewesen. Ihr Vater war sehr gut zu ihr, und letztlich mangelte es ihr doch nur an ganz überflüssigen Dingen.
Das Essen war gut und wurde sehr ordentlich von einer dicken Bäuerin serviert, der Amme von Blanche und der einzigen Dienstmagd im Haus.
Es wurde über viele Dinge gesprochen, die Diane nicht interessierten, als aber die Rede auf das alte Schloß kam, von dem sie sich, was sie nicht zu sagen gewagt hätte, nur mit großem Bedauern getrennt hatte, öffnete sie die Ohren so weit sie konnte.
»Es wundert mich«, sagte ihr Vater zum Marquis de Pictordu, »daß Sie sich über Geldverlegenheit beklagen und die alten Kunstschätze, die Sie mit Gewinn hätten verkaufen können, so haben verwahrlosen lassen.«
»So? Gibt es in meinem Schloß wirklich noch Kunstschätze?« fragte der Marquis.
»Es gab sie, bevor die Decken eingestürzt sind. Ich habe viele zerschlagene Stücke gesehen, die man, hätte man sie rechtzeitig gerettet, nach Italien hätte schicken können, wo man noch Gefallen an diesen alten Dingen findet.«
»Ja, wenn ich etwas Geld gehabt hätte, hätte ich noch einiges retten können, ich weiß. Aber eben dieses wenige Geld hatte ich nicht. Ich hätte einen Kunstsachverständigen bestellen müssen, der eine Auswahl trifft und die Sachen schätzt. Dann die Verpackung, der Transport, ein Vertrauensmann, der ihn begleitet ... Verstehen Sie, ich hatte nicht die Mittel, den Kaufmann zu spielen.«
»Und in der Umgebung, war da niemand, der einige Gobelins oder Figuren hätte haben wollen?«
»Nein, niemand. Die Reichen heutzutage mögen den alten Plunder nicht mehr. Sie richten sich nach der Mode, und in Mode sind Chinoiserien, Rokokomöbel, Schäferinnen mit gepuderter Perücke. Nymphen und Musen sind nicht

mehr gefragt. Es muß alles verschnörkelt, verziert und überladen sein. Ist das nicht auch Ihre Meinung?«

»Ich kann nichts Schlechtes über die Mode sagen«, meinte hierzu der Maler, »ich bin aus Berufsgründen ihr blinder und ergebener Diener. Die Mode wechselt aber, und vielleicht findet man später wieder einmal Gefallen am Stil von Valois. Wenn Sie noch Reste der alten Einrichtung Ihres Schlosses haben, heben Sie sie gut auf. Vielleicht kommt eine Zeit, in der sie wieder einigen Wert haben.«

»Ich habe nichts retten können. Als ich zur Welt kam, hatte mein Vater bereits alles verrotten lassen, aus Ärger und auch aus Stolz. Nichts hätte ihn dazu gebracht, auch nur einen einzigen Stein seines Schlosses zu verkaufen, und er verließ es erst, als ihm seine Mauern schon beinahe auf den Kopf fielen. Nachdem ich bescheidener war und mich in den Willen des Himmels gefügt habe, bin ich in diesen kleinen Gutshof gezogen. Es ist alles, was von unserem riesigen Besitz geblieben ist.«

Diane versuchte zu verstehen, was sie gehört hatte, und glaubte zu wissen, worum es ging. Sie bekam Gewissensbisse, holte die kleinen bunten Steine aus der Tasche, die sie im Blumenbeet aufgelesen hatte, gab sie ihrem Vater und sagte: »Papa, das habe ich im Garten des Schlosses mitgenommen. Ich dachte, es seien Steinchen wie andere auch. Aber du hast gesagt, daß Monsieur le Marquis nicht alles hätte verlorengehen lassen dürfen, und da muß er die Sachen zurückbekommen, die ihm gehören. Ich wollte sie nicht stehlen.«

Der Marquis war gerührt über Dianes Freundlichkeit, gab ihr die Mosaiksteinchen wieder und erklärte: »Behalt sie zum Andenken. Es sind leider nur Glas- und Marmorsplitter ohne jeden Wert. Ich hätte dir gern was Schöneres geschenkt, meine Kleine.«

Diane zögerte fast, die Steine, die man ihr so freundlich anbot, wieder zurückzunehmen. In ihrer Hast hatte sie jedoch mit allem, was in ihrer Tasche war, auch die Türkisnadel herausgenommen, und die hielt sie nun ihrem Vater

hin und zeigte auf Blanche, die das Schmuckstück mit den Augen verschlang und vor Lust, es anzufassen, zu sterben schien. Flochardet verstand die gute Absicht seiner Tochter und gab die Brosche dem Fräulein von Pictordu: »Diane bittet Sie sehr, im Tausch gegen Ihre hübschen Kiesel diese kleinen geschliffenen Steine anzunehmen, so habt ihr eine Erinnerung aneinander.«
Blanche wurde rot bis über beide Ohren. Sie war zu stolz, um das Geschenk einfach anzunehmen, aber ihr Herz klopfte vor Verlangen nach den hübschen Türkisen.
»Sie würden meine Tochter sehr traurig machen, wenn Sie sie ablehnen«, sagte Flochardet.
Blanche nahm das Schmuckstück ganz aufgeregt entgegen, fast riß sie es Dianes Vater aus der Hand, und rannte schnell davon, ohne Dank, so sehr fürchtete sie, ihr Vater könnte ihr befehlen, das Geschenk abzulehnen.
Vermutlich hätte er das auch getan, hätte er hoffen können, daß sie gehorchte. Aber er kannte den Charakter seiner Tochter, und er wollte es vermeiden, daß seine Gäste Zeugen einer häßlichen Szene wurden. Er bat also Monsieur Flochardet, die ungehobelten Manieren seiner kleinen Wilden zu entschuldigen, und bedankte sich an ihrer Stelle.
Nach dem Essen nahm Flochardet, der den Rest den Tages zur Weiterreise nutzen wollte, Abschied vom Marquis und lud ihn ein, ihn mit seinem Besuch zu beehren, wenn er einmal in den Süden kommen sollte. Der Marquis dankte ihm für die angenehmen Stunden, die er mit ihm verbracht hatte, und die beiden Männer drückten sich die Hand. Blanche, die von ihrem Vater gerufen wurde, kam eher unwillig herbei und gab Diane ziemlich frostig einen Kuß, wobei sie die Hand auf die Türkisnadel legte, die sie sich angesteckt hatte, als fürchtete sie, daß man sie ihr wieder wegnähme. Diane konnte nicht umhin, sie recht töricht zu finden, aber sie verzieh ihr dem Marquis zuliebe, der die Reisekörbe mit den leckersten Kuchen und den schönsten Früchten hatte füllen lassen.

4. *Der kleine Bacchuskopf*

Der Rest der Reise verlief ohne weiteren Zwischenfall. Dianes Fieber war verschwunden, und sie hatte fast schon wieder rote Wangen, als Monsieur Flochardet sie ihrer Stiefmutter brachte und zu dieser sagte: »Ich habe sie zurückgebracht, weil sie krank gewesen ist. Sie ist wieder gesund, wie es scheint, aber man muß abwarten, ob das Fieber nicht wiederkommt.«
Diane war vor Glück, wieder bei ihren Eltern zu sein, tagelang wie betrunken. Auch Madame Flochardet freute sich darüber und beschäftigte sich in der ersten Zeit viel mit ihr. Sie schien Diane sehr zu lieben, machte ihr tausend kleine Geschenke und vergnügte sich mit ihr wie mit einem hübschen Püppchen. Diane ließ sich frisieren und herausputzen und zeigte keine Ungeduld, weil so viel Zeit ihrer Toilette gewidmet wurde. Aber eigentlich langweilte es sie, sich so viel mit ihrer Person beschäftigen zu müssen. Sie unterdrückte das Gähnen und wurde blaß, wenn sie lange vor dem Spiegel stehen mußte, um Frisuren und Kleiderkram zu probieren. Sie konnte sich an den Geschmack ihrer Stiefmutter nicht gewöhnen, und wenn sie ihrem eigenen Geschmack folgen und sich einfacher anziehen wollte, wurde sie ausgeschimpft, als hätte sie etwas Schlimmes angestellt. Sie hätte sich gern mit anderen Dingen beschäftigt und etwas gelernt. Ihre vielen Fragen fand Madame Flochardet jedoch albern und unpassend, sie hielt es für völlig überflüssig, daß sich Diane für ernsthafte Dinge interessierte. So verheimlichte ihr Diane auch, wie

große Lust sie hatte, zeichnen zu lernen. Madame Laure Flochardet wartete nämlich nur auf den Tag, an dem ihr Mann ein Vermögen verdient und es mit der Malerei im Haus ein Ende hätte und sie die große Dame spielen konnte.

Diane langweilte sich schließlich so sehr, daß sie sich nach dem Kloster zurücksehnte, wo es ihr zwar nicht gefiel, wo es aber wenigstens geregelte Beschäftigungen gab. Sie bekam wieder ein ganz blasses Gesicht, wurde matt und müde, und alle zwei Tage kam wieder abends das Fieber und dauerte bis zum Morgen.

Nun ängstigte sich Madame Laure übertrieben und quälte sie damit, daß sie alle möglichen Pillen schlucken mußte, die ihr all die aufgetakelten Damen empfohlen, die sie immer besuchten. Jeden Tag kam ein anderer Vorschlag, wie das Fieber zu heilen wäre, und da nichts konsequent betrieben wurde, half auch nichts. Das kleine Mädchen ließ alles über sich ergehen. Sie wollte nicht, daß sich ihre Eltern Sorgen machten, und erklärte, ihr fehle nichts und nichts täte ihr weh.

Monsieur Flochardet regte sich nicht so fürchterlich auf wie seine Frau, dafür litt er aber mehr. Da er alle Stunden des Tages seiner Arbeit widmen mußte, konnte er erst abends am Bett seiner Tochter sitzen, und wenn er sie dann phantasieren hörte, bekam er Angst, sie könnte am Ende den Verstand verlieren.

Zum Glück war er aber mit einem sehr guten Arzt befreundet, der die Dinge besser beurteilen konnte. Der alte Mann kannte Madame Flochardet seit langem und beobachtete sie, wie sie mit dem Kind umging, und eines Tages sagte er zu Monsieur Flochardet: »Die Kleine braucht Ruhe. Die ganzen Fläschchen und Pillen können Sie wegwerfen. Man soll ihr nur geben, was ich ihr verschreibe. Und man soll ihren natürlichen Neigungen nicht entgegenwirken, sie sind sehr vernünftig. Merken Sie eigentlich, daß sie die Untätigkeit, zu der sie gezwungen wird und die sie vor Krankheit bewahren soll, noch kränker macht? Sie langweilt sich. Lassen Sie sie sich eine Beschäftigung suchen, und wenn sie irgendeine Vorliebe zeigt, irgend etwas gerne lernen möchte, helfen Sie ihr, daß sie sich damit beschäftigen kann. Vor allem machen Sie keine kleine Kleiderpuppe aus ihr, die Kostüme anprobieren muß, es ermüdet sie nur und macht ihr nicht den geringsten Spaß. Sie soll ruhig lose Kleider und auch das Haar lose tragen, und wenn Madame Flochardet es nicht aushält, sie so zu sehen, soll sie sich nicht darum kümmern und sich anderen Dingen zuwenden.«

Flochardet verstand recht wohl, was der Arzt meinte, und da er wußte, daß Madame Laure schwer von etwas zu überzeugen war, suchte er sie abzulenken. Er beruhigte sie und erklärte ihr, daß dem Kind nichts Ernstes fehle, und er legte ihr nahe, ihr gewohntes Leben wieder aufzunehmen mit Besuchen, Promenaden, Diners in der Stadt, Tanz- und Unterhaltungssoireen. Es kostete ihn nicht viel Mühe, sie dazu zu bewegen, und Diane gewann ihre Freiheit wieder. Ihre Amme, die sie pflegte und umsorgte, ließ sie ebenso wie früher tun, was sie wollte.

Darauf bat Diane ihren Vater, sich wieder in seinem Atelier aufhalten zu dürfen, wenn er arbeitete, und saß wieder jeden Tag still in ihrer kleinen Ecke. Sie sah abwechselnd auf die Leinwand und das Modell und malte nicht mehr auf einem Blatt Papier herum, nur um sich anschließend auslachen zu lassen. Sie wußte jetzt, daß die Malerei eine Kunst ist und daß man sie studiert haben muß, um sich in ihr auszukennen.

Ihr Wunsch, diese Kunst zu erlernen, war aber so stark, daß es fast einer Besessenheit gleichkam. Sie sprach nur nicht darüber, aus Angst, ihr Vater würde wieder sagen, sie sei unbegabt, oder ihre Stiefmutter würde versuchen, ihr die Flausen auszutreiben.

Flochardet ließ sie jedoch gewähren. Da Monsieur Féron, der alte Arzt, ihm geraten hatte, ihre Neigungen zu beobachten, wartete er ab, ob sich ihre alte Lust am Porträtzeichnen wieder einstellte und gab ihr einen Vorrat an Stif-

ten und Papier. Diane benutzte sie aber nicht. Sie betrachtete die Bilder und Zeichenvorlagen ihres Vaters und grübelte über sie nach.
Oft dachte sie an das Schloß Pictordu. Manchmal wurde in ihrer Gegenwart von der alten Ruine gesprochen, in der Monsieur Flochardet gezwungen gewesen war, eine Nacht zu verbringen, und allmählich wagte sie kaum mehr an das zu glauben, was die verschleierte Fee ihr gezeigt hatte. Sie bedauerte es, alles nur so undeutlich wahrgenommen zu haben, vielleicht war es ja auch nur das Fieber gewesen, und sie wünschte sich, falls es ein Traum gewesen war, ihn noch einmal zu träumen. Aber man träumt nicht, was man gern träumen möchte, und die Muse aus dem Bad der Diane erschien ihr nicht wieder.
Eines Tages räumte sie wieder einmal ihre Spielsachen auf, denn sie war ein ordentliches Mädchen, und da fand sie die kleinen Steine und Mosaikstückchen wieder, die sie im Schloß Pictordu in den Beeten aufgesammelt hatte. Unter ihnen war ein nußgroßer runder Stein aus verklumptem Sand, den sie mitgenommen hatte, um ihn als Murmel zu benutzen. Das wollte sie nun tun, aber als sie ihn springen lassen wollte, bröckelte der Sand ab, und eine Kugel aus echtem Marmor kam zum Vorschein. Nur war diese Kugel nicht ganz rund, sie war eher oval und hatte Erhöhungen und Vertiefungen. Diane prüfte sie näher und bemerkte, daß es ein kleiner Kopf war, der Kopf einer winzigen Statuette, und das Gesichtchen kam ihr so entzückend vor, daß sie gar nicht müde wurde, es zu betrachten und in den Händen hin und her zu drehen, es bald in die Sonne, bald in den Schatten zu halten. Es schien ihr, als würde sie immer neue Schönheiten daran entdecken.
Seit einer Stunde war sie schon mit ihrem Fund beschäftigt, als der Doktor, der leise eingetreten war und sie beobachtet hatte, in freundschaftlichem Ton zu ihr sagte: »Was betrachtest du da so fasziniert, meine kleine Diane?«
»Ich weiß nicht«, antwortete sie und wurde rot. »Schauen Sie es sich selber an, lieber Doktor. Ich könnte mir

vorstellen, daß es der Kopf eines kleinen Cupido ist.«
»Es ist wohl eher der von einem jungen Bacchus, denn er hat das Weinlaub im Haar. Wo hast du das gefunden?«
»Zwischen Sand und Steinen in dem alten Schloß, von dem Papa Ihnen gestern erzählt hat.«
»Na, dann laß mich mal sehen.« Der Doktor setzte seine Brille auf. »Ja, es ist wirklich ein sehr, sehr hübsches Stück! Es ist eine Antike.«
»Heißt das, daß es etwas ist, das gerade nicht in Mode ist? Mama Laure sagt, daß alles, was antik ist, häßlich ist.«
»Da denke ich genau das Gegenteil. Ich finde das Neue sehr häßlich.«
In diesem Augenblick trat Monsieur Flochardet ins Zimmer. Er hatte eben eine Porträtsitzung beendet, und bevor er mit der nächsten begann, wollte er dem Doktor die Hand drücken und sich nach dem Befinden seiner kleinen Tochter erkundigen.
»Ich bin sehr zufrieden mit ihr«, meinte Monsieur Féron, »und sie ist gescheiter als Sie, sie bewundert das kleine Fragment dieser antiken Statuette, und ich wette, Sie sind nicht bereit, es zu bewundern.«
Nachdem er sich hatte erklären lassen, wie das Stück in Dianes Hände geraten war, betrachtete es Flochardet gleichgültig, warf es auf den Tisch und sagte: »Es ist nicht schlechter gearbeitet als andere Stücke aus dieser Zeit. Trotzdem ist es eben doch eine Antike. Ich denke nicht wie Sie darüber, wie Sie wissen. Sie haben eine Manie für diese Überreste und glauben viel darüber sagen zu können. Ich will Ihr Wissen und Ihre Bildung ja nicht leugnen, lieber Doktor, aber im Grunde sind das alles doch nur abgegriffene und unförmige Scherben, nur sehen Sie diese Scherben mit gutgläubigen Augen. Ich muß gestehen, daß mir das einfach nicht gelingen will und daß mir all diese sogenannten Meisterwerke der griechischen und römischen Kunst vorkommen wie Dianes Puppen, wenn die Nasen abgebrochen und die Wangen abgewetzt sind.«
»Daß Sie es wagen, sie damit zu vergleichen! Sie sind ein

Banause«, ereiferte sich der Doktor zornig. »Daran kann man wieder sehen, was für ein oberflächlicher Künstler Sie sind! Für Sie gibt es nur Spitzen und Muffs, Sie haben gar keine Ahnung von dem, was das Leben ist!«
Flochardet war an die Ausbrüche des Doktors gewöhnt und nahm sie lachend auf. Sein Diener kam in diesem Moment und meldete ihm, daß eben der Wagen seiner Kundin, der Marquise de Sept-Pointes, im Hof eingefahren sei, und er ging, immer noch lachend, wieder hinaus.
»Sie sind aber heute böse, lieber Freund«, sagte Diane entrüstet, »mein Vater ist ein großer Künstler. Alle sagen das!«
»Eben deswegen braucht er nicht solchen Unsinn zu reden», bemerkte der Doktor immer noch aufgebracht.
»Auch wenn das, was er sagt, nicht wahr ist, so sagt er es jedenfalls zum Spaß.«
»Ganz offensichtlich! Aber lassen wir das. Kommen wir wieder zu dir. Du findest diesen kleinen Kopf sehr hübsch, ja?«
»O ja! Sehr hübsch sogar! Ich liebe ihn!«
»Und weißt du auch warum?«
»Nein.«
»Versuch es herauszufinden.«
»Er lacht, er ist fröhlich, er ist jung. Er ist wie der eines Kindes.«
»Und dabei stellt er einen Gott dar.«
»Richtig. Er ist der Gott des Weines.«
»Also ist es nicht ein Kind wie andere Kinder, nicht wahr? Derjenige, der ihn gemacht hat, wollte kein gewöhnliches Kind darstellen, es sollte kraftvoller und stolzer sein. Sieh nur den Halsansatz, den kräftigen und anmutigen Nakken, das recht wilde Haar über einer niedrigen und breiten und trotzdem edlen Stirn. Aber ich sage zuviel, du kannst es noch gar nicht verstehen.«
»Vielleicht verstehe ich es aber doch, sprechen Sie nur weiter!«
»Ermüdet es dich nicht, mir zuzuhören?«

»Nein, im Gegenteil. Es beruhigt mich.«

»Also, du mußt wissen, daß die Künstler im alten Griechenland ein Gefühl für Größe hatten und es selbst in den kleinsten Dingen sichtbar machten. Erinnerst du dich an meine kleine Sammlung von Figuren?«

»Oh ja, ich erinnere mich sehr gut, auch an die noch schöneren Sammlungen in der Stadt. Aber niemand hat mir je was darüber gesagt.«

»Du kommst einmal einen Vormittag zu mir, dann erkläre ich dir, wie diese Künstler mit den sparsamsten Mitteln und den einfachsten Formen Größe und Schönheit darstellten. Du wirst auch römische Büsten sehen, das ist eine etwas spätere Epoche. Auch die Römer waren große Künstler! Nicht so vornehm, nicht so rein wie die Griechen, aber ebenfalls wahr, mit einem Gefühl für das Leben, wie es wirklich ist.«

»Das verstehe ich nicht mehr«, seufzte Diane, »und dabei möchte ich so gern wissen, was das ist, was Sie Leben nennen!«

»Das ist sehr einfach. Dein Kleid, deine Schuhe, dein Kamm, sind das lebendige Dinge?«

»Nein!«

»Und meine Augen, mein Lächeln, die große Falte da auf meiner Stirn, sind das tote Dinge?«

»Bestimmt nicht!«

»Also, wenn du nun ein Porträt oder eine Statue siehst, die kein lebendiges Gesicht hat, dann kannst du sicher sein, daß sie nicht mehr sind als das Gesicht deiner Puppe, und auch all die Einzelheiten von Schmuck und Kleidern machen es nicht lebendiger. Hier in deiner Hand hast du nur einen Kopf ohne Körper, der zudem schon sehr mitgenommen ist. Trotzdem ist er lebendig, denn der, der ihn aus diesem kleinen Stück Marmor gemacht hat, wollte ihn lebendig machen und hatte auch das Können dazu. Verstehst du es jetzt?«

»Ich glaube ja. Ein bißchen. Aber sprechen Sie doch weiter.«

»Nein, für heute ist es genug. Wir reden ein andermal noch darüber. Und verlier nicht ...«
»Meinen kleinen Kopf? Oh, da ist keine Gefahr. Ich liebe ihn viel zu sehr. Jemand hat ihn mir gegeben, den ich nie vergessen werde.«
»So? Und wer ist das?«
»Die Frau mit ... die Frau ... Ich kann es Ihnen nicht sagen!«
»Du hast Geheimnisse?«
»Ja, die habe ich. Ich will es nicht sagen!«
»Auch mir nicht, deinem alten Freund?«
»Sie werden mich auslachen.«
»Ich schwöre dir, daß ich das nicht tun werde.«
»Sie werden sagen, es war nur das Fieber.«
»Und wenn ich das sagen würde?«
»Dann wäre ich sehr gekränkt.«
»Gut, ich werde es nicht sagen. Erzähl es mir.«
Diane erzählte alles, was sie im Schloß Pictordu Wunderbares gesehen hatte, und der Doktor hörte zu, ohne zu lachen und ohne anzuzweifeln, was sie sagte. Er half ihr sogar, indem er ihr Fragen stellte, sich genau an alles zu erinnern und sich verständlich auszudrücken. Für ihn war es von Interesse, die Fieberphantasien eines Kindes zu hören, das für die Poesie und also für das Wunderbare begabt war. Er hielt es für unnötig, sie zu enttäuschen und ließ sie in ihrem Zweifel über die Wirklichkeit dessen, was sie gesehen und gehört hatte. Er tat, als wisse er nicht, ob sie geträumt hatte oder nicht, und sie freute sich, daß er sie in der Ungewißheit ließ. Als er gegangen war, dachte er: Man weiß gar nicht, was für ein Unrecht man Kindern antut, wenn man sich über ihre Neigungen lustig macht, und wieviel man verderben kann, wenn man ihre Fähigkeiten nicht anerkennt. Die Kleine ist eine Künstlerin, und ihr Vater merkt es nicht. Gott bewahre sie vor seinem Unterricht! Er verbildet ihr natürliches Empfinden und verleidet ihr noch die Kunst.
Zum Glück hatte Dianes trefflicher Vater es sich nicht in

den Kopf gesetzt, daß sie arbeiten müsse, und da er wußte, wie empfindsam sie war, hatte er beschlossen, sie zu nichts zu zwingen. Sie verbrachte mehr als einen Vormittag beim Doktor und sah sich jedesmal seine Antiken an, seine Büsten, Statuetten, Münzen, Kameen und Graphiken. Er war ein ernsthafter und verständiger Kunstliebhaber, hatte selbst allerdings nie den Versuch gewagt, einen Zeichenstift in die Hand zu nehmen. Er weckte Verständnis, und das war gerade das, was Diane brauchte, die nun alles, was sie sah, abzeichnen wollte. Oft zeichnete sie von nun an bei ihm, während er seine Krankenbesuche machte.

Ich würde lügen, wenn ich nun behaupten würde, daß sie sehr gut zeichnete. Sie war noch zu klein, und sie war zu viel sich selbst überlassen. Aber sie wußte, daß ihre Zeichnungen nicht gut waren, und damit hatte sie bereits etwas Wichtiges begriffen. Bisher war sie mit allem zufrieden gewesen, was ihr Farbstift zustande gebracht hatte. In ihrer Einbildung und in ihrer Unwissenheit sah sie wohlgeratene Personen anstelle der grotesken Figuren, die sie hingekritzelt hatte, und wenn sie eine Kugel mit vier Strichen darunter gemalt hatte, dachte sie schon, sie hätte ein Schaf oder ein Pferd gezeichnet. Diese allzu leichten Illusionen waren verflogen, und jedesmal, wenn sie eine Skizze machte und der Doktor sagte: »Aha, nicht übel!«, sagte sie zu sich selbst: Nein, es ist nicht gut, ich sehe, daß es nicht gut ist.

Einige Zeit lang glaubte sie noch, das Fieber hindere sie daran, richtig zu sehen, und sie bat ihren Freund, sie zu heilen. Es gelang ihm mit der Zeit, und als sie sich kräftiger und munterer fühlte, hatte sie es nicht mehr so schrecklich eilig damit, zeichnen zu lernen. Sie vergaß ihre Stifte und verbrachte ihre Zeit damit, im Garten oder mit ihrer Amme auf dem Land spazierenzugehen. Alles machte ihr Freude, sie sammelte Kräfte und hatte einen gesunden Schlaf.

5. Das verlorene Gesicht

Im Mai verließen Diane und ihre Eltern die Stadt und zogen aufs Land. Diane gefiel es dort sehr.

Einmal pflückte sie Veilchen am Rand eines kleinen Wäldchens, das zwischen dem Garten ihres Vaters und dem einer Dame in der Nachbarschaft lag, und da hörte sie, daß ganz in ihrer Nähe gesprochen wurde. Als sie durch die Zweige der Bäume lugte, sah sie ihre Stiefmutter, die gerade einen Besuch bei dieser Dame machte. Sie trug ein elegantes Kleid aus rosa Taft und Mousseline. Die Nachbarin war etwas einfacher angezogen für den Spaziergang im Wald, wo sie sich mit Madame Laure getroffen hatte. Beide saßen zusammen auf einer Bank.

Diane beschloß, hinzugehen und sie zu begrüßen, dann aber hielt sie verschüchtert inne. Sie war nicht scheu, aber Madame Laure war so kühl und gleichgültig ihr gegenüber geworden, daß sie nicht wußte, ob sie sich freuen würde, wenn sie zu ihr ging. Sie kehrte wieder um, unsicher und traurig, pflückte weiter Veilchen, denn weglaufen wollte sie auch nicht, und wartete, ob sie vielleicht gerufen wurde.

Sie bückte sich hinter die Büsche nieder, wo die beiden Frauen sie nicht mehr sehen konnten, und da hörte sie, wie Madame Laure zu ihrer Freundin sagte: »Ich hätte erwartet, daß sie herkommt und Sie begrüßt, aber sie versteckt sich, um darum herumzukommen. Das arme Kind ist so schlecht erzogen, seitdem man mir verboten hat, mich mit ihr zu beschäftigen. Aber was wollen Sie, meine Liebe! Ihr Vater ist ein schwacher Mensch und läßt sich von diesem Doktor Féron, diesem verschrobenen Brummbart, vorschreiben, was er zu tun hat. Der hat bestimmt, daß die Kleine keinerlei Erziehung braucht. Und da haben Sie nun das Resultat!«

»Das ist schade«, meinte die andere Frau, »sie ist hübsch und sieht sehr sanft aus. Ich sehe sie oft bei meinen Blumenbeeten, sie rührt nichts an und grüßt mich sehr höflich, wenn sie mich sieht. Wenn sie etwas netter zurechtgemacht wäre, wäre nichts an ihr auszusetzen.«

»Ja, genau: zurechtgemacht! Stellen Sie sich vor, meine Liebe, der alte Doktor hat verboten, daß sie ein Mieder trägt! Nicht ein Fischbeinstäbchen am ganzen Körper! Wie soll sie da nicht eine krumme Haltung bekommen?«

»Sie hat keine krumme Haltung, sie ist sogar sehr gut gewachsen. Aber man kann sie auch schön anziehen, ohne sie einzuschnüren, man bräuchte bloß ihre Röcke ein bißchen zu besetzen.«

»Ach was! Das will sie ja nicht. Sie verabscheut Eleganz! Das hat sie von ihrer Mutter, die war so eine gewöhnliche Person, die mehr darauf geachtet hat, daß die Küche sauber ist, als daß sie auf gutes Aussehen und guten Ton gesehen hätte.«

»Ich habe ihre Mutter gekannt«, warf die Nachbarin ein, »sie war eine gute Frau, vernünftig und vornehm, das kann ich Ihnen versichern.«

»Ach ja? Schon möglich. Ich habe jedenfalls was andres gehört. Monsieur Flochardet hat ihr Porträt irgendwo versteckt. Er hat es mir nie zeigen wollen, und er will auch nicht, daß ich von ihr spreche. Außerdem ist es mir ganz egal. Sollen sie das Kind erziehen, wie sie wollen. Mich geht es nichts an. Trotzdem, ich hätte sie gemocht, wenn man mich aus ihr ein nettes Mädchen hätte machen lassen. Aber so ...«

»Wieso? Ist sie übellaunig und unfreundlich?«

»Nein, meine Liebe, schlimmer als das. Sie ist einfältig, zerstreut, und ich glaube auch ein bißchen schwachsinnig.«

»Arme Kleine! Lernt sie denn nichts?«

»Überhaupt nichts! Sie kann sich nicht einmal ein Band anlegen oder eine Blume ins Haar stecken.«

»Aber ich dachte, sie zeichnet gern?«

»Ja, das tut sie gern. Aber ihr Vater sagt, sie hat keinen Geschmack und versteht nichts vom Malen. Und nachdem sie auch sonst von nichts etwas versteht ...«

Diane hörte nicht länger zu. Sie hatte sich die Hände auf die Ohren gedrückt und lief in den Wald hinein, um ungestört weinen zu können. Sie empfand tiefen Kummer, ohne recht zu wissen warum. War sie gedemütigt, weil sie für so dumm gehalten wurde, entmutigt, weil ihr Vater sie für unbegabt hielt, oder war es nicht viel eher der Schmerz, weil sie entdeckte, daß sie nicht geliebt wurde?
Trotzdem liebt mich Papa, sagte sie sich, da bin ich sicher. Er findet mich talentlos und unbeholfen, mag sein. Aber er liebt mich. Es ist nur Mama Laure, die mich verachtet und der ich gleichgültig bin.
Diane hatte sich bisher alle Mühe gegeben, Madame Laure zu lieben. Jetzt wußte sie, daß sie ihr gar nichts bedeutete, und zum ersten Mal in ihrem Leben dachte sie an ihre Mutter und versuchte angestrengt, sich ihr Bild ins Gedächtnis zu rufen. Aber es war unmöglich, sie hatte noch in der Wiege gelegen, als sie sie verloren hatte. Sie erinnerte sich vage an die Hochzeit ihres Vaters mit Madame Laure. Nur die Traurigkeit ihrer Amme war ihr an dem Tag aufgefallen, sie wußte noch, wie sie sie ansah und mehrmals sagte: »Arme Kleine! Was für ein Unglück für sie.«
Madame Laure hatte sie geküßt und mit Bonbons vollgestopft, und sie hatte auf den Kummer ihrer Amme nicht mehr geachtet. Nun, da sie die bitteren Worte ihrer Stiefmutter über sich und über ihre verstorbene Mutter gehört hatte, von der ihr nie jemand erzählt hatte, begann sie, ihre Worte zu verstehen. Sie dachte mit einer Intensität und einem Schmerz an sie, die sie noch nie im Leben empfunden hatte. Es war wie eine Entdeckung. Sie entdeckte ein Gefühl in der Tiefe ihres Herzens, das bis jetzt dort geschlummert hatte. Sie fiel ins Gras und rief mit tränenerstickter Stimme: »Mama! Mama!«
Da hörte sie sich durch die Zweige der blühenden Fliederbäume von einer zarten Stimme gerufen:
»Diane, meine liebe Diane, mein Kind, wo bist du?«
»Hier bin ich, hier, hier!« schrie Diane und rannte ganz außer sich los.

Die Stimme rief wieder und wieder, sie tönte durch den ganzen Wald, und sie lief ihr nach, bis sie ans Ufer eines breiten Flusses kam. In welchem Land sie war, wußte sie nicht mehr. Sie ging in den Fluß hinein und saß mit einem Mal auf einem Delphin mit silbernen Augen und goldenen Flossen. An ihre Mutter dachte sie nicht mehr. Sie sah Sirenen, die mitten im Fluß Blumen pflückten. Und dann stand sie plötzlich auf einem Berggipfel, und eine große Statue aus Schnee sagte zu ihr: »Ich bin deine Mutter. Komm her und umarme mich!«

Aber sie konnte sich nicht von der Stelle rühren, denn sie war ebenfalls zu einer Statue geworden. Sie brach mitten entzwei und rollte hinunter bis auf den Grund einer tiefen Schlucht. Da sah sie wieder das Schloß Pictordu vor sich und die verschleierte Frau, die ihr ein Zeichen machte, ihr zu folgen. Sie wollte schreien: »Laß mich meine Mutter sehen!«, aber die verschleierte Frau wurde zu einer Wolke, und Diane erwachte von einem Kuß, den sie auf ihrer Stirn fühlte.

Es war ihre Amme, die gute Geoffrette. Sie hob sie vom Boden auf und sagte: »Ich suche dich seit einer guten Viertelstunde. Du solltest nicht im Gras schlafen, die Erde ist noch zu feucht. Ich habe inzwischen dein Vesperbrot gebracht. Steh auf und komm, du wirst ja noch krank. Komm zum Essen in die Sonne!«

Diane wollte nichts essen. Sie war noch ganz aufgewühlt von ihrem Traum, der sich mit dem vermischte, was zuvor geschehen war. Eine Weile war sie wie abwesend, dann fragte sie plötzlich Geoffrette: »Wo ist Mama? Nicht meine Mama von jetzt, nein, nicht Mama Laure! Meine richtige Mama, die von früher.«

»Mein Gott!« rief Geoffrette verblüfft. »Sie ist im Himmel, das weißt du doch.«

»Ja, das hast du mir gesagt. Aber wo ist der Himmel? Wie kommt man da hin?«

»Durch Vernunft, durch Güte und Geduld, mein Kind«, antwortete Geoffrette, die keineswegs dumm war, obwohl sie nur wenig redete, und nie Überflüssiges. Diane senkte den Kopf und dachte nach.

»Ich weiß, ich bin noch ein Kind und ich bin nicht vernünftig.«

»Oh, für dein Alter bist du vernünftig genug!«

»Aber in meinem Alter ist man dumm, oder? Und man ist den anderen lästig?«

»Wie kommst du denn darauf? Bist du mir etwa lästig? Dein Vater liebt dich zärtlich, und der Doktor hat dich auch sehr lieb.«

»Aber Madame Laure?«

Geoffrette konnte nicht lügen und erwiderte nichts darauf, und Diane fuhr fort: »Oh, ich weiß genau, daß sie mich nicht liebt. Sag mir, hat meine Mutter mich geliebt?«

»Freilich hat sie dich sehr geliebt, obwohl du noch sehr klein warst.«

»Und wenn sie mich jetzt sehen würde, würde sie mich dann auch ein bißchen lieben?«

»Mütter lieben ihre Kinder immer gleich stark, ganz egal, wie alt sie sind.«

»Also ist es ein Unglück, daß ich meine Mutter nicht mehr habe?«

»Es ist ein Unglück, ja, aber du kannst es wettmachen, indem du immer so gut und lieb bist, als würde sie dich sehen.«

»Aber sie sieht mich nicht?«

»Oh, das will ich nicht sagen. Ich weiß es nicht. Ich kann nicht sagen, daß sie dich nicht sieht.«

Es war eine gute Antwort für Diane, die Vorstellungskraft und Mut besaß. Sie umarmte ihre Amme und stellte ihr tausend Fragen nach ihrer Mutter.

»Mein Kind, du fragst mich zuviel«, sagte Geoffrette. »Ich habe deine Mama nur sehr kurz gekannt. Sie war für mich das Beste und Schönste, das es auf der Welt gab. Ich habe sehr um sie getrauert, ich bin immer noch traurig, wenn ich an sie denke. Wenn du mir also nicht wehtun willst, sprich nicht so viel darüber.«

Das sagte sie, um Diane zu beruhigen, denn sie sah, daß sie sehr aufgeregt war. Es gelang ihr, sie abzulenken, aber am Abend hatte Diane wieder etwas Fieber, und die ganze Nacht hindurch hatte sie verworrene und schwere Träume. Gegen Morgen wurde sie ruhiger, und als sie die Augen öffnete, sah sie, daß es Tag wurde. Durch den blauen Vorhang hindurch war ihr Zimmer in bläuliches Licht getaucht, und sie konnte kaum etwas erkennen; aber nach einer Weile entdeckte sie eine Gestalt, die am Fußende ihres Bettes stand.

»Bist du es, Geoffrette?« fragte sie, aber die Gestalt antwortete nicht, und Diane hörte, wie Geoffrette in ihrem Bett hüstelte. Wer war diese Gestalt, die über Diane zu wachen schien?

»Bist du es, Mama Laure?« fragte sie weiter. Sie hatte ihre harten Worte schon vergessen und wollte nichts anderes als sie wieder lieben.

Die Gestalt antwortete auch diesmal nicht, aber nun bemerkte Diane, daß sie einen Schleier vor dem Gesicht hatte. »Oh, jetzt erkenne ich dich!« sagte sie voller Freude. »Du bist meine gute Fee vom Schloß. Endlich bist du wieder da! Bist du gekommen, um meine Mutter zu sein?«

»Ja», antwortete jetzt die verschleierte Frau mit ihrer schönen Stimme, die klang wie Kristall.

»Und du wirst mich lieben?«

»Ja, wenn du mich auch liebst.«

»Oh, ich möchte dich sehr gerne lieben!«

»Willst du mit mir spazierengehen?«

»Natürlich, sofort. Aber ich bin so schwach!«

»Ich werde dich tragen.«

»Oh ja! Gehen wir!«

»Was möchtest du sehen?«

»Meine Mutter.«

»Deine Mutter? Das bin doch ich.«

»Wirklich? Ja? Dann nimm bitte den Schleier fort, damit ich dein Gesicht sehen kann.«

»Du weißt sehr gut, daß ich keines mehr habe.«

»Ach! Ich werde es also nie sehen können?«
»Das hängt von dir ab. Du wirst es dann sehen, wenn du es mir zurückgegeben hast.«
»Lieber Gott, was heißt das? Und wie soll ich das machen?«
»Du mußt es wiederfinden. Komm mit mir, ich werde dich viele Dinge lehren.«
Die verschleierte Frau nahm Diane in ihre Arme und trug sie mit sich fort ... Wohin sie sie trug, kann ich euch nicht sagen, Diane hat sich danach nie mehr daran erinnert. Aber sie muß sehr schöne Dinge gesehen haben, denn als Geoffrette sie wecken wollte, stieß sie sie mit der Hand zurück und drehte sich zur Wand, um weiter schlafen und träumen zu können. Nun hatte ihr Traum sich jedoch gewandelt. Die Fee hatte das Gesicht und die Kleidung des Doktors angenommen, und dieser sagte: »Was interessiert es mich, ob Madame Laure dich liebt oder nicht liebt? Wir haben wahrhaftig was Besseres zu tun, als uns mit ihr zu beschäftigen!« Dann träumte Diane, ihr Bett sei mit vielen Bildern bedeckt, eines schöner als das andere, und jedesmal, wenn sie das Gesicht einer Göttin oder einer Muse betrachtete, meinte sie, es sei ihre Mutter, aber gleich darauf veränderte sich das Gesicht wieder und sie konnte das, was sie zu erkennen geglaubt hatte, nicht wiederfinden. Um neun Uhr kamen der Doktor, den Geoffrette benachrichtigt hatte, und ihr Vater zu ihr. Sie hatte kein Fieber mehr, der Anfall war vorüber. Tagsüber wurde sie sorgsam gepflegt, und in der folgenden Nacht schlief sie sehr ruhig. Zwei Tage später war sie wieder gesund und nahm auf Empfehlung des Doktors ihre Spaziergänge und ihr unbesorgtes Leben wieder auf.

6. Die Suche nach dem Gesicht

Einige Zeit später in diesem Jahr bemerkte der Doktor, der immer beobachtete, was vor sich ging, daß sich im

Haus etwas änderte. Madame Laure konnte nicht mehr verbergen, daß sie Diane wieder ins Kloster zurückgeschickt haben wollte. Nicht etwa, daß sie sie gehaßt hätte, Madame Laure war nicht bösartig. Sie war nur oberflächlich, und sie warf Diane nur vor, sie sei dumm, weil sie selbst es war. Sie war gekränkt, weil sie sie nicht nach ihrem Willen lenken konnte, und beleidigt, weil sie sie nicht als Spielzeug benutzen durfte. Unaufhörlich lag sie ihrem Mann damit in den Ohren, wie untätig das Kind sein Leben verbrachte, denn sie war der Meinung, daß das leichtsinnige und gänzlich unnütze Leben, das sie selbst führte, eine nützliche Beschäftigung sei. Flochardet wußte nicht mehr, was er denken sollte, er war zwischen den Hetzreden seiner Frau und den Ansichten des Doktors hin und hergerissen. Ängstlich zweifelnd beobachtete er seine Tochter und fragte sich, ob sie eine Intelligenz besaß, die über ihr Alter hinausging, wie Monsieur Féron behauptete, oder ob sie primitiv und ungebärdig war, wie Madame Laure wissen wollte, und ob es nicht das beste für sie wäre, wenn er sie wieder der Obhut seiner Schwester, der Äbtissin in Mende, anvertraute.

Diane, die sich durch die weisen Worte Geoffrettes, die Wiederkehr ihrer Gesundheit und ihr gutes Wesen, das keinen Groll kannte, wieder beruhigt hatte, schien sich über die spitzen und trockenen Vorwürfe ihrer Stiefmutter nicht zu grämen, aber sie liebte sie nicht mehr und versuchte auch nicht mehr, ihre Liebe zu gewinnen; sie war ihr gleichgültig geworden mit ihrer ständigen Beschäftigung mit ihrer Schönheit. Diane dachte an ganz andere Dinge.

Das Verlangen nach Wissen überfiel sie wieder, und sie wollte nicht nur zeichnen lernen, sie wollte auch etwas über Geschichte erfahren. Die Unterweisungen des Doktors über Kunst hatten sie ahnen lassen, wie aufregend und wichtig sie war. Das Wie und Warum der Dinge dieser Welt beschäftigten sie. Es sei zu früh, sagte der Doktor, und es sei ein Glück ihres Alters, von der Verrücktheit der

Menschen noch nichts zu verstehen. Da es aber unmöglich war, einen historischen Überblick über irgendeine Kunst zu gewinnen, ohne auch über Aufstieg und Zerfall der Epochen und das heißt über die Geschichte der Menschheit etwas zu wissen, erklärte er sich bereit, sie darin zu unterrichten. Sie hörte ihm mit so viel Begierde zu, daß er es bedauerte, sich nicht intensiver um sie kümmern zu können, um so mehr, als Diane zu Hause nicht die geringsten Kenntnisse vermittelt bekam. Flochardet sprach davon, ihr eine Erzieherin zu geben, aber es war leicht vorauszusehen, daß Madame Laure keine erträglich finden würde.

Da faßte der Doktor einen großen Entschluß. Er bat Flochardet, ihm seine Tochter und ihre Amme anzuvertrauen.

»Sie scherzen wohl!« rief Flochardet. »Ich soll Ihnen meine Tochter geben?«

»Ja. Sie braucht Sie ja deswegen nicht zu verlassen. Sowohl in der Stadt als auch auf dem Land wohnen wir Tür an Tür. Die Nacht über kann sie zu Hause sein, wenn Sie wollen, aber von morgens bis abends wird sie sich bei mir aufhalten, und ich werde sie auf meine Art und Weise unterrichten und für sie sorgen.«

»Aber dazu haben Sie doch gar keine Zeit!« entgegnete Flochardet.

»Ich werde mir die Zeit nehmen. Ich bin alt und habe etwas Vermögen, und ich habe ein Recht darauf, mich zurückzuziehen. Meine Patienten übernimmt mein Neffe, der eben sein Studium beendet hat und ein geschickter Arzt ist. Ich habe ihn aufgezogen wie meinen eigenen Sohn, aber ich hätte auch immer gern eine Tochter gehabt und mein Vermögen unter zwei Kindern verschiedenen Geschlechts aufgeteilt. Also, abgemacht?«

Das letzte Argument des Doktors war sehr überzeugend. Flochardet glaubte nicht das Recht zu haben, seiner Tochter eine solche Zukunft vorzuenthalten, vor allem, da bei Madame Laures Lebensstil zu befürchten stand, daß sein eigenes Vermögen in nicht allzuferner Zukunft stark gefährdet sein würde. Sie hatte ihn bereits gezwungen, Schulden zu machen, um ihr Bedürfnis nach Luxus zu befriedigen, was er allerdings nicht einzugestehen wagte. Er erklärte sich also einverstanden, und Madame Laure war mehr als froh darüber. Sie meinte sogar, es sei doch bequemer, wenn die Kleine mit Geoffrette gleich ganz beim Doktor wohne.

Flochardet war auch damit einverstanden, und Diane zog mit Geoffrette in ein reizendes kleines Zimmer, in dem sie beide gut Platz hatten. Der Doktor hielt sein Wort und gab seine Praxis auf. Da er als bedeutender Arzt galt, konnte er es sich nicht versagen, jeden Tag zwei Stunden Sprechstunde zu halten, und diese Zeit verbrachte Diane bei ihrem Vater. Abends kam Monsieur Marcelin, der Neffe und Nachfolger von Monsieur Féron, zu ihm und unterbreitete ihm ernste oder interessante Fälle, um ehrerbietig seine Meinung zu hören. Wenn er dann noch Zeit hatte, spielte und redete er mit Diane, die er wie eine kleine Schwester behandelte. Marcelin kam es gar nicht in den Sinn, eifersüchtig auf sie zu sein; er fühlte sich reich genug bedacht durch die Erziehung, das Wissen und die Patienten, die er seinem Onkel verdankte.

Ihr seht, meine Kinder, daß es Wunderbares gibt in der Natur, und wenn es auch nicht viele solche Menschen gibt, es gibt sie, und ich kenne selbst welche.

Diane wurde sehr glücklich, sie war fleißig und blieb gesund. Ihre Leidenschaft für das Zeichnen schien sie ein wenig vergessen zu haben. Trotz ihrer jungen Jahre hatte sie offenbar begriffen, daß im Geist alles zusammenhängt und daß man noch gar nichts weiß, wenn man nur von einer Sache etwas versteht.

*

Diane war ein großes Mädchen von zwölf Jahren geworden, aber sie war immer noch ein liebes, fröhliches Kind und gut zu jedermann, sie spielte sich nicht in den Vordergrund und wollte nicht die Aufmerksamkeit auf sich lenken, obwohl sie für ihr Alter schon viel Wissen und einen lebhaften Geist hatte, von dem niemand ahnte. Sie hatte ihrem Vater beim Arbeiten zugesehen und ein wenig Handwerk gelernt und machte recht annehmbare Zeichnungen. Aber sie zeigte sie niemandem mehr, denn einmal hatte der Doktor gesagt, sie seien sehr gut, und Flochardet hatte erwidert, sie seien sehr schlecht. Diane fühlte, daß der Doktor ein guter Kritiker war, aber wenig von der Ausführung verstand. Er hatte in ihr die Liebe zum Schönen entwickelt, aber er konnte ihr nicht die Mittel verschaffen, es konkret zu fassen. Und sie fühlte auch, daß ihr Vater eine Auffassung hatte, die den Lehren des Doktors ganz entgegengesetzt war, daß er nie richtig beurteilte, was außerhalb seiner eigenen Art war, und daß er ungerecht sein konnte, ohne es zu merken.

Aber konnte Diane selbst sich beurteilen? Sie fragte sich das ängstlich. Was sollte sie vom Talent ihres Vaters halten, das der Doktor so offensichtlich richtig kritisierte? Was sollte sie andererseits von der Kritik des Doktors halten, der nicht einmal einen Stift richtig halten und eine gerade Linie zeichnen konnte? Diese Frage quälte sie so sehr, daß sie fast wieder ein wenig krank wurde. Sie war sehr gewachsen, ohne zu dünn und zu zart geworden zu sein. Der Doktor pflegte sie gut, ohne allzu besorgt zu sein, versuchte jedoch den Grund für ihre kleinen Fieberanfälle zu finden. Geoffrette vertraute ihm an, daß Diane ihrer Ansicht nach zu viel zeichne. Da sie nicht wollte, daß man sie arbeiten sah, stand sie vor Tagesanbruch auf, und die Amme, die sie beobachtete, sah sie bald rot und verrückt vor Freude werden, bald blaß, wie entmutigt und den Tränen nahe. Der Doktor beschloß, sie zu einer Beichte zu bringen. Sie war entschlossen gewesen, nichts zu sagen, aber sie konnte seinen liebevollen Fragen nicht lange widerstehen und meinte schließlich: »Gut, ich geb es zu. Ich bin von einer Idee besessen. Ich muß ein Gesicht finden, und ich finde es nicht!«

»Welches Gesicht? Immer noch die Frau mit dem Schleier? Ist die Kinderphantasie bei dem großen Mädchen, das du jetzt bist, wieder aufgetaucht?«

»Lieber Freund, diese Phantasie hat mich nie verlassen, seitdem die verschleierte Frau gesagt hat: ›Ich bin deine Mutter, und du wirst mein Gesicht sehen, wenn du es mir zurückgegeben hast.‹ Ich habe nicht gleich verstanden, was sie meinte, aber dann wurde mir klar, daß ich ein Gesicht wiederfinden und zeichnen muß, das ich nie gesehen habe, das meiner Mutter. Und das ist es, wonach ich suche. Sie soll sehr, sehr schön gewesen sein. Vielleicht gelingt es mir nicht, etwas zu machen, was dem nahekommt, weil ich nicht genug Talent habe, und ich möchte so gern eins haben, aber es kommt nicht. Ich bin unzufrieden mit mir, ich zerreiße alles, was ich mache, oder es wird ein Geschmiere. Alle meine Gesichter sind unschön und nichtssagend. Ich sehe, wie mein Vater seine Modelle schöner malt, als sie sind, denn das tut er, das merke ich jetzt, und ich weiß, daß er seinen Erfolg daher hat. Und wenn ich jetzt die Frauen und Männer anschaue, die zu ihm kommen, um sich malen zu lassen – sicher, sie sind nicht alle schön, manche Frauen sind alt und welk, manche Männer sind ziemlich häßlich –, dann finde ich auch die häßlichsten Gesichter weniger ... wie soll ich sagen? immer noch annehmbarer als die konventionellen Gesichter, die ihnen mein Vater gibt. Die Menschen, die für ihn sitzen, sind sie selbst, sie haben diese oder jene Eigenheiten, und gerade das ist es, was mein Vater glaubt, ihnen wegnehmen zu müssen – und sie wollen auch, daß man es ihnen wegnimmt. In meiner Vorstellung male ich sie so, wie sie sind, und ich weiß, wenn ich malen könnte, würde ich genau das Gegenteil von dem machen, was Papa macht. Das ist es, was mir so großen Kummer macht. Er hat ganz offensichtlich Talent, und ich habe keins.«

»Er hat Talent, und du hast keins, nun gut«, entgegnete der Doktor. »Aber du wirst eines haben, du quälst dich nur zu sehr, es herauszubringen. Wenn du es jedoch eines

Tages haben wirst – ich will nicht sagen, daß du mehr haben wirst als er, darüber kann ich nicht urteilen –, dann wird es eine andere Art von Talent sein, denn du siehst die Dinge mit anderen Augen. Deshalb kann er dich nichts lehren. Du mußt es selbst herausfinden, und dazu brauchst du Zeit. Du willst zu schnell vorwärtskommen, und so besteht die Gefahr, daß sich dein Talent nicht zeigen will. Du bekommst Fieber, und man bringt nichts Rechtes zustande, wenn man nicht gesund ist. Was nun das Gesicht betrifft, nach dem du suchst, so ist es ein leichtes, es dir zu zeigen, um die verschleierte Frau zu vertreiben, die dich verfolgt. Dein Vater besitzt ein sehr gutes Miniaturbildnis deiner Mutter, es ist ihr sehr ähnlich. Er zeigt es niemandem und behauptet, sie sei nicht gut getroffen. Ich meine aber, daß sie es sehr wohl ist, und ich kann ihn darum bitten, es mir zu geben, damit ich es dir zeigen kann.«
Nun hatte Diane keinen größeren Wunsch als zu wissen, wie ihre Mutter ausgesehen hatte. Sie dankte dem Doktor für seinen Vorschlag mit überschwenglicher Freude. Monsieur Féron versprach ihr, sie würde die Miniatur am nächsten Tag in Händen halten, und nahm ihr dafür das Versprechen ab, daß sie bis dahin ganz ruhig sein und von nun an weniger besessen und mit mehr Geduld arbeiten werde.
»Du brauchst noch zehn Jahre«, sagte er zu ihr, »bis du weißt, wohin du willst. Du mußt die Werke der großen Meister sehen. Wir werden zusammen reisen, wenn du groß genug bist, um etwas davon zu haben, und dann kannst du bei einem guten Maler Unterricht nehmen. Hier bei deinem Vater wird es allerdings nicht gehen. Man hält ihn für den ersten in seiner Kunst, und er wäre sicher gekränkt, wenn du einen anderen Lehrer nähmst als ihn.«
»Nein, das ist unmöglich, das sehe ich ein«, bestätigte Diane. »Ich werde geduldig sein, lieber Freund, und vernünftig, das verspreche ich Ihnen.«
Diane hielt ihr Versprechen, so gut sie konnte. Sobald sie aber eingeschlafen war, kam die Frau mit dem Schleier

wieder und schlug ihr einen Spaziergang im Schloß Pictordu vor. Kaum waren sie dort angekommen, da erschien ein großes, schlankes und schönes Fräulein und bat sie, so schnell wie möglich zu fliehen, das Schloß würde einstürzen. Diane sah, daß sie niemand anderer war als Mademoiselle Blanche de Pictordu, und als sie sie bei ihrem Namen rief, meinte sie: »Es ist natürlich nicht schwer für dich, mich wiederzuerkennen, ich trage ja die Türkisnadel am Hals, die du mir geschenkt hast. Ohne die wüßtest du nicht, wer ich bin, denn du hast überhaupt kein Gedächtnis und bist auch viel zu ungeschickt gewesen, um mein Porträt zu zeichnen. Geh weg von hier. Das Schloß ächzt und klagt unter der Mühe, ständig den Stürmen standhalten zu müssen, es wird bald einstürzen.«

Diane hatte Angst, aber die Frau mit dem Schleier verscheuchte Blanche mit einer Handbewegung, trat in die Säulenhalle und machte Diane ein Zeichen, ihr zu folgen. Diane gehorchte. Im nächsten Augenblick stürzte das Schloß über ihnen zusammen, aber es fügte ihnen kaum mehr Schaden zu als eine Schneeböe, und Kameen fielen aus den Wolken und bedeckten den Boden, eine schöner als die andere.

»Schnell, suchen wir mein Gesicht!« rief die verschleierte Frau. »Es muß hier darunter sein. Du mußt es wiedererkennen. Wenn du es nicht findest, wirst du niemals wissen, wer ich bin!«

Diane suchte lange unter den steinernen Gravuren, die einen waren in harten Stein geschnitten, die anderen reliefartig auf Muscheln. Einige zeigten eine ganze Figur von großer Schönheit, andere reizvolle oder auch scharf geschnittene Profile, wieder andere trugen ein Gesicht, das ganz verzerrt war nach Art der antiken Masken. Die meisten hatten einen strengen oder melancholischen Ausdruck; alle aber zeigten eine ausgezeichnete Arbeit, die sie nicht umhin konnte zu bewundern. Die Fee drängte sie. »Mach schnell! Halte dich nicht damit auf, alles und jedes genau zu betrachten. Nur mich, mich allein mußt du finden!«

Mit einem Mal hatte Diane einen durchsichtigen Karneol in der Hand, auf dessen Grund sich in mattem Weiß ein Profil von erlesener Schönheit abzuzeichnen begann. Das Haar war mit einem Band nach hinten geschlungen, und auf der Stirn glänzte ein Stern. Zuerst schien der kleine Kopf so groß wie ein Stein für einen Ring zu sein, aber je länger sie ihn betrachtete, desto größer wurde er, bis er zuletzt ihren ganzen Handteller ausfüllte.
»Endlich!« rief die Fee, »da ist es! Das bin ich, deine Muse, deine Mutter. Du wirst sehen, du hast dich nicht getäuscht!«
Sie begann, ihren im Nacken gebundenen Schleier zu lösen – aber Diane konnte ihr Gesicht nicht sehen, denn das Bild verschwamm, und sie wachte auf und war verzweifelt. Das Phantasiebild war jedoch so lebendig und so eindringlich gewesen, daß sie nicht gleich zu sich kam und ihre Hand zusammenpreßte, als könnte sie noch die kostbare Kamee darin fühlen, die ihr wenigstens das kostbare Abbild des Gesichts bewahrte, nach dem sie so leidenschaftlich suchte. Doch diese Illusion dauerte nur einen kurzen Augenblick. Sie konnte die Hand so fest zusammendrücken wie sie wollte, als sie sie öffnete, war nichts darin, nicht das Geringste.
Als sie aufgestanden war, kam der Doktor zu ihr mit einem Schächtelchen aus Maroquinleder mit goldenen Schließen. Er glaubte, sie würde sich sehr freuen und wollte sie öffnen, aber sie stieß ihn zurück und rief: »Nein, nein, lieber Freund! Ich darf sie noch nicht sehen, sie will es nicht! Ich muß sie von ganz alleine finden, sonst wird sie mich für immer verlassen!«
»Wie du meinst«, entgegnete der Doktor. »Du hast da deine eigenen Ansichten, die ich nicht immer verstehe, die ich aber respektiere. Ich lasse dir das Medaillon hier, es ist dein Eigentum. Dein Vater schenkt es dir. Du wirst es anschauen, wenn deine Fee dir die Erlaubnis dazu gibt, oder wenn du nicht mehr an Feen glaubst, was nicht mehr lange dauern wird, denn du bist langsam in dem Alter, in dem

man Traum und Wirklichkeit voneinander trennt, und um deine Vernunft mache ich mir keine Sorgen.«
Diane dankte Monsieur Féron für seine guten Worte und für das schöne Geschenk, das er für sie erhalten hatte. Sie küßte es und verwahrte es, ohne es zu öffnen, in ihrem kleinen Schreibtisch, nachdem sie sich geschworen hatte, erst die Erlaubnis der geheimnisvollen Fee abzuwarten. Und sie hielt sich Wort. Sie widerstand dem Verlangen, das geliebte Gesicht kennenzulernen, und machte sich von neuem daran, es mit dem Zeichenstift zu suchen. Aber auch ihrem Freund hielt sie Wort, sie arbeitete geduldiger, beharrte nicht darauf, sofort Erfolg haben zu müssen, und machte sich daran, Entwürfe abzuzeichnen, ohne von heute auf morgen etwas Großartiges schaffen zu wollen. Ein merkwürdiger Gedanke half ihr, Geduld zu üben: Sie glaubte sich an das schöne Profil, das sie im Traum gesehen und berührt hatte, genau zu erinnern. Immer, wenn sie daran denken wollte, stand es ihr sogleich vor Augen, und immer war es dasselbe. Sie verbot sich jedoch, zu lange und zu oft daran zu denken, denn dann kam es ihr vor, als würde es anfangen zu verschwimmen und womöglich zu verschwinden.

7. Das wiedergefundene Gesicht

Diane sammelte Wissen und war sehr glücklich, als sie eines Tages – sie war jetzt fünfzehn Jahre alt – ihren Vater verändert und traurig fand.
»Bist du krank, lieber Vater?« fragte sie und küßte ihn. »Du machst ein ganz anderes Gesicht als sonst.«
»Ach, was verstehst du denn von Gesichtern!« entgegnete Flochardet wegwerfend.
»Ich bemühe mich, Papa. Ich tue, was ich kann«, sagte Diane. Sie sah in den Worten ihres Vaters Spott über ihre unglückliche Leidenschaft für die Kunst.

»Du tust, was du kannst, ja.« Flochardet sah sie prüfend und traurig an. »Warum hast du dir nur diese verrückte Idee in den Kopf gesetzt, daß du eine Künstlerin sein willst? Wozu brauchst du das! Du hast einen zweiten Vater gefunden, der klüger und glücklicher ist als dein erster. Du willst die Sorgen der Arbeit kennenlernen und brauchst gar nicht zu arbeiten. Wieso? Wozu soll das gut sein?«
»Darauf kann ich dir nicht antworten, lieber Papa. Ich kann nichts dagegen tun. Aber wenn es dich so sehr ärgert, werde ich es aufgeben, auch wenn es mir noch so schwer fällt.«
»Aber nein! Vergnüge dich, tu, was dir gefällt, träume das Unmögliche, es ist das Glück der Jugend. Später wirst du schon merken, daß das Talent einen nicht vor Verhängnis und Unheil schützt!«
»Oh, Papa, du bist unglücklich!« rief Diane und warf sich in seine Arme. »Wie ist das möglich? Weshalb? Du mußt es mir sagen! Ich will nicht mehr glücklich sein, wenn du unglücklich bist.«
»Sorge dich nicht«, sagte Flochardet und nahm sie zärtlich in die Arme, »ich habe das nur gesagt, um dich auf die Probe zu stellen. Ich habe keinen Kummer, ich habe nur gefürchtet, daß du mich nicht mehr liebst, weil ... weil ich deine Erziehung vernachlässigt und sie einem andern überlassen habe. Und du hast vielleicht gedacht, daß ich ein leichtsinniger und gleichgültiger Vater bin, verantwortungslos wie ein Kind ...«
»Nein, nein, Papa, ich liebe dich sehr und ich habe nie so etwas gedacht. Warum hätte ich das denken sollen!«
»Weil ich selbst es manches Mal gedacht habe. Ich habe mir Vorwürfe gemacht. Jetzt kann ich mich ja damit trösten, daß du es nicht zu spüren bekommen wirst, falls mir finanziell ein Unglück zustößt.«
Diane wollte weiterfragen, aber ihr Vater lenkte das Gespräch ab und begab sich wieder an die Arbeit. Er war jedoch nervös und ungeduldig dabei, als würde es ihn anwi-

dern, was er da tat. Plötzlich warf er mißmutig den Pinsel hin und sagte: »Heute geht es nicht. Ich verderbe nur die Leinwand, und es fehlt nicht viel, dann zerreiße ich sie. Komm und mach einen Spaziergang mit mir!«
Während sie sich zum Ausgehen bereit machten, kam Madame Laure ins Zimmer. Sie war herausgeputzt wie gewöhnlich, aber auch sie hatte ein verändertes Gesicht.
»Was, du gehst aus, wo du das Porträt heute abend abliefern mußt?« meinte sie.
»Dann liefere ich es eben erst morgen ab«, entgegnete Flochardet trocken. »Bin ich der Sklave meiner Kunden?«
»Nein, aber du mußt noch heute abend das Geld für das Bild bekommen, weil morgen früh ...«
»Oh ja! Deine Schneiderin, dein Stoffhändler! Sie haben keine Geduld mehr, ich weiß, und wenn sie nicht zufriedengestellt werden, gibt es wieder einen Skandal.«
Diane hatte erstaunte und erschrockene Augen, von denen sich Madame Laure getroffen fühlte. »Mein Kind«, sagte sie, »du störst deinen Vater zu häufig, du hinderst ihn am Arbeiten, und vor allem heute ist es wichtig, daß er arbeitet. Laß ihn in Ruhe!«
»Du schickst mich weg?« rief Diane verstört und bestürzt.
»Nein, das darf nicht sein!« erklärte Monsieur Flochardet entschieden und setzt sie neben sich. »Bleib hier! Du störst mich nie!«
»Dann bin ich es also, die unerwünscht ist«, sagte hierauf Madame Laure. »Ich habe verstanden, und ich weiß, was ich zu tun habe.«
»Tu, was du willst«, bemerkte Flochardet mit eisigem Ton.
Sie ging hinaus, und Diane brach in Tränen aus.
»Was hast du?« fragte ihr Vater und versuchte zu lächeln. »Was kann es dir ausmachen, daß ich mich mit Madame Laure ab und zu ein wenig streite? Sie ist nicht deine Mutter, und so sehr liebst du sie doch nicht, oder?«
»Aber du bist unglücklich«, schluchzte Diane, »mein Papa ist unglücklich, und ich hab nichts davon gewußt!«

»Aber nein.« Flochardet nahm wieder seinen gewohnten leichten Tonfall an. »Man ist nicht gleich unglücklich, wenn man Unannehmlichkeiten hat. Ich habe große Unannehmlichkeiten, das stimmt, aber ich komme auch wieder heraus. Ich werde mehr arbeiten, das ist alles. Ich dachte, ich bräuchte weniger arbeiten, ich hatte ein kleines Vermögen verdient, es waren ungefähr zweihunderttausend Francs. Wenn man in der Provinz lebt, ist das ganz schön viel. Aber, ich muß es dir sagen, denn früher oder später wirst du es ja doch erfahren, wir haben auf zu großem Fuße gelebt. Ich war so unvorsichtig und habe bauen lassen, die veranschlagten Kosten wurden weit überstiegen, kurz, wir müssen wieder verkaufen und mit Verlust, denn die Gläubiger drängen. Du brauchst also nicht erstaunt zu sein, wenn du erfährst, daß ich ruiniert bin. Laß es dir nicht zu nahe gehen, die Leute übertreiben immer. Ich werde alles verkaufen, was ich habe, dann sind meine Schulden bezahlt, und meine Ehre bleibt unangetastet. Du wirst dich nicht für deinen Vater schämen müssen, da kannst du ganz unbesorgt sein. Im übrigen werde ich es schon wieder hinkriegen. Ich bin noch jung und stark, und ich werde mich ein bißchen teurer bezahlen lassen, damit müssen die Kunden eben einverstanden sein. Und so nach und nach kann ich hoffentlich noch genug zusammenbekommen, um dich standesgemäß auszustatten, wenn du es mit dem Heiraten nicht allzu eilig hast. In diesem Fall wird der Doktor etwas vorstrecken.«
»Reden wir doch nicht von mir«, ereiferte sich Diane. »Ich denke überhaupt nicht ans Heiraten, ich denke auch nicht über meine Zukunft nach. Es geht um dich! Das schöne Haus in der Stadt, das du so liebst und das du so schön eingerichtet hast, muß also verkauft werden? Aber das ist unmöglich, wo willst du dann arbeiten? Und dein Haus auf dem Land – wo wirst du bleiben?«
Als Flochardet sah, daß sich Diane sein Unglück mehr zu Herzen nahm, als ihm lieb war, bemühte er sich, sie wieder zu beruhigen, und erklärte, er würde ja vielleicht noch

diesen oder jenen Aufschub bekommen können. Diane sorgte sich aber darum, daß er so viel arbeiten wollte, und fürchtete, er würde darüber krank werden. Um ihn aufzumuntern, tat sie, als hätte sie sich wieder beruhigt, aber sie ging ganz niedergeschlagen fort. Dem Doktor wollte sie nicht sagen, wie bedrückt sie war, aus Angst, er würde nur Abträgliches über ihren Vater sagen. Sie spielte Schach mit ihrem alten Freund und ging dann in ihr Zimmer, um in Ruhe weinen zu können.

Sie schlief wenig und traumlos. Am nächsten Morgen machte sie sich an die Arbeit wie an allen anderen Tagen und versuchte, sich zu zerstreuen, aber immer wieder mußte sie daran denken, daß Madame Laure ihren Vater zugrunde richten werde, weil er so viel arbeiten mußte, und daß er, wenn ihre Mutter noch lebte, ein kluger und glücklicher Mann wäre.

Wieder trauerte sie in ihrem Herzen um ihre Mutter, aber diesmal nicht mehr um ihrer eigenen Person willen, sondern um des Glücks willen, das sie ihrem Vater hätte schenken können und das mit ihr fortgegangen war.

Sie zeichnete, ohne zu wissen, was ihre Hände taten, und rief aus dem Grund ihrer Seele nach ihrer Mutter: Wo bist du? Siehst du von dort, wo du bist, was geschieht? Kannst du mir nicht sagen, was ich tun soll, um meinen Vater zu retten und zu trösten, der von einer anderen in die Verzweiflung getrieben wird?

Auf einmal war es, als zöge ein warmer Atem durch ihr Haar, und eine Stimme, so leise wie der Morgenwind, flüsterte ihr ins Ohr: »Ich bin hier, du hast mich gefunden.« Diane drehte sich erschrocken um. Aber niemand war hinter ihr. Nur die Schatten der Blätter des Lindenbaums, die der Wind bewegte, zitterten auf dem Boden aus hellem Fichtenholz. Sie sah auf ihr Blatt Papier, und da hatte sie in zarten Umrissen eine Gestalt gezeichnet. Sie zeichnete die Umrisse deutlicher nach und arbeitete das Gesicht heraus, immer noch, ohne dem, was sie tat, Bedeutung beizumessen. Dann umrahmte sie den Kopf der Skizze mit dichtem

Haar, malte ein Band hinein und einen Stern auf die Stirn, in Erinnerung an die Kamee aus glänzendem Stein, die sie im Traum gesehen hatte. Sie betrachtete ganz gleichgültig die Zeichnung, während Geoffrette hereinkam und im Zimmer etwas aufräumte.

»Nun, mein Kind«, meinte sie und kam zu ihr, »bist du heute morgen zufrieden mit dem, was du gemacht hast?«

»Nicht zufriedener als sonst, meine liebe Geoffrette, ich weiß nicht mal, was ich eigentlich gemacht habe ... Aber was hast du? Du bist ja ganz blaß geworden und hast Tränen in den Augen!«

»Gütiger Himmel!« rief Geoffrette, »wie ist das möglich? Hast du das gemacht? Du hast also doch das Porträt angeschaut und abgezeichnet?«

»Welches Porträt? Ich habe überhaupt nichts abgezeichnet.«

»Ja, aber was ... ist es dann? Eine Vision? Ein Wunder? Herr Doktor, kommen Sie mal! Sehen Sie nur! Was sagen Sie dazu?«

»Was ist geschehen?« fragte der Doktor, der Diane zum Frühstück abholen wollte, »was schreit Geoffrette da von einem Wunder?«

Er besah sich die Skizze und sagte: »Sie hat das Medaillon kopiert! Aber liebes Kind, das ist gut! Weißt du, daß das sehr, sehr gut ist? Es ist geradezu erstaunlich, und die Ähnlichkeit ist frappierend ... Die arme junge Frau, ich kann sie richtig vor mir sehen. Also Mut, mein Kind! Du wirst bessere Porträts machen als dein Vater. Dieses hier ist jedenfalls sehr schön und lebendig.«

Diane betrachtete überrascht ihre Skizze, und da sah sie das getreue Abbild des Traumgesichts auf der Kamee, wie sie es im Gedächtnis bewahrt hatte. Nur war es das Werk ihrer Phantasie, und die Ähnlichkeit, die Geoffrette und der Doktor feststellten, war sicher ebenfalls Phantasie. Sie sagte aber lieber nicht, daß sie das Medaillon gar nie angesehen hatte, denn dann hätten sie sie gebeten, es zu öffnen,

und dieser Belohnung fühlte sie sich noch nicht würdig. Trotzdem fragte sie beim Frühstück den Doktor, ob er wirklich sicher sei, daß das Porträt ihrer Mutter gleiche?
»Wie hätte ich es sonst wiedererkannt? Du weißt sehr gut, daß ich dir keine Gefälligkeiten sage.« Er rief Geoffrette und bat sie, die Zeichnung zu holen, er wolle sie sich noch einmal ansehen.
Geoffrette holte sie, und der Doktor besah sie sich noch ein paar Mal aufmerksam, während er seinen Kaffee trank. Er sagte nichts und schien ganz versunken, und Diane wartete ängstlich darauf, daß er seinen ersten Eindruck vielleicht widerrufen würde. In diesem Augenblick wurde Monsieur Flochardet gemeldet, der manchmal mit dem Doktor seinen Kaffee trank.
»Was betrachten Sie da gerade?« fragte er, nachdem er seine Tochter umarmt hatte.
»Sehen Sie selbst«, sagte der Doktor.
Flochardet beugte sich über die Zeichnung und wurde blaß.
»Das ist sie«, sagte er tiefbewegt. »Ja, das ist das liebe Wesen, an das ich, ohne daß es jemand weiß, unaufhörlich denke, jetzt mehr als je! Aber wer hat das gemacht, Doktor? Es ist eine Kopie des Medaillons, das ich Ihnen für Diane gegeben habe, nur ist es unendlich viel tiefer empfunden und besser wiedergegeben, es ist edler und wahrer. Eine bemerkenswerte Arbeit. Aber ich habe keinen Schüler, der fähig wäre, so etwas zu machen. Sagen Sie mir, von wem ist es?«
»Es war ...«, der Doktor legte listig ein Zögern ein, »es war ein Schüler ... von mir. Ob Sie es glauben oder nicht.«
Flochardet sah zu seiner Tochter hin, die sich zum Fenster gewandt hatte, um ihre Bewegung zu verbergen, dann sah er fragend den Doktor an und verstand. Äußerst überrascht blickte er wieder auf die Zeichnung, suchte einen Fehler darin, konnte aber keinen finden. Er war in einer Geistesverfassung, in der man seiner selbst nicht mehr si-

cher ist und zugeben muß, daß man sich in einer sehr wichtigen Sache geirrt hat.
Diane wagte nicht, sich umzudrehen. Sie fürchtete, es sei nur ein Traum, und sah aus dem Fenster, um ihre Verwirrung nicht merken zu lassen – ohne die leuchtende Sonne wahrzunehmen, die ihre rubinfarbenen Strahlen wie rote Nadeln in ihre Augen senkte. Im blendenden Licht sah sie eine große weiße Gestalt von wunderbarer Schönheit, deren grünes Kleid glänzte wie Smaragdstaub. Es war die Muse ihrer Träume, ihre gute Fee, die Frau mit dem Schleier, aber nun bedeckte der Schleier nicht mehr ihr Gesicht, er schwebte um ihre Gestalt wie ein goldener Strahlenkranz, und ihr schönes Gesicht, das Gesicht auf der Kamee im Traum, war genau das, das Diane gezeichnet hatte und das Flochardet jetzt mit einer Mischung aus Bewunderung und Furcht betrachtete.
Diane streckte freudig die Arme aus nach der strahlenden Gestalt, die ihr zulächelte, und diese sagte, bevor sie entschwand: »Du wirst mich wiedersehen!«
Diane, beklommen und entzückt, fiel auf einen Stuhl, der am Fenster stand, und unterdrückte einen Schrei des Entzückens. Flochardet und der Doktor liefen besorgt herbei, aber sie meinte, ihr fehle nichts, und ohne etwas von ihrer Vision zu erzählen, fragte sie ihren Vater, ob er denn tatsächlich mit ihrem Werk ein bißchen zufrieden sei.
»Ich bin nicht nur zufrieden, ich bin erstaunt und begeistert, mein Kind«, antwortete er, »und ich möchte Abbitte leisten. Du hast das heilige Feuer in dir, und zudem für dein Alter ein ungewöhnliches Können. Mach weiter so, aber überanstrenge dich nicht, arbeite, hoffe und zweifle oft an dir, das ist gut, aber ich zweifle nicht mehr an dir und bin sehr glücklich!«
Sie umarmten sich mit Tränen in den Augen. Dann bat Flochardet seine Tochter, ihn mit dem Doktor allein zu lassen, weil er mit ihm über Geschäfte zu sprechen hätte, und Diane zog sich in ihr Zimmer zurück, wo sie allein war. Geoffrette war ebenfalls frühstücken gegangen. Sie

lief zum Schreibtisch und nahm das Schächtelchen aus Maroquinleder heraus, das sie mit einem schwarzen Seidenband umwickelt hatte, um nicht in Versuchung zu kommen, es vorzeitig zu öffnen. Jetzt öffnete sie es, kniete sich auf ein Kissen und küßte das Medaillon, bevor sie es ansah. Sie schloß die Augen, um sich die schöne Gestalt in Erinnerung zu rufen, die ihr versprochen hatte, wiederzukommen. Diese erschien ihr sehr deutlich, und da sie nun ihres Einverständnisses sicher sein konnte, betrachtete sie das Porträt. Es war wahrhaftig dasselbe Gesicht wie das auf ihrer Zeichnung. Es war ihre Muse, das Gesicht auf der Kamee, und doch war es ihre Mutter. Es war durch Poesie, Gefühl und Vorstellungskraft erlangte Wirklichkeit.
Diane fragte nicht danach, wie das Wunder in ihr geschehen war. Sie nahm es als Tatsache hin, und ihr Verstand mischte sich nicht ein, um es nachträglich zu erklären. Und ich denke, es war gut so. Wenn man noch sehr jung ist, ist es besser, an befreundete Götter als allzusehr an sich selbst zu glauben.

8. Der Zusammenbruch

Von den folgenden zwei Jahren will ich nicht jeden Tag berichten. Diane arbeitete mutig und bescheiden weiter und holte oft den Rat ihres Vaters ein, der allerdings nicht immer in der Lage war, etwas, was er selbst nicht gekonnt hätte, zu verstehen. Ohne es sich bewußt zu machen, schlug Diane einen Weg ein, der dem seinen ganz entgegengesetzt war. In ihrer Gegend gab es viele hervorragende Skulpturen aus der Antike, und diese wurden ganz allgemein in Frankreich langsam wieder geschätzt, denn man war auf der Suche nach neuen Geschmacksrichtungen. Durch Druckgraphik wurden die kostbaren Funde aus Herculaneum und Pompeji bekannt und populär gemacht, Gemälde, Vasen, Statuen, Möbel, Gegenstände der verschiedensten Art, und eine »elegante Einfachheit«, wie man es nannte, ersetzte nach und nach die Chinoiserien, den verschnörkelten und überladenen Stil. Italien wurde besser bekannt, es wurde mehr gereist, und wenn auch die wunderschönen Farben und die liebenswürdigen Einfälle von Watteau noch sehr geschätzt wurden, so schätzte man auch nicht weniger die etruskischen Vasen und die griechischen Münzen. Man ging nicht ganz zurück zum Stil der Valois, den wir heute Renaissance nennen, sondern man suchte nach einer neuen Renaissance, weniger eigenständig, aber auch sehr reizvoll. Man hatte Louis-seize-Möbel, wie wir sie heute nennen, damals hießen sie »à l'antique«; ganz stilgerecht waren sie nicht, aber sie wirkten sehr vornehm. Die Frauen begannen, ihre monumentalen Frisuren abzubauen und ließen ihre immer noch gepuderten Locken frei in die Stirn fallen. Die Männer trugen das Haar gelockt statt aufgedreht zu flügelförmigen Frisuren und hielten es im Nacken mit einem einfachen Band zusammen, anstatt es in Haarbeuteln verschwinden zu lassen, oder sie steckten es in Flechten mit einem Schildpattkamm auf. Auch Flochardet trug jetzt in seinem Atelier eine solche Frisur, und die Kleider auf seinen Porträts waren um einiges einfacher als die, mit denen er so viel Ruhm erworben hatte.

Das Erstaunen war also nicht allzugroß, daß die Tochter des Malers, der man zusehends Aufmerksamkeit zu schenken begann, sich noch einfacher anzog, als es die Mode erlaubte, und Flochardet machte sich keine großen Gedanken darüber, wie das Hingezogensein zur Vergangenheit und die Vorliebe für alles, was natürlich wuchs, so früh und mit soviel Entschiedenheit in ihr hatten keimen und wirken können. Er war jedoch unzufrieden mit seinem eigenen Können. Das erwachende Interesse an der Form in der Kunst traf ihn unvorbereitet, er hatte immer zuviel Wert auf die äußere Aufmachung gelegt, und nun mußte er erleben, daß seine Beliebtheit im Schwinden begriffen war. Er hatte seine Preise gerade in dem Augen-

blick heraufsetzen wollen, als seine Kunden immer weniger bereit waren, sie zu zahlen, und da es gegen seinen Stolz ging, sie herabzusetzen, nahm seine Kundschaft rapide ab. Man begann das Talent seiner Tochter zu entdekken und zu würdigen und legte ihm ohne Umschweife nahe, er solle sich doch von ihr helfen, gegebenenfalls sogar von ihr vertreten lassen. Der arme Flochardet war ganz gewiß nicht eifersüchtig auf das Talent seiner geliebten Tochter, aber er wollte um keinen Preis, daß sie ihre freien und nutzbringenden Studien unterbrach, um mit ihrer Kunst Geld zu verdienen und damit nur die Dummheiten von Madame Laure zu unterstützen.
Die Lage des Künstlers war also innerhalb der zwei geschilderten Jahre äußerst besorgniserregend geworden. Er hätte, um alles zu retten, bis zur Erschöpfung gearbeitet, aber es war etwas eingetreten, womit er nicht gerechnet hatte. Er hatte immer weniger Aufträge. Unfähig, mit Geld umzugehen, hatte Laure ihren kleinen Anteil am gemeinsamen Vermögen an sich genommen und sich zu ihren Eltern nach Nîmes begeben, wo sie sich drei Viertel des Jahres aufhielt. Sie zeigte sich nur noch selten bei ihrem Gatten und gab das wenige, was sie besaß, für neue Kleider aus, anstatt damit zur Erleichterung der bedrängten Lage beizutragen.
Als Diane nun ihren Vater verlassen, bedrückt und einsam sah, zog sie wieder zu ihm und teilte ihre Zeit zwischen ihm und dem Doktor. Fast alle Dienstboten waren entlassen worden. Geoffrette besorgte das Kochen, und Diane ging ihr dabei zur Hand, damit ihr Vater, der an ein gutes Leben gewöhnt war, den Niedergang nicht allzusehr zu spüren bekam. Sie brachte Ordnung ins Haus und schob einige Zeit die finanzielle Katastrophe hinaus, indem sie sich um die Geschäfte kümmerte und die Interessen ihres Vaters verfolgte. Aber eines Tages wollten die Gläubiger nicht mehr länger warten und pfändeten alles, die Häuser, die Gärten, das kleine Landhaus, die Kunstschätze und das Mobiliar.

Es war ein schwerer Schlag für Flochardet. Er konnte die Niederlage vor seiner Tochter und vor seinen Freunden nicht mehr verbergen und ergab sich darein, alles im Stich zu lassen und in einer fremden Provinz wenn nicht neue Kunden, denn dazu brauchte es Jahre, so doch irgendeine Arbeit zu finden. Er hatte auch bereits eine in Arles, wo er in Kirchen Madonnen, Heilige und Engel malte. Er hoffte, auf die Porträtmalerei verzichten zu können, und glaubte sogar eine Weile ernstlich, er könnte sich in dem versuchen, was er die große Malerei nannte. Aber auch die Vorstellung, die man sich von Madonnen und Engeln machte, hatte sich geändert. Man wollte nicht mehr die süß lächelnden und molligen Madonnen aus der Zeit Ludwigs XV., die aussahen wie hübsche Ammen vom Land, man wollte ernstere Gesichter, und es wurde viel gespöttelt über die lieben Mütterchen, die Flochardet vergebens mit einem Strahlenkranz und genauestens ausgeführten Rosengirlanden umgab. Die Spötteleien, die man ihm selbst aus einem Rest an Ehrerbietung ersparte, kamen Diane jedoch zu Ohren, und ihr wurde klar, daß ihr Vater sich auch mit dieser Tätigkeit nicht mehr retten konnte. So ging sie eines Abends zum Doktor, als er gerade schlafengehen wollte, und sagte: »Lieber Freund, wissen Sie, daß mein Vater verloren ist?«

»Ja, das weiß ich«, sagte der Doktor, »er ist gänzlich verloren. Er bräuchte zweihunderttausend Francs, aber niemand wird sie ihm leihen.«

»Und wenn jemand für ihn bürgen würde?«

»Wer würde so verrückt sein? Die zweihunderttausend Francs wären ins Feuer geworfen. Dein Vater wird sich nicht mehr erholen.«

»Sie haben kein Vertrauen zu ihm?«

»Doch. Aber sobald er es wieder zu etwas gebracht hätte, würde seine Frau auftauchen und ihn endgültig ruinieren.«

»Können Sie nicht wenigstens eins der Häuser kaufen, um die Gläubiger zufriedenzustellen? Sie erlauben uns, mir

und meinem Vater, darin zu wohnen, und wenn er einmal nicht mehr lebt, bekommen Sie es zurück. Ich brauche so wenig, daß ich mich mit ein bißchen Talent durchbringen kann.«
»Du vergißt, daß dein Vater noch nicht fünfzig ist und ich schon fünfundsiebzig bin. Wenn ich seinen Besitz aufkaufe und ihm die Nutznießung überlasse, werde ich mein Vermögen nie mehr nutzen können und arm sterben. Möchtest du das?«
»Nein, natürlich nicht. Ich werde Ihnen Miete zahlen. Ich werde arbeiten, meine gute Fee wird schon noch einmal ein Wunder für mich tun, und ich werde Geld verdienen. Versuchen Sie es, lieber Freund, verhindern Sie den Verkauf unseres Besitzes und bürgen Sie für uns. Sie werden sehen, noch bevor zwei Jahre vergangen sind ...«
»Das ist nicht sicher genug«, entgegnete der Doktor. »Es gibt noch eine andere Lösung, aber die ist ziemlich schwierig. Ich könnte zumindest das Stadthaus deines Vaters und die Kunstschätze aus dem Landhaus für dich kaufen. Du könntest ihm dann sein Heim, seine Gewohnheiten und sein Wohlergehen erhalten, wenn ihr einen Teil des Hauses, das ja sehr groß ist, vermietet und vom Mietzins lebt. Aber Madame Laure wird zu ihrem Mann zurückkehren und dich mit ihren Schikanen zu vertreiben versuchen. Du wirst in diesem Kampf nicht bestehen, auf den du dich noch nie einlassen wolltest, und wieder zu mir kommen, worüber ich mich sehr freuen würde. Dein Vater jedoch käme wieder unters Joch, und es finge wieder mit den Schulden an, denn mit dem geringen Mietzins können sie nicht auskommen. Du würdest also, um die Ehre deines Namens zu retten, den Besitz verlieren, dein Vater wäre ebenso ruiniert wie jetzt, und du wärst es für immer, denn die Mitgift, die ich für dich ausstellen wollte, ginge für die Spitzenunterröcke deiner Stiefmutter drauf. Du weißt außerdem, daß ich mein Vermögen zwischen dir und meinem Neffen teilen will. Dein Vater hat Schulden etwa in Höhe der Hälfte meines Besitzes. Wenn ich also deinen

Vater rette, opfere ich deine Zukunft, das ist so sicher, wie zwei und zwei vier ist.«
»Opfern Sie sie! Es muß sein!« rief Diane mit einer Stimme, als sei sie eine der stolzen Göttinnen, denen sie inzwischen so ähnlich sah. »Sie haben mir nie gesagt, was Sie für mich tun wollen. Jetzt, wo ich es weiß, bin ich wieder beruhigt, mein Vater ist gerettet. Sie können mir unmöglich raten, ihn der Verzweiflung und dem Elend preiszugeben, um meine eigene Zukunft zu sichern.«
»Gut, aber meine Gegenwart? Soll ich mein Vermögen schon morgen um die Hälfte verringern?«
»Wenn Sie mich geheiratet hätten, hätten Sie dasselbe dann nicht auch getan?«
»Ich hatte geglaubt, du bleibst bei mir, und wir leben zusammen wie eine glückliche Familie. Die Ausgaben wären dann kaum ins Gewicht gefallen. Aber mich einschränken, nur damit Madame Laure alles verschwenden kann ...«
»Sicher, das ist nicht erfreulich. Aber daran habe ich auch schon gedacht. Ich bin entschlossen, meine Autorität gegen die ihre zu setzen, und ich fühle, daß ich es schaffen werde. Ich werde das Kapital nutzbringend verwenden, das sie mir anvertrauen. Haben Sie Vertrauen zu mir. Ich liebe meinen Vater sehr, aber Sie liebe ich auch sehr. Ich will nicht, daß Sie auch nur im geringsten darunter zu leiden haben, daß Sie mir etwas Gutes tun.«
»Gut, ich werde darüber nachdenken«, sagte der Doktor und umarmte sie. »Geh nun zu Bett und schlaf gut. Was immer noch kommen wird, dein Vater ist vorläufig gerettet, wenn du es willst.«
Am nächsten Tag ersteigerte der Doktor das Stadt- und das Landhaus. Er behielt nur entgegen Dianes Erwartung beide für sich. Er wollte nicht, daß sie vor der Entscheidung stand, entweder mit ihrem Vater in Zwist zu geraten oder von ihm beraubt zu werden. Er kannte die Schwäche Flochardets für seine Frau und wollte keinesfalls eine verhängnisvolle Wiederannäherung zwischen beiden herbeiführen. Das sagte er Flochardet jedoch nicht, sondern:

»Mein Freund, ich bedaure es sehr, daß ich diese Katastrophe nicht habe verhindern können. Sie haben alles verloren, aber ich habe den Besitz erworben, und daher können Sie ruhig und ohne Schulden leben. Sie werden bei Ihrer Tochter wohnen, der ich das gekaufte Haus vermiete, und sie wird aus dem Teil des Hauses, den Sie früher für Bälle und Schauspiele benutzt haben, finanziellen Nutzen schlagen. Ihrer beider Kunden zusammen werden genug einbringen, denn sie will bei Ihnen arbeiten. Sie wird dazulernen, und bald wird Ihr Atelier wieder gefragt sein. Diese Hoffnung ist nicht unbegründet; wenn sie gewollt hätte, hätte sie bereits Aufträge und Erfolg genug haben können.«

Flochardet dankte dem Doktor, fügte aber hinzu, wenn seine Frau wieder zu ihm kommen wolle, müsse er eine andere Wohnung suchen.

»Sie wird die Wohnung akzeptieren müssen, die Ihre Tochter, die Hauptmieterin in meinem Haus, Ihnen beiden zur Verfügung stellt«, erwiderte der Doktor.

»Damit wird meine Frau niemals einverstanden sein! Dazu ist sie zu stolz. Sie wird vorbringen, daß sie von mir getrennt leben muß, weil ich ihr keine Wohnung anzubieten habe, denn sie wird meiner Tochter nichts schulden wollen.«

»Das wäre ein schlechter Vorwand. Sie hat noch etwas Geld, und es wird ihr nichts anderes übrigbleiben, als ihrer Stieftochter etwas zu zahlen. Damit kann sie einen Beitrag zum gemeinsamen Leben leisten, eine Pflicht, der sie sich ja nur allzusehr entzieht.«

Flochardet fühlte, daß der Doktor recht hatte, und im Grunde konnte er seine Frau nicht bemitleiden, so viel Unglück hatte sie ihm gebracht. Sein verträgliches Wesen ließ es nicht zu, daß er das, was man ihm anbot, als erniedrigend empfand. Geduldig und ehrbar und natürlich auch vertrauensselig wie er war, hoffte er, seine Kundschaft und damit seine Unabhängigkeit wiederzubekommen, sobald bekannt wurde, daß seine Schulden beglichen wären.

9. Die Rückkehr nach Schloß Pictordu

Tatsächlich kamen wieder Kunden in Flochardets Atelier. Die Leute in der Provinz lieben zweifelhafte Situationen nicht und schrecken vor einem Bankrott zurück, weil sie sich dabei selbst auch mehr oder weniger kompromittiert fühlen. Als aber alles schnell abgewickelt war und sie sahen, wie der Künstler, völlig verarmt, unverdrossen vor seiner Leinwand auf das Wohlwollen seiner Mitbürger wartete, kamen diese mit einem freundlichen Lächeln auf den Lippen, mit zahllosen Versicherungen der Wertschätzung und Anteilnahme, die mehr oder weniger taktvoll vorgebracht wurden, und er konnte wieder arbeiten. Bei ihm saß Diane vor ihrer Staffelei und wartete auf die Kinder all dieser Herren und Damen. Sie hatte sich darauf verlegt, sie zu malen, um ihrem Vater nicht ins Gehege zu kommen. Man brachte ihr all die hoffnungsvollen und geliebten Sprößlinge der Stadt und der umliegenden Schlösser, fast alles sehr hübsche Kinder, denn schließlich ist Arles das Land der Schönheit.

Diane zeigte große Selbstsicherheit, aber das war nur eine Rolle, die sie spielte. Eigentlich fühlte sie sich noch zu wenig ausgebildet, und immer noch, obwohl sie kein Kind mehr war, rief sie den Beistand ihrer Mutter und Muse herbei, die in ihrem Denken ein und dieselbe Person waren.

Am Tag, bevor sie es zum ersten Mal im Atelier versuchte, holte sie eine alte Reliquie aus ihrem Schreibtisch, den kleinen Bacchuskopf, den sie in Pictordu gefunden hatte. Seitdem hatte sie viel gelernt, und nun fand sie ihn noch reizender, als sie ihn in Erinnerung hatte. Lieber kleiner Gott, dachte sie, auch du hast mir das Lebendige in der Kunst enthüllt. Inspiriere mich jetzt! Lehre mich das Geheimnis der Wahrheit, das ein großer unbekannter Künstler in dich hineingelegt hat. Ich habe nichts dagegen, unbekannt zu bleiben wie er, wenn ich nur wie er etwas so Schönes hinterlasse wie dich.

Diane wagte sich noch nicht an die Malerei, sie begann mit Pastell, das gerade sehr in Mode war, und sie machte auf Anhieb ein so gelungenes Bildnis, daß im Umkreis von zwanzig Meilen davon gesprochen wurde. So kamen zur selben Zeit Kunden zu ihr wie zu ihrem Vater. Adelige und Bürgerliche liebten es, sich in dem bescheidenen Atelier zu treffen, in dem Vater und Tochter gemeinsam arbeiteten. Der Vater konnte nach einsamen und sorgenvollen Jahren wieder lebhaft und fröhlich plaudern; Diane, die nichts von ihrer Schönheit ahnte, verhielt sich so still und bescheiden, daß keine Eifersucht aufkommen konnte. Niemand bedauerte es, von dem flatterhaften Wesen, den pompösen Kleidern und dem herrschsüchtigen Tonfall, in dem Madame Laure redete, befreit zu sein. Früher war man gekommen, um über die Mode zu tratschen, jetzt suchte man gute gepflegte Unterhaltung.

Flochardet und seine Tochter lebten einfach, jedoch ohne große Entbehrungen, und nach einem Jahr konnten sie Monsieur Féron die Miete bezahlen. Er legte das Geld auf Dianes Namen an und hatte sie testamentarisch zur Eigentümerin des von ihm erworbenen Besitzes gemacht, aber er hütete sich, es zu sagen, sowohl um Flochardets Stolz nicht zu verletzen und Dianes Mut stärker werden zu lassen, als auch um Madame Laure fernzuhalten.

Trotzdem kam Madame Laure ins Nest zurück, als sie erfuhr, daß die Schulden bezahlt waren und das Geschäft lief. Es gefiel ihr nicht sonderlich bei ihren Eltern, die sparsam lebten, es gab fast keine Gesellschaft, und sie hatte keine Gelegenheit, mit ihren schönen Kleidern zu protzen. Sie kam also wieder, und Diane machte es sich zur Pflicht, sie gut aufzunehmen. Anfangs zeigte sich Madame Flochardet sehr gerührt, aber bald begann sie, sich der Ateliergesellschaft ihres Mannes aufzudrängen. Ihre Anwesenheit ließ die Atmosphäre erstarren, ihr Schnattern war nicht mehr beliebt, und man wußte ihr keinen Dank dafür, daß sie ihre Kleider und ihren Schmuck zur Schau trug, die sie lieber hätte verkaufen sollen, um zur Befreiung des Haushalts von Schulden beizutragen. Man fand, daß sie es sich zu leicht machte, daß sie Diane gegenüber einen äußerst unpassenden herablassenden Ton anschlug, und man ließ sie spüren, daß sie nicht mehr erwünscht war. Verärgert hielt sie sich fern und suchte wieder Beziehungen nach außen anzuknüpfen, aber ihr Stern war erloschen, und ihre Schönheit entschwand mit ihren Triumphen. Das Denken der Menschen war ernster geworden. Man empfing sie kühl, und ihre Besuche wurden nur selten erwidert.

Um sich wieder beliebt zu machen, wurde sie nun zur Heuchlerin. Sie legte ihre rosa Kleider ab und gab sich überaus fromm. Aber dadurch wurde alles nur noch schlimmer, denn es war ihr nicht ernst. War sie bisher nur egoistisch und leichtfertig, so wurde sie jetzt mißgünstig und böse. Sie verleumdete andere, machte alles schlecht und quälte ihre Familie mit Nörgelei, Gejammer, Empfindlichkeiten und bissigen Bemerkungen.

Diane ertrug sie mit unabänderlicher Nachsicht, und da sie merkte, daß ihr Vater noch immer einen Rest Anhänglich-

keit für seine leichtfertige Frau besaß, versuchte sie das Unmögliche, um das Zusammenleben friedlich zu gestalten. Nur dem brennenden Wunsch von Laure, das Haus in den alten Zustand zu versetzen, widerstand sie beharrlich. Madame Laure wollte die Mieter verjagen und Gesellschaften geben wie früher. Aber Diane konnte sich behaupten und wurde nun von ihrer Stiefmutter als Feindin behandelt, als Tyrannin betrachtet und bei aller Welt als geizig beschimpft.
Diane litt sehr unter ihren Verfolgungen und war oft nahe daran, wieder ins Haus des Doktors zu ziehen, um in Ruhe arbeiten zu können – aber sie tat es nicht, denn sie wußte, daß ihr Vater ohne sie ins Unglück stürzen würde.
Da erhielt sie eines Tages den Besuch einer jungen Dame, die sie fast sofort wiedererkannte. Es war die Vicomtesse Blanche de Pictordu, die sich vor kurzem mit einem ihrer Vettern verheiratet hatte. Immer noch hübsch, immer noch arm und unzufrieden mit ihrem Los, war sie auch immer noch stolz auf ihren Namen, den sie tröstlicherweise hatte behalten können. Sie stellte Diane ihren Mann vor, einen recht einfältigen Menschen mit einem gewöhnlichen und dummen Gesicht. Aber es war ein echter Pictordu aus der älteren Linie, und Blanche hätte nicht verstanden, warum ein anderer ihrer hätte würdiger sein sollen.
Trotzdem war Blanche umgänglicher geworden, und da sie einen gewissen Witz hatte, war sie recht liebenswürdig, machte Diane Komplimente über ihr Talent und versuchte nicht wie einst, ihren Beruf herabzusetzen. Diane freute sich, sie wiederzusehen, mit ihr wachten die lieblichsten Kindheitserinnerungen wieder auf. Um sie zum Wiederkommen zu bewegen, bat sie sie, ihr Porträt malen zu dürfen. Blanche wurde rot vor Freude, wie sie einst rot geworden war, als Diane ihr die Türkisbrosche geschenkt hatte. Sie wußte, daß sie hübsch war, und es gefiel ihr außerordentlich, daß ihr Gesicht von einer geschickten Hand gezeichnet werden sollte. Aber sie war arm. Diane verstand ihr Zögern und sagte zu ihr:

»Es ist ein Gefallen, um den ich dich bitte. Ich habe nicht jeden Tag die Möglichkeit, ein so schön geschnittenes Gesicht zu zeichnen, und da das schwierig ist, kann ich etwas dabei lernen.«
In Wirklichkeit wollte Diane nur eine alte Herzensschuld abtragen, die Pictordu betraf, aber für diese geheime Empfindung hätte Blanche kein Verständnis gehabt. Sie schrieb das Angebot einzig und allein ihrem reizvollen Äußeren zu, ließ sich ein wenig bitten und brachte verschiedene Einwände vor, obwohl sie große Angst hatte, beim Wort genommen zu werden. Sie war nur wenige Tage in Arles, einen längeren Aufenthalt hätten ihre Mittel nicht erlaubt, und ihr Mann, der Jagd und Ackerbau betrieb, drängte sie, aufs Land zurückzukehren, wo ihr Leben in sicheren Bahnen verlief.
»Ich mache nur eine Skizze mit drei Kreiden, weiß, schwarz und Rötel«, meinte Diane, »das kann sehr hübsch werden, wenn es mir gelingt, und ich bitte dich nur um einen Vormittag.«
Blanche sagte für den nächsten Vormittag zu und erschien in einem hübschen himmelblauen Kleid und der Türkisnadel am Halsband.
Diane war inspiriert und machte eins ihrer besten Porträts, und die Vicomtesse fand sich so hübsch, daß Tränen der Dankbarkeit an ihren langen schwarzen Wimpern erschienen, die ihre blauen Augen umrandeten. Sie umarmte Diane und bat sie innig, sie in ihrem Schloß zu besuchen.
»Im Schloß Pictordu?« fragte Diane überrascht. »Du hast mir gesagt, daß du noch bei deinem Vater wohnst. Habt ihr den alten Familiensitz doch wieder bewohnbar gemacht?«
»Nicht ganz, das wäre uns ja nicht möglich gewesen. Wir haben nur einen kleinen Pavillon restauriert und ziehen dort nächsten Monat ein. Es gibt da ein Besuchszimmer, und wenn du es einweihen würdest, wäre das ganz wundervoll!«
Das Angebot war aufrichtig. Blanche fügte hinzu, daß

auch ihr Vater sich freuen würde, sie und Monsieur Flochardet wiederzusehen, an den er sich gern erinnerte und den er als »meinen Freund Flochardet« bezeichnete, wenn er von seinen schönen Gemälden reden hörte.
Diane hatte große Sehnsucht, das Schloß Pictordu wiederzusehen, und versprach, alles zu tun, um die Reise zu ermöglichen, mit oder ohne ihren Vater, der sie seit langem überredete, sich etwas Zerstreuung zu gönnen, und wenn sie auch nur ihre alte Tante, die Äbtissin in Mende, besuchte. Auf dem Weg dorthin würde sie dann bestimmt den kleinen Umweg machen.
Madame Laure war sehr ärgerlich, als sie erfuhr, daß Diane ihrer Gesundheit zuliebe ein wenig ausspannen wollte. Sie hatte sehen müssen, daß sie mehr Geld verdiente als ihr Vater, daß sie als Malerin mehr geschätzt wurde und daß sie beliebter war. Wenn sie wegfuhr, bedeutete das eine Einbuße für den Haushalt, und das ließ sie Diane bitter spüren, was diese aufs äußerste erregte. Sie hatte sich zwei Jahre lang selbst nichts gegönnt und ununterbrochen gearbeitet, um das von der leichtfertigen Stiefmutter verursachte Unglück wiedergutzumachen, und nun machte sie ihr ein oder zwei Wochen Freiheit streitig.
Diane war es schon schwergefallen, die Reise nach Italien oder Paris auszuschlagen, die der Doktor ihr versprochen hatte. Sie hatte sich nicht einmal zugeben wollen, wie sehr sie sich diese wünschte, um der Versuchung nicht nachzugeben, und sich gesagt, es sei noch zu früh, und ihr Vater habe sich noch nicht wieder genug erholt, um sie so lange entbehren zu können.
Als ihr nun zum Dank für ihr Opfer sogar einige Tage Erholung abgesprochen wurden, wäre sie beinahe an ihrer Aufgabe verzweifelt und war nahe daran aufzugeben. Aber sie hielt stand, erklärte freundlich, sie sei bald wieder zurück und packte ihre Sachen, immer wieder unterbrochen von den lästigen Vorwürfen ihrer Stiefmutter. Der Doktor mußte einschreiten und erklärte, Diane würde am

nächsten Tag mit Geoffrette abreisen. Er bat seine Diane lachend, sich ihre Visionen gut zu merken, sollte sie das Glück haben, wieder welchen zu begegnen, und sie ihm dann ebenso schön zu erzählen wie früher.

*

Sie brauchten zwei Tage bis Saint-Jean-Gardonenque. Monsieur Marcelin Féron, der Neffe des Doktors, mittlerweile selbst ein sehr angesehener Arzt, begleitete die beiden Frauen bis dorthin, wo sie übernachteten. Dann begab er sich zu einem seiner Freunde, der in der Nähe wohnte, während Diane, die mit großer Freude den braven Kutscher Romanèche wiedersah, in einem Mietwagen den Weg nach Pictordu einschlug. Der Weg war etwas ausgebessert worden, und so kamen die Reisenden ohne Unfall am Nachmittag unterhalb der Schloßterrasse an.
Der Eingang lag jetzt in dem restaurierten Pavillon, der kein anderer war als das alte »Bad der Diana«. Diane wollte allein sein und die Statue suchen, die einst zu ihr gesprochen hatte, und so schickte sie Romanèche und Geoffrette voraus. Dann kletterte sie über eine kleine Absperrung, die neu angebracht worden war, und lief die schiefen und halbzerfallenen Stufen der großen Treppe hinauf.
Es war etwa vier Uhr nachmittags, und die Sonne stand schon tiefer. Diane sah, wie sich ihr Schatten auf dem Sand der Terrasse abzeichnete, und ihr Herz schlug vor Freude, bevor sie durch die Büsche, die sie ihr verhüllten, die geliebte Statue entdeckte. Sie lief zu ihr hin und betrachtete sie erstaunt. In ihrer Erinnerung war sie riesengroß gewesen, und in Wirklichkeit war sie kaum lebensgroß. Sie war auch nicht so schön und eindrucksvoll, wie Diane sie im Gedächtnis bewahrt hatte, sie war ein wenig manieriert, und die Falten ihres Kleides waren zu scharfkantig. Trotzdem war sie elegant, ja sogar von einer gewissen Anmut, und Diane warf ihr gerührt einen kindlichen Kuß zu, er-

leichtert, daß sie sie nicht ganz verachten mußte. Die Statue allerdings erwiderte ihn nicht.
Die Terrasse war in ebenso verwahrlostem Zustand wie früher, die großen Pflanzen wuchsen ungestört. Niemand war dort je spazierengegangen, und später erfuhr Diane, daß Blanche, die Angst vor Schlangen hatte und die harmlosesten Ringelnattern für giftige Vipern hielt, niemals in die Ruine ging und auch niemandem erlaubte, dort hinzugehen. Trotzdem lebte sie hier, und Diane bemerkte erstaunt und erfreut, daß die Einsamkeit und Verwilderung, die sie einst so entzückt hatten, keine bürgerlichen Verbesserungen, das heißt keine Entstellung erfahren hatten.
Sie liebte das Gewirr von dichtbelaubten und abgestorbenen Bäumen, von wildwachsenden und von ehemals veredelten Pflanzen, die jetzt alle gleich frei und unbekümmert wuchsen, die zerstreut umherliegenden unbearbeiteten und bearbeiteten Steine, die jeweils von Moos überwachsen waren. Sie entdeckte auch das Rinnsal klaren Wassers wieder, das einst die Bassins und die kleinen Kaskaden gespeist hatte und nun unauffällig zwischen Gras und Steinen dahinsprudelte. Dann sah sie die edle Renaissancefassade hoch, wo sich lebenskräftiger Efeu zwischen die Efeuranken schlang, die sich in den Stein gegraben hatten. Vielleicht waren noch einige fein gearbeitete Fenster und ein paar Türmchen verschwunden, so genau konnte sich Diane nicht mehr erinnern. Das Ganze aber hatte das heitere und großartige Aussehen bewahrt, das die Bauwerke dieser Kunstepoche selbst dann noch haben, wenn sie schon zerfallen sind.

10. Die Rede der Statue

Diane wollte allein den Weg durch das Chaos der Ruinen zum Pavillon finden und fand ihn auch ganz leicht. Blanche war von ihrer Ankunft benachrichtigt worden und lief ihr nun entgegen, begrüßte sie überschwenglich und führte sie in den Pavillon, in dem sie eine für ihr Leben so denkwürdige Nacht verbracht hatte. Hier war nichts mehr so geblieben wie früher. Aus dem großen runden Saal war eine Art Salon geworden, das Schwimmbecken war verschwunden. Der Marmor war zur Kaminverkleidung benutzt worden, das mit gemalten Girlanden geschmückte Gewölbe hatte sich in einen grellblauen Himmel verwandelt, und – wie traurig! – die Nymphen tanzten nicht mehr ihren leichtfüßigen und lieblichen Reigen auf der gerundeten Wand. Der Salon war mit orangefarbenem, großgeblümten Stoff ausgekleidet und jetzt viereckig, aus den abgetrennten Teilen waren kleine Kammern gemacht worden.

Der Kreuzgang mit seinen Bögen war von Trümmerresten und wild wuchernden Pflanzen befreit worden, der Innenhof war jetzt ein Gemüsegarten, und an der Quelle wuchsen keine Minzen und Farne mehr, sie war in einen Brunnen geleitet worden und verschwand in dessen Umrandung. In einem kleinen Hof daneben, einst das Schwitzbad, war der Boden noch bedeckt mit Porphyrfliesen; Hühner scharrten im Mist, und eine Allee von frisch gepflanzten Maulbeerbäumen, die sich nur widerwillig in den Boden und das Klima einzufügen schienen, führte zur neuen Straße hinunter, ohne in die Nähe des alten Parks oder der Ruinen zu kommen. Die Besitzer von Pictordu hatten sich in einem entlegenen Winkel des Schlosses ihrer Vorfahren möglichst so eingenistet, daß sie dieses nie betreten mußten und seine Gegenwart kaum wahrnahmen.

Diane bewunderte höflich Blanches Veränderungen, innerlich aber seufzte sie, wenn sie daran dachte, was sie selbst daraus gemacht hätte. Blanche war jedoch so stolz und selbstzufrieden, daß sie sich hütete, eine Kritik laut werden zu lassen. Bald darauf erschienen der Marquis und sein Schwiegersohn zum Essen, der letztere mit rotem und wettergebräuntem Gesicht. Er rief seine Hunde, redete übertrieben schwungvoll und lachte schallend nach jedem

Satz, ohne daß man hätte erraten können, was er Lustiges gesagt hatte. Der Marquis war wie immer höflich, anhänglich, zurückhaltend und melancholisch. Er begrüßte Diane aufs herzlichste und hatte nichts von ihrem ersten Besuch vergessen. Dann bestürmte er sie mit so eigentümlichen Fragen, daß es unmöglich war, darauf zu antworten, wollte man nicht alles ausführlich erklären wie einem Kind. Der gute Mann lebte derart fern der Welt, sein Horizont war so eng, daß er damit, daß er über alles reden wollte, um nicht hinterwäldlerisch zu erscheinen, erst recht kundtat, daß er von nichts mehr etwas verstand.
Blanche, die etwas mehr herumgekommen und deren Geist daher weniger verstaubt war, litt unter der Einfältigkeit ihres Vaters und mehr noch unter den plumpen und noch unmöglicheren Bemerkungen, die ihr Gatte machte, um ihm beizustehen. Sie widersprach beiden mit sichtbarer Geringschätzung. Diane dachte mit Bedauern an die alte Stille und Einsamkeit von Pictordu und verstand nicht, warum sie die liebenswerten Plaudereien mit ihrem Vater und die interessanten Unterhaltungen mit dem Doktor aufgegeben hatte, um nun diesem langweiligen Trio zuhören zu müssen, das nicht einmal den Vorzug einer reizvollen Gruppe hatte.
Sie gab vor, ein wenig müde zu sein, und zog sich früh in die enge Kammer zurück, die ihre Gastgeber mit dem Titel »Gästezimmer« geschmückt hatten. Sie konnte nicht schlafen, und der Geruch von frischer Farbe zwang sie, das Fenster zu öffnen, wenn sie nicht Kopfschmerzen bekommen wollte.
Dabei entdeckte sie, daß das Fenster auf eine kleine Außentreppe führte, die die Mauer schräg hinunterlief. Es war ein noch erhaltener Rest des alten Baus. Das Treppengeländer war nicht erneuert worden, aber die Nacht war klar und hell. Diane hüllte sich in ihre Mantille und stieg die Stufen hinunter, glücklich, daß sie allein war und wie früher auf die Suche nach dem Schloß ihrer Träume gehen konnte. Die Muse, ihre gute Fee, kam diesmal nicht, um

sie an der Hand zu nehmen und sie über Mauerrundungen zu führen, die über eingestürzten Gewölben ins Leere führten, und sie konnte auch nicht unter den Arkaden wandeln, die vergebens versuchten, die Abgründe zu überbrücken, aber sie stellte in Gedanken den märchenhaften Landsitz wieder her, der in einer entlegenen Landschaft im italienischen Stil errichtet worden war, als uns Italien in der Kunst voraus war. Sie malte sich die Feste aus und jenen entschwundenen Glanz, der nie mehr so wie einst erstehen und den die Entstehung der Industrie auch aus der Zukunft verbannen würde.

Diane fand keins der alten Phantome auf ihrem Spaziergang wieder, aber sie betrachtete mit großer Freude die schönen Lichteffekte des Mondscheins in den Ruinen. Sie stieg so hoch hinauf auf die Felsplatten, die auf das Schloß herabsahen, daß sie den bläulich schimmernden Fluß sehen konnte, der einen Blick in die Tiefen der Schlucht eröffnete. Hier und dort zeichnete sich im diamantenen Gefunkel als schwarze Masse ein Felsblock ab, der im Flußbett lag. Die Eulen riefen sich mit katzenartigen Lauten, Ginster und Farnkraut verströmten ihren herben Duft. Tiefe Stille lag über allem. Die Zweige der alten Bäume waren starr und reglos wie die steinernen Ornamente der Terrasse.

Hier, in der Natur, die in die Betrachtung des Ewigen versunken schien, verspürte Diane das Bedürfnis, ihr kurzes Leben zu überschauen. Sie dachte an ihre Kindheit, an die Augenblicke ernsthafter Neugier, an ihre kränkliche Wehmut und ihre Sehnsucht nach einem geheimnisvollen Ideal, ihre Entmutigungen und Begeisterungen, ihren Kummer und ihre Mühen, ihre Erfolge und Hoffnungen. Da hielt sie inne. Die Zukunft war so unklar und unerforschlich wie manches aus ihrer Vergangenheit. Sie fühlte, was ihr noch fehlte, um die bescheidenen Grenzen zu überschreiten, die sie sich gesetzt hatte, damit sie ihrem Vater zu Hilfe kommen konnte. Ihr war klar, daß sie über den Beruf hinaus, der ihr Unabhängigkeit und Selbstwert-

gefühl sicherte, einen neuen großen Aufschwung brauchte. Aber konnte sie die Bedingungen für diese Entwicklung herstellen? Würde sie reisen können, Neues kennen und empfinden lernen? Würde sie sich von ihrem äußeren Rahmen befreien können, von den Gewohnheiten und Anforderungen des Alltags? Die Grenze überschreiten, die ihr Vater hätte überschreiten können und vor der er stehengeblieben war, um sich dem Willen einer Frau zu fügen, die in der Kunst nichts anderes sah als den Profit? Auch Diane fühlte sich eingeengt, behindert und entkräftet durch diese Frau, gegen die sie täglich und stündlich den trägen und wankelmütigen Geist ihres Vaters verteidigen mußte. Vor kurzer Zeit hätte sie sie am liebsten einfach mit Verachtung gestraft, aber sie hatte mehr Selbstbeherrschung als ihr Vater, und als ihr Zorn eben ausbrechen wollte, fühlte sie etwas wie eine geheime Kraft, die ihr sagte: Du weißt, daß du dich überwinden mußt.
Während sie sich diese Augenblicke inneren Kampfes ins Gedächtnis rief, dachte sie an ihre Mutter, die ihr zweifellos diese heimliche und kostbare Kraft der Geduld mitgegeben hatte. Sie bat ihren schützenden Geist aus tiefem Herzen, ihr die Aufgabe zu zeigen, so wie sie ihr in der Vision das Gesicht gezeigt hatte, um ihr die Schönheit zu enthüllen. Mußte sie darauf verzichten, die hohen Freuden des Geistes kennenzulernen, wenn sie ihren Vater nicht verlassen wollte? Mußte sie sich der Stimme der mütterlichen Muse widersetzen, die sie in das Reich des Schönen und Wahren geführt hatte, ihr den Weg ohne Ende gewiesen hatte, auf dem der Künstler nie stehenbleiben darf?
So überlegte sie, während sie weiterging, und gelangte zu der Statue ohne Gesicht, ihrer ersten Führerin. Sie lehnte sich an den Sockel und stützte ihre Hand auf ihre kalten Füße, und da war es ihr, als hörte sie über sich eine Stimme, die mächtig in ihrem Innern widerhallte:
»Überlaß die Sorge um deine Zukunft der mütterlichen Seele, die in dir und über dich wacht. Wir beide, wir wer-

den den Weg zum Ideal finden. Du mußt nur das Jetzt als eine Zeitspanne der Arbeit betrachten, auch wenn sie zu ruhig erscheint. Glaube nicht, daß es eine Wahl gibt zwischen der Aufgabe und dem edlen Streben. Beide sollen miteinander gehen und sich gegenseitig helfen. Und glaube auch nicht, daß besiegter Zorn und erduldetes Leid dem Talent entgegenstehen. Sie nehmen ihm nicht Kraft, sondern sie spornen es an. Erinnere dich, daß du in Tränen das Bildnis gefunden hast, nach dem du gesucht hast, und sei sicher, daß dein Talent, ohne daß du es merkst, mit deiner Kraft wächst, wenn du dein Leid unverzagt trägst. Die Gesundheit des Geistes zeigt sich nicht im Ausruhen, sondern im Siegen.«

Durchdrungen von diesen Offenbarungen ging Diane wieder zurück in ihr Kämmerchen. Sie ließ das Fenster offen und schlief einen wunderbaren Schlaf.

Am nächsten Morgen spürte sie eine große Ruhe in sich. Sie hörte sich geduldig die einfältigen Bemerkungen des guten Marquis und die groben Plattheiten seines Schwiegersohnes an und teilte sogar Blanche so viel gute Laune mit, daß sie, obwohl ein wenig widerstrebend, mit ihr zur Ruine ging, um sie bei hellem Tageslicht zu erforschen.

Der Doktor hatte sich nicht darauf beschränkt, seiner lieben Diane das Schöne in der Kunst zu zeigen, er hatte es sie auch in der Natur sehen gelehrt und ihr Kenntnisse vermittelt, die ihre Spaziergänge zu interessanten Erlebnissen machten. Er hatte sie gebeten, ihm von ihrer Reise einige sehr seltene Pflanzen mitzubringen, die es vornehmlich in den Cevennen gibt: *Reseda jaquini, Saxifraga clusii, Senecio lanatus, Cynanchium cordatum, Aethionema saxatile* und andere. Diane fand sie, pflückte sie sorgfältig für ihren alten Freund und nahm auch für sich selbst einige weniger seltene, aber ebenfalls sehr schöne Blumen mit: das Fingerkraut, das auf Felsen wächst, den schönen blauen Wiesenstorchschnabel und den knotigen Storchschnabel, die Hundsnelke, die sich mit ihren zahllosen rosa Blüten in die steinigen Flußufer duckte, den Igelginster, der an feuchten

Stellen in den Ruinen blühte, und den Hahnenfuß, dessen goldfarbene Blüten den Rasen der Terrasse sprenkelten. Zwischen den Blumen fand Diane eine Münze, sehr deformiert und mit Grünspan bedeckt, die gab sie Blanche, sie solle sie vorsichtig reinigen, ohne sie zu zerkratzen.
»Behalt sie nur selbst«, meint die Vicomtesse, »wenn du diesem alten Liard irgendeinen Wert beimißt. Ich verstehe nichts davon und ich habe so viele andere, mit denen ich schon nichts anfangen kann.«
»Du mußt sie mir zeigen«, sagte Diane. »Ich verstehe zwar auch nicht viel davon, aber ich könnte welche aussuchen, die vielleicht interessant sind, und mit Hilfe von Doktor Féron, der sehr gelehrt ist ... wer weiß? Er sagt, ich habe eine glückliche Hand. Am Ende besitzt du einen kleinen Schatz und weißt es gar nicht.«
»Ich überlasse sie dir gerne, meine liebe Diane! Es ist alles Kupfer, kaum eine Spur Gold oder schwarz gewordenes Silber.«
»Das macht nichts. Wenn wertvolle dabei sind, werde ich es dir sagen und dir das Geld geben, das sie wert sind.«
Es kostete einige Mühe, die Münzen, die der Marquis einst gesammelt hatte und die in irgendeiner Ecke verschwunden waren, wiederzufinden. Diane sah sie sich an, suchte einige aus, die vielleicht etwas wert waren, und nahm sie mit, um sie von Fachleuten prüfen zu lassen. Diejenige, die sie selbst gefunden hatte, reinigte sie nicht, um sie nicht zu zerstören. Außerdem verband sie eine gewisse abergläubische Vorstellung mit ihrem persönlichen Fund. Sie wickelte ihn in Papier und legte ihn mit den anderen Münzen in ihren Koffer.
Am nächsten Morgen ging sie den Berg hinauf, um den Sonnenaufgang zu sehen. Sie ging allein aufs Geradewohl vor sich hin und fand eine Felsspalte. Ihr gegenüber entsprang glitzernd und fröhlich inmitten von wilden Rosensträuchern und Klematis mit seidenweichen Blütenbüscheln ein prachtvoller kleiner Wasserfall. Die schräg einfallende Sonne sandte einen rosa Sonnenstrahl über diesen

wunderschönen Teil des Bildes, und Diane verspürte zum ersten Mal die Trunkenheit der Farbe. Da das Gebirge nur von einer Seite her beleuchtet wurde, konnte sie das magische Spiel des Lichts verfolgen, wie es sich zum einen ausbreitete und zum anderen zurückgeworfen wurde, wie es von strahlendem Glanz zu sanften Tönungen überging und von glühenden zu kalten Farben, in unbeschreiblichen Übergängen. Ihr Vater hatte oft von »neutralen Farben« gesprochen. Nun rief sie unwillkürlich, als ob er neben ihr stände: »Nein, Vater! Es gibt keine neutralen Farben, ich schwöre dir, es gibt sie nicht!«

Gleich darauf mußte sie lächeln über ihren Ausbruch. Nun nahm sie freudig die Erkenntnis in sich auf, die ihr vom Himmel und von der Erde kam, vom Blätterwerk der Bäume und vom Wasser, vom Gras und von den Felsen, von der Morgenröte, die die Nacht vertrieb, und von der Nacht, die sich milde und gehorsam hinter ihre durchsichtigen Schleier zurückzog, die die Sonne zu durchdringen versuchte. Diane fühlte, daß sie malen konnte, ohne daß Zeichnen aufgeben zu müssen, und ihr Herz schlug höher vor Hoffnung und Freude.

Auf dem Rückweg blieb sie noch einmal bei der Statue stehen und erinnerte sich an die Worte, die abends zuvor aus ihrer Seele aufgestiegen waren. Wenn du es bist, die zu mir spricht, dachte sie, dann hast du mich gestern gut belehrt. Du hast mir beigebracht, daß eine richtige Einsicht mehr wert ist als eine noch so schöne Reise. Du hast mir gesagt, ich soll frohen Muts wieder zurückkehren in das Gefängnis meiner Pflicht, ich habe es dir versprochen, und nun habe ich heute für meine Kunst eine berauschende Entdeckung gemacht. Ich habe nicht nur verstanden, ich habe empfunden, ich habe gesehen! Ich habe eine neue Fähigkeit erworben, das Licht ist mir in die Augen gedrungen, sobald der Wille wieder in mein Bewußtsein gedrungen war. Ich danke dir, meine Mutter, meine Fee! Ich verdanke dir das wahre Geheimnis des Lebens.

Diane verließ Pictordu und verbrachte noch zwei Tage in

Mende. Nach Hause zurückgekehrt, machte sie sich gleich wieder an die Arbeit, Gleichzeitig begann sie zu malen, ohne allerdings jemandem etwas davon zu sagen. Sie lieh sich gute Bilder und kopierte jeden Morgen zwei Stunden, und sie beobachtete ihren Vater aufmerksam bei der Arbeit. Ab und zu malte er immer noch für Kirchen mollige Jungfrauen mit herzförmigen Mündern. Aber sie konnte lernen von seiner Geschicklichkeit in der Pinselführung. Sie beobachtete, was er machte und was er vermied, sie profitierte von seinen Fähigkeiten wie von seinen Fehlern. Eines schönen Tages dann versuchte sie es mit der Porträtmalerei, sie kopierte Kinder und Engel. Und einige Zeit später wurde man darauf aufmerksam, wie gut sie malte, und ihr Ruf verbreitete sich schnell. Madame Laure merkte nun, daß die so gehaßte und so geduldige Stieftochter eine Henne war, die goldene Eier legte und nicht getötet werden durfte. Sie wurde friedlich, fügte sich, und da ihrem Herzen echte Zärtlichkeit abging, begegnete sie ihr wenigstens mit Respekt und erwies ihr allerlei Aufmerksamkeiten. Sie stieß keine Verwünschungen mehr gegen sie aus, tat so, als sei sie zufrieden und als würde ihr nichts abgehen, auch nicht der gewohnte Luxus, denn Diane verzichtete gern auf ein Kleid, damit sie, Laure, ein schöneres bekam. Und sie hörte auf, den guten Flochardet zu quälen, der dank seiner Tochter wieder so klug und so glücklich war wie zur Zeit seiner ersten Ehe.

Nach einiger Zeit kam die Vicomtesse wieder und fragte sie nach vielen Umarmungen und vielem Drumherumreden, ob die Münzen etwas eingebracht hätten. Sie gestand, daß die Restaurierung des Pavillons sie mehr Geld gekostet hatte, als vorauszusehen gewesen war, und daß ihr Mann wegen einer Zahlung, die im Grunde nicht hoch, aber für ihn doch beträchtlich war, hatte Geld leihen müssen. Und sie meinte, wenn Diane immer noch ihre künstlerische Begeisterung für die Ruinen von Pictordu habe, sei sie bereit, sie ihr mit dem am Felsen liegenden alten Park zu einem günstigen Preis zu überlassen.

»Meine liebe Blanche«, sagte Diane hierauf, »sollte ich mir diesen Traum irgendwann einmal erfüllen können, hoffe ich, daß dir am Schloß deiner Vorfahren wirklich nichts mehr liegt. Aber du sollst wissen, daß du dieses Opfer keineswegs bringen mußt. Ich habe deine alten Münzen nicht vergessen, es hat nur einige Zeit gedauert, um sie schätzen und datieren zu lassen. Es freut mich, dir sagen zu können, daß drei oder vier von ihnen tatsächlich wertvoll sind, vor allem diejenige, die ich selbst gefunden habe. Ich wollte dir gerade schreiben und dir die verschiedenen Angebote mitteilen, die der Doktor von Museen und Sammlern bekommen hat, aber da du nun hier bist, möchte ich, daß du Doktor Féron selbst aufsuchst. Ich sage dir nur jetzt schon, daß du mit diesen Angeboten sofort das Doppelte von der Summe bekommen kannst, die du brauchst.«
Blanche fiel Diane entzückt um den Hals und nannte sie ihren Schutzengel. Sie besprach sich mit dem Doktor, der alles zum besten geregelt hatte und ihr den Betrag für die Münzen sehr bald aushändigen konnte. Blanche bat Diane, sie doch bald wieder zu besuchen und kehrte überglücklich nach Hause zurück.
Diane wollte das Schloß Pictordu aber gar nicht mehr besitzen. Sie besaß es in ihrer Erinnerung als ein ihr liebes und heiliges Bild, das sie jederzeit heraufrufen konnte. Die Fee, die sie dort empfangen hatte, hatte sie verlassen, um nun für immer als ihre Inspiration bei ihr zu sein, an jedem Ort und zu jeder Stunde. Sie erbaute viele Schlösser für sie, mit Herrlichkeiten angefüllte Paläste, und gab ihr alles, was sie sich nur wünschen konnte, die Berge, den Wald und den Fluß, die Sterne am Himmel ebenso wie Blumen und Vögel. Alles jubelte und sang in ihrer Seele, alles leuchtete, wenn sie gut gearbeitet hatte und spürte, daß sie in ihrer Kunst einen Schritt vorangekommen war.

*

Und ihr weiteres Leben? Ihr könnt es euch denken, meine lieben Kinder. Es war ein gutes und glückliches Leben, reich an ausgezeichneten Werken. Mit fünfundzwanzig Jahren heiratete Diane den Neffen des Doktors, der ein vortrefflicher Mann geworden war und der immer nur an sie gedacht hatte. Sie wurde reich und konnte viel Gutes tun – unter anderem gründete sie eine Malschule für mittellose junge Mädchen, die sie selbst umsonst ausbildete. Mit ihrem Mann machte sie die schönen Reisen, die sie sich einst erträumt hatte, und immer kam sie gern wieder zurück in ihre Heimat, zu ihrem alten Freund, dem Doktor, zu ihrem Vater und sogar zu ihrer Stiefmutter, die sie schließlich sogar zu lieben vermochte, weil sie ihr so viel verziehen hatte. Denn das ist ein Gesetz edler Naturen, daß sie dem verbunden bleiben, was sie ertragen haben, an dem hängen, was sie einen großen Preis gekostet hat. Großherzige Menschen lieben das Opfer, und dies ist ein Glück für die engherzigen. Es hat den Anschein, als würden letztere auf Kosten der ersteren leben, aber in Wirklichkeit erfahren die, die geben und verzeihen, die weit größere Freude, denn nur bei ihnen halten sich gerne die Genien und Feen auf, die unabhängige Geister sind und ihre eigene Sicht der Dinge haben. Sie fliehen Menschen, die nur in sich selbst verliebt sind, und zeigen sich nur denen, deren Augen leuchten vor Begeisterung und Hingabe.

DIE TITANENORGEL

Eines Abends, als wir wieder einmal den musikalischen Improvisationen unseres guten, alten Meisters Angelin lauschten, riß plötzlich eine Saite des Klaviers mit einer Schwingung, die uns unbedeutend schien, jedoch auf die empfindsamen Nerven des Künstlers wie ein Blitzschlag wirkte. Er stieß seinen Hocker fort, rieb sich die Hände, als wären sie von der Saite eingeschnürt, und ließ die seltsamen Worte hören: »Teuflischer Titan, weiche von mir!«

Da seine Bescheidenheit allgemein bekannt war, glaubten wir nicht, daß er sich selbst mit einem Titanen vergleichen wollte. Seine Erregung erschien uns außergewöhnlich. Er aber meinte, daß die Geschichte zu lang sei, um sie kurz zu erzählen.

»Das passiert mir manchmal«, sagte er uns, »wenn ich das Motiv spiele, worüber ich gerade improvisiert habe. Ein plötzliches Geräusch verwirrt mich, und meine Hände scheinen sich zu vergrößern. Es ist eine äußerst schmerzhafte Empfindung, die mich an einen tragischen und den-

noch glücklichen Augenblick in meinem Leben erinnert.«
Wir drängten ihn, mehr zu erzählen, bis er schließlich nachgab und uns Folgendes berichtete:
»Ihr wißt, daß ich aus der Auvergne stamme, geboren in sehr armen Verhältnissen, ohne meine Eltern zu kennen. Der Barmherzigkeit meiner Mitmenschen habe ich meine frühen Jahre zu verdanken, und so wurde ich von Herrn Jansiré aufgenommen. Er war der Musiklehrer und Organist in der Kathedrale zu Clermont, und alle Leute nannten ihn kurz: Meister Jean.
Als Chorknabe war ich sein Schüler; außerdem wollte er mich in Gesang und Cembalo unterrichten.
Dieser Meister Jean war ein wirklich komischer Kauz mit allen exzentrischen Allüren, die man uns Musikern zuschreibt und die einige von uns heute immer noch zur Schau stellen; bei ihm waren sie ganz und gar naiv, einfach schauderhaft.
Er war nicht ohne Talent, doch hatte dieses Talent bei weitem nicht jene Größe, die er ihm gerne zumaß. Er war wohl ein guter Musiker, unterrichtete in der Stadt und gab mir selbst auch einige Stunden, wenn es seine Zeit erlaubte; doch war ich eher sein Hausgehilfe als sein Schüler, und so bearbeitete ich häufiger die Blasebälge der Orgel, als daß ich die Tasten berührte. Dies hinderte mich nicht daran, die Musik zu lieben und ständig von ihr zu träumen; in allen anderen Bereichen des Lebens war ich ein regelrechter Idiot, wie ihr gleich sehen werdet.
Ab und zu fuhren wir aufs Land, sei es, um Freunde von meinem Meister zu besuchen oder sei es, um Spinette und Klaviere seiner Kundschaft zu reparieren; denn zu jener Zeit – ich rede hier vom Anfang unseres Jahrhunderts – gab es nur wenig Klaviere auf dem Land, und mein Orgellehrer verschmähte nicht die kleinen Nebeneinnahmen mit Reparieren und Stimmen der Instrumente. Eines Tages sagte Meister Jean zu mir:
›Kleiner, du wirst morgen bei Tagesanbruch aufstehen, Bibi den Hafer geben, ihn satteln, ihm die Satteltasche auf-

spannen und mit mir kommen. Nimm deine neuen Schuhe und den neuen Rock mit. Wir werden zwei Tage Ferien bei meinem Bruder verbringen, dem Pfarrer von Chanturgue.‹

Bibi war ein kleines, abgemagertes Pferd, dabei jedoch kräftig und gewohnt, Meister Jean und mich auf seinem Rücken zu tragen. Der Pfarrer von Chanturgue war ein lustiger Geselle und ein ausgezeichneter Mensch, den ich einige Male bei seinem Bruder erlebt hatte. Was Chanturgue anging, so handelte es sich um eine in den Bergen verstreute Gemeinde, von der ich ansonsten ebensowenig wußte wie von irgendeinem kleinen, verlorenen Dorf in den Wüsten der Neuen Welt.

Bei Meister Jean mußte man pünktlich sein. So war ich also am Morgen bereits um drei Uhr aufgestanden; um vier Uhr waren wir auf dem Weg in die Berge; gegen Mittag machten wir unsere erste Rast in einer kleinen Herberge, die dunkel und kalt war und am Rande einer Öde von Heidekraut und Lavagestein lag. Um drei Uhr nachmittags machten wir uns wieder auf, diese Wüste zu durchqueren. Der Weg war so beschwerlich, daß ich mehrere Male einschlief. Ich hatte aufs Genaueste studiert, wie man auf dem Rücken eines Pferdes schlafen konnte, ohne dabei von seinem Meister erwischt zu werden. Bibi trug nicht nur Mann und Kind, sondern hatte noch auf seinem Hinterteil, fast auf dem Schwanz, eine Satteltasche, die schmal und ziemlich hoch war, ferner eine Art kleine Lederkiste, in der das Werkzeug und die Wechselwäsche von Meister Jean ordentlich durcheinandergeschaukelt wurden. Eben an diese Satteltasche lehnte ich mich so an, daß Meister Jean weder in seinem Rücken meinen Körper spürte noch auf seinen Schultern das Hin- und Herwiegen meines Kopfes. Er konnte aber den Umriß sehen, den unsere beiden Schatten an den flachen Stellen entlang unseres Weges oder auf Felswände zeichnete; daran hatte ich vorher auch schon gedacht, und ich hatte eine Stellung eingenommen, die unverdächtig war.

Manchmal jedoch vermutete er etwas, verpaßte mir mit seiner am Knauf versilberten Reitpeitsche einen Schlag gegen mein Bein und fügte hinzu: ›Aufgepaßt, Kleiner! Man sollte nie in den Bergen einschlafen!‹

Da wir gerade einen flachen Landstrich durchquerten und die Abhänge der Berge noch weit entfernt waren, glaubte ich, daß er zwischendurch an diesem Tag selbst auch eingeschlafen war. Ich erwachte wieder an einem Ort, der mir finster erschien. Noch war der Boden mit Heidekraut und Strauchwerk überzogen. Dunkle Hügel, die mit kleinen Tannen bewachsen waren, erhoben sich zu meiner Rechten, um hinter mir wieder zu entschwinden. Vor mir lag ein kleiner Teich, so rund wie ein Brillenglas – es handelte sich nämlich um einen frühen Krater –, und hierin spiegelten sich die tiefhängenden Wolken. Das Wasser erinnerte mit seiner blaugrauen Färbung und den fahlen metallischen Spiegelungen an schmelzendes Blei. Die Uferböschung rund um den See verbarg den Horizont; von daher konnte man schließen, daß wir uns bereits in beachtlicher Höhe befanden. Aber dies machte ich mir keineswegs klar und ich hatte nur ein ungutes Gefühl angesichts der Wolken, die so nahe über unsere Köpfe zogen, daß der Himmel uns zu erdrücken drohte. Meister Jean achtete nicht auf meine trübsinnigen Gedanken.

›Laß Bibi grasen‹, befahl er mir, indem er abstieg, ›er wird eine Verschnaufpause brauchen. Ich bin nicht sicher, ob wir auf dem richtigen Weg sind und werde einmal nachschauen.‹

Er ging davon und verschwand in den Büschen. Bibi begann zu grasen: auf dieser verwilderten Weide gab es Kräuter und hübsche, wilde Nelken, die mit tausend anderen Blumen hier im Überfluß wuchsen. Ich vertrat mir derweil die Füße, um mich wieder aufzuwärmen. Obschon wir mitten im Sommer waren, herrschte eine eisige Luft. Es kam mir vor, als dauerten die Nachforschungen meines Meisters ein Jahrhundert. Dieser öde Ort war sicherlich ein idealer Zufluchtsort für Wolfsrudel, und Bibi schien mir trotz seiner Magerheit eine sehr große Verlokkung zu sein. Zu jener Zeit war ich noch dünner als er; dennoch fühlte ich mich selbst nicht besonders sicher. Ich fand die Gegend abscheulich, und was mein Meister als einen Vergnügungsausflug bezeichnet hatte, kam mir nun wie eine äußerst gefährliche Expedition vor. War das schon eine Vorahnung?

Schließlich kehrte er zurück und sagte, daß wir auf dem richtigen Weg seien. So machten wir uns in langsamem Trab wieder auf. Heute durchziehen gut ausgebaute Wege diese wilden Gegenden, die zum Teil auch schon kultiviert werden; aber damals, als ich sie zum ersten Mal sah, die schmalen Pfade, steil ansteigend oder verzweigt in alle Richtungen, immer auf der Suche nach dem kürzesten Weg (egal um welchen Preis!), da waren sie noch äußerst mühsam. Allein das Geröll, das sich hin und wieder auf dem Weg ansammelte, diente als provisorische Befestigung der Pfade, die durch die terrassenförmigen Bergebenen verliefen. Nicht selten verschwanden die durch Pferdehufen und kleine Wagenräder angedeuteten Spuren eines Weges unter der nachwachsenden Grasdecke.

Nachdem wir zu dem zerfurchten Ufer eines Gletscherbaches hinabgestiegen waren, dessen Bett während des Sommers ausgetrocknet war, ging es alsdann wieder steil bergauf. Wir umgingen das nördlich vor uns liegende Gebirgsmassiv und erreichten am Nachmittag eine Höhe, in der die Luft äußerst klar und rein war. Die sinkende Sonne tauchte die Landschaft in einen wunderbaren Glanz, und diese Landschaft war eines der schönsten Dinge, die ich jemals in meinem Leben gesehen habe. Unser Weg machte eine Biegung, gesäumt von dichtem Strauchwerk voll blühender Weidenrosen, und führte uns durch eine Schlucht. Zu beiden Seiten erhoben sich zwei mächtige Basaltfelsen, deren schroffe Gipfel man für Burgruinen hätte halten können.

Ich hatte bereits prismatische Basaltformen auf meinen Wanderungen in der Nähe von Clermont gesehen, jedoch

niemals waren sie von einer derartigen Regelmäßigkeit und einer so gewaltigen Größe. Was an einem der beiden Felsen besonders auffiel, war übrigens eine spiralförmige Einfassung; so schien alles wie von Riesen geschaffen: ein zugleich grandioses und eitles Werk.
Von dem Ort aus gesehen, wo wir gerade standen, schienen die beiden Berge ganz nahe beieinander zu liegen; in Wirklichkeit jedoch waren sie durch eine Steilschlucht getrennt, in der ein Bach floß. Sie standen im Gegensatz zu dem wundervollen Ausblick auf andere Berge, die durchzogen waren von smaragdgrünen Wiesen und zerschnitten von anmutigen Felsvorsprüngen und Wäldern. Wo das Gelände ebener war, konnte man in der Ferne Almhütten und Kuhherden erblicken, die fahlrot im Scheine der untergehenden Sonne leuchteten. Am Ende dieses Ausblicks, oberhalb des Abgrunds der tiefen Täler, die in ein helles Licht getaucht waren, erschien der Horizont mit einer bläulichen Zackenkrone, und die Dôme-Berge zeichneten deutlich ihre stumpfen Pyramiden in den Himmel, ihre rundlichen Kuppeln oder ihre einzelnen Felsformationen, die senkrecht wie Türme in den Horizont ragten. Die Bergkette, der wir uns näherten, war jedoch ganz anders geformt: sie war wilder und zugleich auch sanfter. Über die steilen Hänge verstreute Buchenwälder, rauschende Wasserfälle, mit Klettergewächs bedeckte Steilhänge, Höhlen, deren Wände aufgrund sickernder Quellen von samtähnlichem Moos bedeckt waren, enge Schluchten, die sich plötzlich schlossen – all das entsprach mehr einer geheimnisvollen Bergwelt als die kalten und nackten Formen der Vulkane aus jüngerer Zeit.
Seit jenem Tag habe ich öfter die feierliche Eintrittspforte wiedergesehen, welche die beiden Basaltfelsen am Rande der Öde zu der Gebirgskette des Mont-Dore bilden, und ich konnte das seltsame Erstaunen nachempfinden, das ich bei ihrem ersten Anblick erfahren hatte. Bis zu diesem Augenblick hatte mir noch niemand erzählt, worin die Schönheit der Natur besteht. Ich erfuhr es nun sozusagen

am ganzen Körper, so daß ich regungslos verharrte, nachdem ich abgestiegen war, um dem kleinen Pferd den Aufstieg zu erleichtern, und vergaß, dem Reiter zu folgen.
›Los, los!‹ rief mir Meister Jean zu. ›Was machst du da, du Dummkopf?‹
Ich beeilte mich, ihn wieder einzuholen und fragte ihn nach dem Namen dieses Ortes, der mir so wunderbar vorkam.
›Merke dir gut‹, antwortete er, ›daß dies der sonderbarste und schrecklichste Ort ist, den du jemals sehen wirst. Soviel ich weiß, hat er keinen Namen; aber die beiden spitzen Felsen, die du dort siehst, sind die Felsen Sanadoire und Tuilière. Na los, steig wieder auf und paß gut auf dich auf!‹
Wir hatten die Felsen umgangen und vor uns eröffnete sich der schreckenerregende Abgrund, der zwischen ihnen lag. Mich konnte dies nicht beängstigen. Ich war oft genug die schroffen Felskegel der Dôme-Berge hinaufgeklettert, so daß ich keine Schwindelgefühle mehr kannte. Meister Jean hingegen, der nicht aus den Bergen stammte, sondern erst als Erwachsener in die Auvergne gekommen war, war nicht so abgehärtet wie ich. Ich dachte über die mächtigen Erscheinungen der Natur nach, inmitten derer ich aufgewachsen war, ohne ihnen eine besondere Achtung zu schenken. So fragte ich nach einigen Augenblicken des Schweigens, den Blick auf den Felsen Sanadoire gerichtet, wer dies wohl alles erschaffen habe.
›Gott war es, der diese Dinge gemacht hat‹, antwortete er, ›das weißt du genau.‹
›Ja, aber warum hat er diese Orte so geschaffen, daß man meint, sie seien zerstört; so als habe er sie wieder zerstören wollen, nachdem er sie geschaffen hat?‹
Die Frage war Meister Jean nicht angenehm, denn er besaß nicht die geringste Vorstellung von den Naturgesetzen der Geologie, und wie die meisten Leute zu jener Zeit, zog auch er noch den vulkanischen Ursprung der Auvergne in Zweifel. Allerdings wollte er sein Unwissen keineswegs zugeben, denn er selbst hielt sich für äußerst gebildet und

redegewandt. Also umging er einfach die Schwierigkeit und stürzte sich in die Mythologie. Bedeutungsvoll antwortete er mir: ›Was du hier siehst, ist das Werk der Titanen, um den Himmel zu erklimmen.‹

›Die Titanen! Wer ist denn das?‹ rief ich aus und stellte fest, daß mein Meister in der rechten Stimmung war, um eine Rede zu halten.

›Das waren schreckliche Riesen‹, antwortete er, ›die sich vorgenommen hatten, Jupiter vom Thron zu stürzen; die Felsen auf Felsen und Berge auf Berge getürmt hatten, um bis zu ihm zu gelangen. Jupiter aber schmetterte sie nieder. Diese zerklüfteten, eingeschnittenen Berge und diese Abgründe – all das zeugt noch von der gigantischen Schlacht.‹

›Und sind sie alle tot?‹ fragte ich, ›oder gibt es noch welche?‹ Meister Jean mußte über meine Einfalt lachen, und zu seiner Belustigung antwortete er mir:

›Sicherlich sind noch einige Titanen übriggeblieben.‹

›Werden wir ihnen in den Bergen begegnen?‹

›Na ja, das kann schon sein.‹

›Und könnten sie uns etwas Böses antun?‹

›Vielleicht! Aber wenn du sie triffst, dann zieh schnell deinen Hut vor ihnen und grüße sie untertänig.‹

›Daran soll es nicht scheitern!‹ rief ich erleichtert.

Meister Jean glaubte, daß ich seine Ironie verstanden hätte, und dachte sogleich an andere Dinge. Was mich anging, so war ich keineswegs beruhigt. Und als die Nacht hereinbrach, betrachtete ich alle Steine und alle großen geheimnisvollen Bäume so lange mit Mißtrauen, bis ich nahe genug herangekommen war und mich vergewissern konnte, daß es sich nicht um menschliche Gestalten handelte.

Wenn ihr mich fragen würdet, wo sich denn die Pfarrgemeinde von Chanturgue befände, fiele es mir schwer zu antworten. Seither war ich niemals mehr dort gewesen und vergebens habe ich bislang auf den Landkarten und in den Wegbeschreibungen danach gesucht. Da ich ungeduldig darauf wartete, das Ziel zu erreichen, ergriff mich die

Angst mehr und mehr. Es schien mir, als sei der Ort noch sehr weit vom Felsen Sanadoire entfernt; tatsächlich jedoch lag er ganz in der Nähe, denn es war noch nicht vollkommen dunkel, als wir endlich dort ankamen. Offensichtlich waren wir hinter den Bergen entlanggezogen, die ich zunächst vom Felsen Sanadoire aus gesehen hatte, und wir waren jetzt wieder in einer südlicheren Gegend, denn mehrere hundert Meter unterhalb wuchsen einige dürre Weinreben.

Ich erinnere mich noch sehr gut an die Kirche, an das Pfarrhaus und an jene drei Häuser, die das Dorf darstellten. Es lag auf der Spitze eines sanften Hügels, durch die umliegenden Berge vor dem Wind geschützt. Der holprige Weg dorthin war sehr breit und paßte sich leicht dem Hügel an. Er war sehr gut begehbar, denn die Gemeinde, die sich aus weit verstreuten Gehöften zusammensetzte, zählte ungefähr dreihundert Seelen, die man jeden Sonntag mit der ganzen Familie hier ankommen sah auf ihren vierrädrigen Karren, die lang und schmal waren wie Indianerboote und von Ochsen gezogen wurden. An jedem anderen Tag konnte man glauben, man sei in der Wüste. Die Häuser, die in den Tälern lagen, waren durch dichte Bäume verdeckt, und die Hütten der Schafhirten lagen hoch oben geschützt in Felsnischen.

Trotz der großen Abgeschiedenheit und der einfachen Alltagskost war der Pfarrer von Chanturgue fett und aufgeblüht wie der schönste Domherr einer großen Kathedrale. Er war ein freundlicher, fröhlicher Mensch. Unter der Revolution hatte er nicht besonders gelitten. Seine Pfarrkinder liebten ihn wegen seiner Toleranz und Menschlichkeit, auch weil er seine Predigten in ihre Sprache faßte.

Seinen Bruder Jean liebte er innig und mich behandelte er wie einen eigenen Neffen. Das Abendessen war angenehm, und der nächste Tag verlief ebenso heiter.

Die Landschaft, die sich auf der einen Seite zu den Tälern hin öffnete, war durchaus nicht traurig; zur anderen Seite hin schien sie jedoch dunkel und verborgen. Die Buchen-

und Tannenwälder waren voller Blumen und wilder Früchte; sie waren unterbrochen von saftigen Wiesen mit einer angenehmen Frische und hatten nichts, was mich an jenen furchtbaren Ort des Felsen Sanadoire erinnerte. Die Hirngespinste von den Titanen, die mir die Erinnerung an jenen eindrucksvollen Ort verdorben hatten, verblaßten gänzlich.

Man ließ mich laufen, wohin ich wollte, und ich machte mit den Holzfällern und Schafhirten Bekanntschaft, die mir viele ihrer Lieder vorsangen. Der Pfarrer, der den Besuch seines Bruders feiern wollte, hatte sich so gut er konnte mit Vorräten eingedeckt; aber Meister Jean und ich waren die einzigen Gäste beim Festschmaus. Meister Jean hatte einen nur mittelmäßigen Appetit wie alle Leute, die tüchtig trinken. Der Pfarrer servierte ihm von dem Landwein, soviel er wollte. Der Wein war schwarz wie Tinte und herb im Geschmack, aber frei von jeder verderblichen Beimischung: seiner Meinung nach also absolut unschädlich für den Magen.

Am nächsten Tag ging ich mit dem Küster zu einem kleinen Teich, wo zwei Wildbäche zusammenflossen, um Forellen zu fangen. Es freute mich ungemein, der natürlichen Melodie zu lauschen, die das Wasser gefunden hatte, wenn es durch einen hohlen Stein glitt. Ich machte den Küster darauf aufmerksam, aber er hörte es nicht und meinte, ich würde träumen.

Am dritten Tag bereitete man sich schließlich wieder auf den Abschied vor. Meister Jean wollte rechtzeitig abreisen, denn er meinte, wir hätten einen langen Weg vor uns; so begaben wir uns an den Tisch mit der Absicht, schnell etwas zu essen und wenig zu trinken. Der Pfarrer jedoch zog das Essen in die Länge. Er konnte es nicht über sich bringen, uns ziehen zu lassen, ohne uns nicht auch vollgestopft zu haben.

›Weshalb die Eile?‹ sprach er. ›Wenn ihr nur vor Mittag aus den Bergen wieder heraus seid, dann werdet ihr nach dem Felsen Sanadoire wieder in flaches Land gelangen;

und je mehr ihr euch Clermont nähert, desto besser wird der Weg sein. Außerdem haben wir Vollmond, und am Himmel ist keine einzige Wolke. Nun komm schon, Bruder Jean, noch ein Glas von dem Wein, von jenem guten Tropfen aus *Chante-orgue!*‹

›Wieso *Chante-orgue?*‹ fragte Meister Jean.

›Siehst du denn nicht, daß Chanturgue von Chante-orgue kommt? Das ist doch sonnenklar, von Orgelgesang, und ich habe diese Etymologie schon längst begriffen.‹

›Es gibt also Orgeln in euren Weinbergen?‹ wollte ich in meiner üblichen Einfalt wissen.

›Aber sicher‹, antwortete der gute Pfarrer. ›Wir haben sogar welche, die eine Ausdehnung von mehr als einer Viertelmeile haben.‹

›Mit Pfeifen?‹

›Mit Pfeifen, die so gerade sind wie die von deiner Orgel in der Kathedrale.‹

›Und wer spielt darauf?‹

›Nun die Winzer mit ihren Hacken.‹

›Und wer hat diese Orgeln gebaut?‹

›Die Titanen!‹ warf Meister Jean in seiner gewohnt lehrhaften und zugleich spöttischen Art ein.

›Genau, du sagst es‹, sprach der Pfarrer, hingerissen von dem plötzlichen Geistesblitz seines Bruders. ›Ja, man kann sagen, daß dies das Werk der Titanen ist!‹

Ich wußte damals noch nicht, daß man regelmäßige Basaltformationen auch *Jeux d'orgues*, Orgelspiel, nannte. Nie hatte ich von jenen berühmten Basaltorgeln in Espaly-en-Velay gehört, noch von den vielen anderen, die heute sehr bekannt sind und über die niemand mehr erstaunt ist. Ich nahm die Erklärungen des Pfarrers wörtlich und war froh, daß ich nicht hinab in die Weinberge gestiegen war, denn all meine Angst hatte mich wieder gepackt.

Das Essen zog sich unendlich in die Länge und wurde fast zum Abendessen. Die Etymologie von Chanturgue hatte es Meister Jean angetan, und er wurde nicht müde zu wiederholen: ›Chante-orgue! Herrlicher Wein, herrlicher

Name! Er ist für mich gemacht, den Organisten, und so wunderbar. Singe, kleiner Wein, singe in meinem Glas! Singe auch in meinem Kopf! Ich spüre, wie du voller Fugen und Motetten bist, die aus meinen Fingern fließen werden, wie du aus der Flasche fließt! Auf dein Wohl, Bruder! Es leben die großartigen Orgeln von Chanturgue! Es lebe meine kleine Orgel in der Kathedrale, die trotzdem unter meinen Händen ebenso mächtig klingt wie unter denen eines Titanen! Oha! Ich bin auch ein Titan! Das Genie macht den Menschen groß, und jedesmal, wenn ich das *Gloria in excelsis* anstimme, steige ich bis zum Himmel!‹
Der gute Pfarrer hielt seinen Bruder in allem Ernst für einen großen Mann und sah ihm daher auch diese Anwandlungen von berauschter Eitelkeit nach. Er selbst feierte den Wein von Chante-orgue mit der Rührung eines Bruders, der ausgedehnt von seinem Bruder Abschied nimmt; so hingebungsvoll, daß die Sonne zu sinken begann, als man mir auftrug, Bibi zu satteln. Ich würde nicht behaupten, daß ich dazu noch fähig war. Die Gastfreundschaft hatte mir oft das Glas gefüllt, und der Anstand hatte mir ebenso oft geboten, es auch zu leeren. Glücklicherweise half mir der Küster dabei, und nach langen und innigen Umarmungen trennten sich die beiden Brüder mit Tränen in den Augen am Fuße des Hügels. Torkelnd stieg ich auf den Rücken von Bibi.
›Ist der Herr zufällig angetrunken?‹ fragte Meister Jean und liebkoste meine Ohren mit seiner scheußlichen Peitsche. Aber er schlug mich nicht. Sein Arm war seltsam weich und seine Beine waren sehr schwer: so hätte man viel Mühe gehabt, seine Steigbügel gerade auszurichten, von denen einer immer abwechselnd länger als der andere war. An das, was bis Mitternacht geschah, kann ich mich nicht mehr erinnern. Ich glaube, daß ich sehr laut geschnarcht habe, ohne daß mein Meister es jedoch gemerkt hatte. Bibi war so vernünftig, daß ich ganz ohne Sorge war: den Weg, den er einmal gegangen war, würde er immer wieder zurückfinden.

Ich wachte auf, als ich merkte, daß wir plötzlich anhielten; und es war mir, als sei meine Trunkenheit vollkommen verschwunden, denn sogleich war ich mir unserer Situation bewußt. Meister Jean hatte nicht geschlafen oder er war unglücklicherweise wach geworden, um seinem Pferd gegen dessen Instinkt einen falschen Weg zu weisen. Der folgsame Bibi hatte sich widerstandslos gefügt; doch plötzlich fühlte er, daß vor ihm kein fester Boden mehr lag und warf sich jäh zurück, um nicht zusammen mit uns in den Abgrund zu stürzen.

Ich stand schnell auf meinen Beinen und sah über uns zur Rechten den Felsen Sanadoire ganz bläulich im Mondlicht schimmern mit seinem Orgelumriß und seiner Zackenkrone. Sein Zwillingsfelsen Tuilière zur Linken lag auf der anderen Seite der Schlucht; der Abgrund lag zwischen beiden. Statt den Weg von den Bergen hinunter, hatten wir einen Pfad auf halber Höhe genommen.

›Steigen Sie ab! Steigen Sie ab!‹ schrie ich meinem Musiklehrer zu. ›Sie können hier nicht weiter! Das ist ein Ziegenpfad.‹

›Was soll das, Hasenfuß!‹ rief er mit lauter Stimme. ›Ist Bibi etwa keine Ziege?‹

›Nein, nein, Meister, es ist ein Pferd! Hört auf zu träumen!‹

Und mit größter Anstrengung hielt ich Bibi von der Gefahr zurück. Allerdings mußte ich ihn leicht in die Kniekehlen schlagen, was dazu führte, daß Meister Jean schneller abstieg, als es ihm lieb war.

Das brachte ihn in große Wut, obwohl er sich überhaupt nicht verletzt hatte; ohne sich darüber im klaren zu sein, an welch gefährlichem Ort wir uns befanden, suchte er seine Peitsche, um mir eine von jenen Straflektionen zu verpassen, die nicht immer sehr angenehm waren. Ich blieb kaltblütig, ergriff die Peitsche und warf sie ohne Rücksicht auf den Silberknauf einfach in die Schlucht.

Zum Glück für mich hatte es Meister Jean nicht bemerkt, denn seine Gedanken waren schon wieder woanders.

›Aha, Bibi will also nicht!‹ sagte er. ›Und Bibi kann nicht! Bibi ist keine Ziege! Nun dann bin ich eben eine Gazelle!‹ Und während er so sprach, schickte er sich an, vor Bibi herzulaufen in Richtung auf den Abgrund.

Trotz aller Abneigung, die seine Wutanfälle in mir gelegentlich hervorriefen, war ich erschrocken und stürzte hinter ihm her. Aber ich konnte mich bald wieder beruhigen, denn er hatte kaum etwas von einer Gazelle an sich! Nichts ähnelte jenem graziösen Vierbeiner weniger als mein Musiklehrer mit seiner Frisur, die an der Seite wie Taubenflügel abstand und die hinten mit einem schwarzen Band zu einem Zopf gebunden war, der von einer Schulter zur anderen in rasender Geschwindigkeit hinüberschlug wie jedes Mal, wenn er aufgeregt war. Mit seinen Stiefeln erinnerte er mich eher an einen Nachtvogel.

Kurz darauf erblickte ich ihn oberhalb von mir; er hatte den steilen Pfad verlassen, aber ihm war doch noch soviel Vernunft geblieben, daß er nicht daran dachte hinabzusteigen. Mit wilden Gesten stieg er den Felsen Sanadoire hinauf. Dort war das Gelände zwar steil, aber nicht gefährlich.

Ich nahm Bibi bei den Zügeln und half ihm beim Wenden, was nicht so einfach war. Daraufhin stieg ich mit ihm den Pfad hinauf, um wieder auf den Hauptweg zu gelangen; ich hoffte dort auch Meister Jean wiederzutreffen, da er die gleiche Richtung eingeschlagen hatte.

Ich fand ihn jedoch nicht. So überließ ich Bibi sich selbst und kletterte geradewegs zum Fuße des Felsen Sanadoire hinab.

Der Mond leuchtete hell. Ich sah alles wie am hellichten Tag. Daher brauchte ich nicht lange, bis ich Meister Jean gefunden hatte.

Er saß mit baumelnden Beinen auf dem Geröll und schnappte nach Luft.

›Ach, du bist es, mein armer Unglücklicher!‹ sprach er zu mir.

›Was hast du mit meinem armen Pferd gemacht?‹

›Es ist dort oben und wartet auf Euch‹ antwortete ich.
›Was denn! Du hast es gerettet? Sehr gut, mein Junge! Aber wie konntest du dich selbst retten? Welch schrecklicher Sturz, nicht wahr?‹
›Aber, Meister, wir sind doch nicht gestürzt!‹
›Nicht gestürzt? Der Idiot hat es gar nicht gemerkt! Das ist der Wein! Der Wein! Oh Wein! Wein aus Chanturgue, Wein aus Chante-Orgue ... Schöner kleiner musikalischer Wein! Gerne würde ich noch ein Glas trinken! Schaff ihn herbei, Kleiner! Hierher, mein guter Küster! Bruder, auf dein Wohl! Auf das Wohl der Titanen! Auf das Wohl des Teufels!‹
Da ich ein guter Gläubiger war, ließen mich die Worte des Meisters erschaudern.
›Sagt nicht so etwas‹, rief ich, ›kommt zu Euch! Sehr, wo Ihr seid!‹
›Wo bin ich?‹ entgegnete er und ließ seine weit aufgerissenen Augen, in denen der Rausch funkelte, umherschweifen.
›Wo bin ich? Wo, meinst du, bin ich? Etwa auf dem Grund des Wildbaches? Ich sehe aber keinen einzigen Fisch!‹
›Ihr befindet Euch am Fuße des Felsens Sanadoire, der uns von allen Seiten überragt. Es regnet Steine hier, und der Boden ist davon übersät. Laßt uns nicht hierbleiben, es ist ein unangenehmer Ort.‹
›Fels *Sanadoire!*‹, rief Meister Jean aus und versuchte seinen Hut, den er unter dem Arm hielt, wieder aufzusetzen. ›Fels *Sonatoire*, ja, das ist dein wahrer Name, Sonatenfels; dich grüße ich unter allen anderen Felsen! Du bist die schönste Orgel der Schöpfung! Deine schiefen Orgelpfeifen müssen einen seltsamen Klang erzeugen, und allein die Hand eines Titanen bringt dich zum Klingen! Aber bin nicht auch ich ein Titan? Jawohl, ich bin es, und wenn ein anderer Gigant mir das Recht streitig machen will, hier zu musizieren, dann soll er sich nur zeigen ...! Ha! Jawohl, ja! Meine Peitsche, Kleiner! Wo ist meine Peitsche?‹
›Wie, Meister, was wollt Ihr damit?‹, antwortete ich ihm erschrocken. ›Seht Ihr denn irgend etwas?‹

›Ja, ich habe etwas entdeckt! Ich sehe ihn, den Gauner! Das Monster! Siehst du ihn denn nicht?‹
›Nein, wo denn?‹
›Mein Gott, dort oben, dort sitzt er auf der Spitze des berühmten Felsen *Sonatoire,* was sagst du dazu!‹
Ich sagte nichts und ich sah auch nichts als einen dicken, gelblichen Stein, der von vertrocknetem Moos zerfurcht war. Aber Halluzinationen können ansteckend sein und die des Meisters überwältigten mich um so mehr, als ich Angst hatte zu sehen, was er sah.
›Ja, ja‹, sagte ich zu ihm nach einem Moment unaussprechlicher Angst, ›ich sehe ihn, er rührt sich nicht, er schläft! Gehen wir also! Nein, wartet! Nicht bewegen und still! Jetzt sehe ich wie er sich bewegt!‹
›Aber ich will, daß er mich sieht! Vor allem will ich, daß er mich hört!‹ schrie der Meister und erhob sich mit großem Schwung. ›Er mag noch so auf seiner Orgel sitzen: ich will ihm eine Musikstunde geben, diesem Barbaren! – Jawohl, warte nur, du Banause! Ich werde dich mit dem *Introitus* nach meiner Art erfreuen! – Komm, Kleiner! Wo bist du? Schnell an den Blasebalg! Beeil dich!‹
›Der Blasebalg? Welcher Blasebalg? Ich sehe keinen ...‹
›Du siehst überhaupt nichts! Dort! Dort!‹
Er deutete auf einen dicken Stock in einem Gebüsch, das unmittelbar unter den Pfeifen aus dem Felsen wuchs. Das heißt: es waren natürlich keine Pfeifen, sondern Basaltprismen, von denen wir wissen, daß es sich dabei um kleine Steinsäulen handelt, die sich häufig spalten, dabei in regelmäßigen Abständen Risse aufweisen, und die sich leicht lösen, wenn sie auf lockerem Grund stehen.
Die Seitenwände des Felsens Sanadoire waren mit Gras und Pflanzen bedeckt, so daß es nicht ratsam schien, größere Erschütterungen auszulösen. Jedoch kümmerte mich diese Gefahr in keiner Weise; ich war vollkommen mit jener imaginären Gefahr beschäftigt, nur ja nicht den Titanen zu wecken und zu stören. So weigerte ich mich, dem Meister zu gehorchen. Er geriet darüber in Wut, packte

mich beim Kragen und setzte mich mit wahrhaft übermenschlicher Kraft vor einen Stein, den die Natur zu einem Tisch geformt hatte und den mein Meister als Orgel-Spieltisch bezeichnete.
›Spiel mein *Introitus*‹, schrie er mir in die Ohren. ›Spiel, denn du kannst es ja! Ich werde den Blasebalg betätigen, da du keinen Mut dazu hast!‹
Mit diesen Worten erklomm er den grasbewachsenen Sokkel des Felsens und arbeitete sich bis zu jenem Gesträuch vor, das er hoch und nieder schaukelte, als wäre es der Hebel des Blasebalgs. Er rief mir zu:
›Auf geht's, fang an, mach uns keine Schande! Allegro, zum Donnerwetter! Allegro risoluto! – Und du, Orgel, singe! Singe! Chante orgue! Chante-urgue! ...‹
Bis hierhin hatte ich mitunter gedacht, daß es der Wein gewesen sei, der ihn fröhlich gestimmt habe, daß er sich nur deshalb über mich lustig mache und ich ihn noch zur Vernunft bringen könnte. Jetzt aber verlor auch ich den Verstand als ich sah, wie er voller Überzeugung seine vermeintliche Orgel blies: ich trat in seinen Traum ein, den vielleicht der ausgiebig genossene Wein aus Chanturgue so musikalisch gestaltet hatte. Die Angst machte einer gewissen unbesonnenen Neugierde Platz, wie man sie vom Traum her kennt. Ich breitete meine Finger auf der imaginären Tastatur aus und begann, meine Finger zu bewegen. Da vollzog sich etwas ganz und gar Unglaubliches mit mir. Ich sah, wie meine Hände wuchsen und wuchsen, bis sie eine gewaltige Größe erreicht hatten. Diese schnelle Verwandlung vollzog sich mit Schmerzen, die ich für mein ganzes späteres Leben nicht vergessen sollte. In dem Maße, in dem meine Hände zu denen eines Titanen wurden, nahm der Gesang der Orgel, den ich zu hören glaubte, ein beeindruckendes Ausmaß an. Meister Jean schien dies ebenfalls zu hören, denn er schrie:
›Das ist nicht das *Introitus!* Was ist das? Ich weiß nicht, was es ist; aber es muß von mir sein: es ist herrlich!‹
›Das ist nicht von Euch‹, antwortete ich ihm. Unsere

Stimmen waren die von Titanen geworden und übertönten das Donnern des phantastischen Instruments. ›Nein, das ist nicht von Euch; das ist von mir.‹

Und ich entwickelte das Motiv weiter, das in meinem Kopf aufgetaucht war; es war seltsam, herrlich oder auch einfältig. Meister Jean betätigte immer noch wie rasend den Blasebalg, und ich spielte immer noch mit Begeisterung; die Orgel dröhnte, doch der Titan bewegte sich nicht. Ich war trunken vor Stolz und Freude. Ich sah mich schon an der Orgel der Kathedrale in Clermont eine begeisterte Menschenmenge bezaubern, als mich plötzlich ein scharfes Geräusch wie von geborstenem Glas unterbrach. Ein ohrenbetäubendes Krachen, das nichts mehr mit Musik zu tun hatte, entstand über mir. Es kam mir vor, als würde der Felsen Sanadoire in seinen Grundfesten erzittern. Die Tastatur brach in sich zusammen, und der Boden entschwand unter meinen Füßen. Ich fiel zurück und rollte mitten in einen Steinregen. Die Basaltprismen stürzten in sich zusammen. Meister Jean wurde samt dem entwurzelten Gebüsch niedergerissen und unter den Trümmern begraben. Wir waren wie erschlagen!

Fragt mich nicht, was ich dachte und was ich während der folgenden zwei oder drei Stunden tat: ich war so schwer am Kopf verletzt, daß mir das Blut die Augen verklebte. Mir war, als seien meine Beine zerschlagen und meine Organe zerplatzt. Dennoch hatte ich nichts Schlimmes abbekommen und ich konnte mich zunächst auf Händen und Knien fortschleppen. Dann stand ich plötzlich wieder aufrecht und lief vor mich hin. Ich hatte nur einen Gedanken, an den ich mich erinnerte: Meister Jean zu suchen. Aber ich hatte keine Stimme mehr und konnte ihn nicht rufen; ich hatte auch mein Gehör verloren und hätte nichts verstehen können, wenn er nach mir gerufen hätte.

Meister Jean war es, der mich fand und mitnahm. Erst an dem kleinen See Servières, an dessen Ufer wir vor drei Tagen schon einmal Rast gemacht hatten, kam ich langsam wieder zu mir. Ich lag flach auf dem Sand am Seeufer. Mei-

ster Jean versorgte meine Wunden und auch seine eigenen, denn er war ebenfalls verletzt. Bibi graste so gedankenverloren wie immer, ohne sich aber von uns zu entfernen. Die Kälte hatte die letzten Überreste der verheerenden Trunkenheit vertrieben.
›Ja, mein armer Kleiner‹, sprach mein Lehrer mir zu und kühlte meine Stirn mit seinem Taschentuch, das er im eiskalten Wasser des Sees angefeuchtet hatte. ›Kommst du langsam wieder zu dir? Kannst du jetzt wieder sprechen?‹
›Mir geht es gut‹, antwortete ich ihm, ›und Ihr, Meister, seid Ihr nicht gestorben?‹
›Anscheinend nicht! Ich habe zwar auch Schmerzen, aber das wird schon wieder werden! Wir sind noch einmal glücklich davongekommen.‹
Ich versuchte, meine zerstreuten Gedanken zu ordnen und begann dabei zu singen.
›Was zum Teufel singst du da?‹ wunderte sich Meister Jean. ›Du hast aber eine seltsame Art, krank zu sein! Gerade noch konntest du weder hören noch sprechen, und jetzt pfeift der junge Herr schon wieder wie eine Amsel! Aber was ist das für eine Melodie?‹
›Ich weiß es nicht, Meister.‹
›Doch, doch, das weißt du schon! Du hast sie ja selbst schon einmal gesungen, als der Berg über uns zusammenstürzte.‹
›In dem Augenblick soll ich gesungen haben? Niemals! Ich hatte die Orgel gespielt, die große Titanenorgel‹
›Aha! Jetzt bist du nun doch verrückt geworden! Du hast doch den Streich, den ich dir gespielt habe, nicht etwa ernstgenommen?‹
Jetzt wurde meine Erinnerung wieder vollkommen klar.
›Ihr seid es, der sich nicht mehr erinnern kann‹, erwiderte ich ihm. ›Es war keineswegs ein Streich von Euch, und Ihr habt die Blasebälge der Orgel wie ein wahrer Teufel betätigt!‹
Meister Jean war so vollkommen betrunken gewesen, daß er sich nicht mehr an unser Abenteuer erinnerte. Erst der

Zusammensturz von Teilen der Felswand, die Verletzungen und die Lebensgefahr, in der wir dabei geschwebt hatten, hatten ihn wieder ernüchtert. In Erinnerung war ihm nur noch die unbekannte Melodie, die ich gesungen hatte, und dann das fünffache Echo des Felsens Sanadoire. Meister Jean wollte sich selbst weismachen, daß die Vibrationen meiner Stimme den Felssturz ausgelöst hätten. Ich hielt ihm entgegen, daß es vielmehr seine Besessenheit gewesen sei, mit der er an dem Gestrüpp als Blasebalg herumgezerrt habe, um es schließlich zu entwurzeln. Er bestand zwar weiterhin darauf, daß ich alles nur geträumt hätte. Aber er konnte mir nicht erklären, wie es dazu kommen konnte, daß wir in halber Höhe der Schlucht hinabgestiegen seien, statt in aller Ruhe dem geraden Weg unserer Reise zu folgen, und am Felsen Sanadoire eine Reihe von Albernheiten veranstaltet hätten.
Nachdem unsere Wunden versorgt waren und wir genügend Wasser getrunken hatten, um den Wein von Chanturgue zu begraben, machten wir uns wieder auf den Weg. Wir waren jedoch noch so erschöpft und so geschwächt, daß wir noch einmal in die kleine Herberge am Ende der Einöde einkehren mußten. Am folgenden Tag fühlten wir uns noch wie gerädert, so daß wir im Bett blieben. Am Abend kam der Pfarrer von Chanturgue ganz erschrocken an; man hatte den Hut von Meister Jean und frische Blutspuren auf dem Geröll gefunden. Zum Glück aber war die Peitsche ein für allemal vom Wildbach fortgespült worden.
Der gute Mann pflegte uns nach Kräften; er wollte uns sogar wieder zu sich nach Hause nehmen, aber der Organist durfte nicht bei der nächsten großen Sonntagsmesse fehlen. Also kehrten wir am folgenden Tag nach Clermont zurück.
Meister Jean fühlte sich noch etwas schwach und durcheinander in seinem Kopf, als er am Sonntag wieder vor der Orgel saß, die freilich weitaus harmloser war als die vom Felsen Sanadoire. Zwei- oder dreimal verließ ihn beim

Spielen sein Gedächtnis, so daß er improvisieren mußte, was (wie er selbst zugab) höchst mittelmäßig klang, obwohl er sich immer einbildete, Meisterwerke einfach aus der hohlen Hand schütteln zu können. Während der Messe erlitt er plötzlich einen Schwächeanfall und wies mich an, seinen Platz an der Orgel einzunehmen. Ich hatte noch nie vor anderen Leuten gespielt und auch keine Ahnung von meinen musikalischen Fähigkeiten.

Meister Jean hatte nie eine Unterrichtsstunde verstreichen lassen, ohne mir nicht zu bescheinigen, was ich doch für ein dummer Esel sei! Jetzt war ich für einen Augenblick lang fast genauso aufgeregt wie vor der Titanenorgel. Aber als Kind hat man noch manchmal ein spontanes Vertrauen. So nahm ich meinen ganzen Mut zusammen und spielte jenes Motiv, das meinem Meister schon im Moment der Katastrophe aufgefallen war und das mir seither nicht mehr aus dem Kopf gegangen war.

Es wurde ein Erfolg, der mein ganzes Leben entschied; ihr werdet sehen, warum.

Nach der Messe ließ der Generalvikar, ein gelehrter Liebhaber von sakraler Musik, meinen Meister in den Kapitelsaal rufen. ›Sie sind begabt‹, sagte er zu ihm, ›aber man muß auch Unterschiede machen können. Ich habe Sie schon einmal getadelt, weil Sie zwar Motive improvisieren und komponieren, die Talent verraten, aber sie auch unpassend plazieren: sie sind zart und hüpfend, wenn sie ernst sein sollen; schwer und verängstigend, wenn sie bescheiden und demütig sein sollen. Genauso war es heute bei der Messe, als Sie an unpassender Stelle ein wahres Kriegslied dargeboten haben. Das Motiv war zwar reizvoll, das gebe ich zu; aber es entsprach eher einem Höllenspektakel als einer Anbetung.‹

Ich stand hinter Meister Jean, während der hohe Geistliche zu ihm sprach, und mein Herz begann heftig zu schlagen. Der Organist entschuldigte sich natürlich und verwies auf seine Unpäßlichkeit: ein Chorknabe und Schüler von ihm habe die Orgel gespielt.

›Bist du es gewesen, mein kleiner Freund?‹ sprach mich der Geistliche an, als er mein erschrockenes Gesicht sah.
›Ja, er war es‹, antwortete statt dessen Meister Jean. ›Das ist der kleine Esel!‹
›Dieser kleine Esel hat aber ausgezeichnet gespielt‹, entgegnete der Generalvikar lachend. ›Aber sag mir doch, mein Junge, was das für ein Motiv war, das mir aufgefallen ist. Ich habe gemerkt, daß es außergewöhnlich war; aber ich könnte nicht sagen, woher es stammt.‹
›Es existiert nur in meinem Kopf‹, antwortete ich jetzt, ohne unsicher zu sein. ›Es ist mir in den Bergen eingefallen.‹
›Sind dir noch andere Motive eingefallen?‹
›Nein, es ist das erste Mal, daß mir überhaupt so etwas eingefallen ist.‹
›Immerhin ...‹
›Achten Sie doch nicht darauf!‹ warf der Organist ein. ›Er weiß nicht, was er sagt. Bei dem Motiv handelt es sich um eine Erinnerung an ein anderes Musikstück.‹
›Das ist möglich; aber von wem stammt das Motiv?‹
›Von mir wahrscheinlich. Wenn man komponiert, läßt man eine ganze Reihe von Ideen wieder fallen, und der erstbeste sammelt dann die Reststücke zusammen!‹
›Jenes Motiv hätten Sie aber nicht fallenlassen dürfen‹, meinte der Geistliche spöttisch, ›denn es ist für ein großes Werk geeignet.‹
Dann wandte er sich zu mir und fügte hinzu:
›Komm morgen nach der Frühmesse zu mir; ich werde dich dann prüfen.‹
Am nächsten Morgen war ich pünktlich. Er hatte nachgeforscht, aber nirgendwo mein Motiv gefunden. Jetzt sollte ich auf einem Klavier improvisieren. Zunächst war ich aber so aufgeregt, daß mir nur schlechte Motive einfielen. Dann aber kamen nach und nach die Ideen, und der Prälat war so mit mir zufrieden, daß er Meister Jean zu sich rief und mich ihm anvertraute als seinen besonderen Schützling. Für Meister Jean bedeutete dies, daß seine Unter-

richtsstunden von jetzt ab auch gut bezahlt wurden. So ersparte er mir von nun an die Arbeiten in Küche und Stall und behandelte mich milder. In wenigen Jahren lehrte er mich alles, was er selber konnte. Mein Gönner erkannte alsbald, daß ich noch besser werden könnte und daß der kleine Esel strebsamer und begabter war als sein Lehrer. So schickte er mich nach Paris, wo ich in jungen Jahren schon Unterricht und Konzerte gab. Aber ich habe euch nicht versprochen, auch noch meine ganze Lebensgeschichte zu erzählen. Sie wäre viel zu lang, und ihr wißt jetzt, was ihr wissen wolltet: wie nämlich durch einen großen Schreck nach einem Anflug von Trunkenheit in mir ein Talent freigesetzt wurde, das bis dahin durch einen groben Lehrer, der mich nicht besonders achtete, unterdrückt statt gefördert worden war. Dennoch rühme ich sein Andenken. Denn ohne seine Eitelkeit und Trunkenheit, die meinen Verstand und mein Leben dem Felsen Sanadoire aussetzten, wäre das, was ich in mir trug, niemals zum Vorschein gekommen. Dieses verrückte Abenteuer, das mich zur Reife geführt hat, hat aber auch eine nervöse Empfindlichkeit bei mir hinterlassen, unter der ich heute noch leide. Manchmal, wenn ich improvisiere, glaube ich den Zusammensturz des Felsens über mir zu hören und spüre dann, wie meine Hände so groß werden wie die des Moses von Michelangelo. Das dauert zwar nur einen Augenblick, doch es kommt immer wieder. Und ihr seht, daß auch das Alter mich nicht davon befreit hat.«

»Aber worauf führen Sie denn die scheinbare Vergrößerung Ihrer Hände zurück?« fragte der Arzt, »diesen Schmerz, der Sie am Felsen Sanadoire heimsuchte, bevor er zusammenstürzte?«

»Ich kann dies nur den Brennesseln und den Brombeersträuchern zuschreiben«, antwortete der Maestro, »die auf der imaginären Tastatur wuchsen. Ihr seht, meine Freunde, daß an meiner Geschichte alles symbolisch ist. Meine Zukunft wurde in ihr vollständig klar: als Illusionen, viel Lärm ... und Dornen!«

WAS DIE BLUMEN SPRECHEN

Als ich noch ein kleines Mädchen war, meine liebe Aurore, quälte es mich sehr, daß ich nicht verstehen konnte, was die Blumen untereinander sprechen. Mein Botaniklehrer versicherte mir, daß sie überhaupt nicht sprechen können. Entweder war er taub, oder er wollte mir nicht die Wahrheit sagen, aber er schwor, daß sie nicht sprechen.

Ich wußte jedoch ganz genau, daß das Gegenteil der Fall war, ich hörte sie wispernd miteinander reden, vor allem, wenn der Abendtau auf ihnen lag. Nur redeten sie zu leise, als daß ich hätte verstehen können, was sie sagten. Und außerdem waren sie mißtrauisch – wenn ich an den Blumenbeeten im Garten oder auf dem Wiesenpfad vorbeikam, warnten sie sich durch eine Art »Psst!«, das durch ihre Reihen ging; es war, als sagten sie sich gegenseitig: »Still, Vorsicht! Da kommt das neugierige Mädchen, das uns zuhören will!«

Ich gab aber nicht auf. Ich übte mich darin, so leise zu gehen, auch nicht den winzigsten Grashalm dabei zu bewegen, daß sie mich nicht mehr hören konnten und ich ganz

nahe an sie herankam. Ich duckte mich in den Schatten der Bäume, damit sie nicht etwa meinen Schatten entdecken konnten, und nun konnte ich hören, was sie sprachen. Ich mußte sehr aufmerksam zuhören, denn ihre Stimmen waren so zart und fein, daß sie der leiseste Windhauch wegtrug und das Summen der Schwärmer und Nachtfalter sie übertönte.
In welcher Sprache sie sich unterhielten, habe ich nicht herausfinden können. Es war nicht Französisch, und es war auch nicht Lateinisch, das ich damals gerade lernte. Trotzdem konnte ich sie gut verstehen. Es kam mir sogar so vor, als würde ich ihre Sprache besser verstehen als alles, was ich bis dahin gehört hatte.
Eines Abends legte ich mich in einem gut geschützten Winkel des Blumenbeets in den Sand, und es gelang mir, alles mitzubekommen, was in meiner Nähe gesprochen wurde. Da überall im ganzen Garten geredet wurde, war es vermessen, mehr als ein Geheimnis auf einmal erfahren zu wollen, und so blieb ich, wo ich war, verhielt mich ganz ruhig und hörte, wie gerade der Klatschmohn sprach:
»Meine Damen und Herren, es wird langsam Zeit, mit diesem Unfug aufzuhören. Alle Blumen sind gleich edel. Unsere Familie steht keiner anderen in irgend etwas nach, und soll, wer will, die Rose als Königin der Blumen betrachten, ich erkläre hiermit, daß ich von all dem die Nase voll habe und daß ich, jedenfalls für mein Teil, niemandem das Recht zubillige, sich edlerer Geburt und höheren Adels zu rühmen, als ich es bin.«
Hierauf erwiderten die Margeriten einstimmig, daß der Redner Klatschmohn recht habe. Eine von ihnen, sie war größer als die anderen und sehr schön, verlangte das Wort und sagte:
»Ich habe sowieso nie begriffen, warum die Rosenfamilie so arg vornehm tut. Weshalb, so frage ich euch, sollte eine Rose hübscher und wohlgestalteter sein als ich? Natur und Kunst haben sich vereint, um uns mehr Blütenblätter und leuchtendere Farben zu verleihen als ihr. Wir sind viel rei-

cher: Die schönste Rose hat kaum mehr als zweihundert Blütenblätter, und wir haben bis zu fünfhundert. Und wir haben Violett und fast reinstes Blau, Farben, die die Rose nie erreichen wird.«

»Ich«, sagte ein hochgewachsener Rittersporn, »ich, Prinz Delphinium, habe das Blau des Himmels in meiner Kerze, und meine zahlreichen Verwandten haben alle Schattierungen von Rosa. Die angebliche Königin der Blumen hat also reichlich Grund, uns zu beneiden. Und was ihren so vielgerühmten Duft betrifft ...«

»Kommt mir bloß nicht damit«, warf der Klatschmohn lebhaft ein, »diese Angeberei mit dem Duft geht mir auf die Nerven. Was ist denn das schon, der Duft, ich bitt euch! Lediglich eine Sache, über die sich die Gärtner und die Schmetterlinge einig sind. Ich finde, daß die Rose nicht gut riecht und daß ich es bin, der Wohlgeruch verströmt.«

»Wir«, bemerkte die Margerite, »wir riechen nach gar nichts. Und meiner Meinung nach zeigen wir dadurch, daß wir Anstand und Geschmack besitzen. Düfte sind ein Zeichen von Aufdringlichkeit oder Prahlerei. Eine Blume, die auf sich hält, drängt sich nicht durch ihre Ausdünstungen vor. Die Schönheit allein genügt ihr.«

»Da bin ich nicht Eurer Meinung!« rief eine große Mohnblume, die sehr stark roch, »ich meine, Düfte zeugen von Geist und Gesundheit.«

Die Stimme der großen Mohnblume ging in Gelächter unter, die Nelken hielten sich die Seiten, und die Reseden bogen sich vor Lachen. Aber anstatt sich darüber zu ärgern, fuhr die Mohnblume damit fort, Form und Farbe der Rosen zu kritisieren. Diese konnten sich nicht wehren, denn die Rosenstöcke waren gerade gestutzt worden, und die kleinen Knospen an den neu sprießenden Trieben lagen noch wohlbehütet in ihren grünen Windeln. Ein bunt gekleidetes Gartenstiefmütterchen kritisierte nun seinerseits mit aller Schärfe die Blumen mit gefüllten Blüten, und da diese im Blumenbeet in der Mehrzahl waren, begann ein Streit. Es herrschte jedoch solche Eifersucht gegen die

Rose, daß man sich bald wieder versöhnte, um gemeinsam über sie zu lästern und sie schlechtzumachen. Das Stiefmütterchen errang sogar Beifall, indem es die Rose mit einem dicken Kopfsalat verglich und letzterem den Vorzug gab, da er größer und nutzbringender sei.
Ich geriet über die Albernheiten, die ich da zu Ohren bekam, in hellen Zorn, und, plötzlich ihre Sprache sprechend, versetzte ich den dummen Blumen einen Fußtritt und rief: »Nun aber Schluß, ihr redet ja lauter Blödsinn! Was für eine Enttäuschung! Ich dachte, ich höre hier wahre Wunder der Poesie, und da kommt ihr mit euren Rivalitäten, eurer Eitelkeit und niedrigster Eifersucht!«
Tiefe Stille trat ein, und ich ging fort.
»Da will ich aber nun mal sehen, ob die wild blühenden Pflanzen mehr Vernunft haben als diese gezüchteten Klatschbasen, die mit der künstlichen Schönheit, die wir ihnen verliehen haben, auch unsere Vorurteile und Schwächen übernommen haben«, sagte ich mir.
Im Schatten einer dichten Hecke ging ich zur freien Wiese. Ich wollte wissen, ob die Spiere, die man die Königin der Wiesen nennt, auch so eingebildet und eifersüchtig ist. Aber dann blieb ich vor einem wilden Rosenstrauch stehen, in dem alle Blüten durcheinanderredeten.
»Ich will mal herausfinden«, dachte ich mir, »ob die Wilde Rose etwa die Hundertblättrige Rose schlechtmacht oder die gefüllte Rosenblüte verachtet.«
Dazu muß ich sagen, daß es in meiner Kindheit noch nicht all die verschiedenen Rosenarten gab, die die Gärtner seitdem durch Pfropfen und Säen wissenschaftlich gezüchtet haben. Die Natur war aber darum nicht ärmer. Unsere Rosenbüsche trugen viele Varianten natürlicher Rosen: die *Canina*, Hundsrose, so genannt, weil sie für ein Heilmittel gegen den Biß von tollwütigen Hunden gehalten wurde; die Zimtrose, die Muskatrose, die *Rubiginosa*, eine der hübschesten; die Pimpernellrose, die *Tomentosa*, die Alpenrose und viele, viele andere. Außerdem blühten auch in den Gärten die bezaubernsten Arten; sie sind heute

fast alle ausgestorben. Eine war rot und weiß, sie hatte nicht viele Blütenblätter, aber ihre kranzförmig angeordneten Staubgefäße waren von leuchtendem Gelb, und sie duftete wie Bergamotte; es war eine richtige Wiesenblume, und sie fürchtete weder trockene Sommer noch harte Winter. Große und kleine gefüllte Rosen gab es, die sehr selten geworden sind. Dann die kleine Mairose, die am frühesten von allen blüht und vielleicht auch von allen am stärksten duftet; man würde sie heute auf dem Markt vergeblich suchen. Die Damaszenerrose oder die *Rosa gallica*, Provence-Rose, die eine Nutzpflanze ist und die man sich jetzt aus dem Süden Frankreichs kommen lassen muß. Schließlich die *Centifolia* oder beser die Hundertblättrige, deren Herkunft unbekannt ist; man nimmt an, sie sei eine Züchtung.

Diese *Centifolia* war damals für mich, wie für alle anderen auch, das Ideal der Rose, und ich wollte einfach nicht glauben, daß sie eine von der Wissenschaft erschaffene Mißgeburt sei, wie mein Lehrer sagte. Ich hatte bei meinen Dichtern gelesen, daß die Rose schon in der Antike der Inbegriff von Duft und Schönheit gewesen war. Natürlich kannten die Alten noch nicht unsere Teerose, die gar nicht mehr nach Rose riecht, und all ihre hübschen Varianten, die sich heutzutage ins Endlose vermehren, sich aber vom Urbild der Rose weit entfernt haben. Ich fand auf meine eigene Weise Gefallen an dem Botanikunterricht, den ich damals bekam. Ich hatte einen feinen Geruchssinn und meinte, daß der Duft eines der wesentlichen Merkmale einer Pflanze sei. Mein Lehrer, der gern Tabak rauchte, wollte mir dieses Kriterium nicht zugestehen. Er hatte nur noch seinen Tabakgeruch in der Nase, und wenn er eine andere Pflanze roch, legte er ihr höchst beleidigende Eigenschaften bei und meinte, sie brächte ihn nur zum Niesen. Ich hörte also nun mit großer Neugier, was der Rosenstrauch über meinem Kopf sagte, denn schon bei den ersten Worten, die ich auffing, erriet ich, daß von der Herkunft der Rose die Rede war.

»Bleib noch bei uns, lieblicher Zephir«, sagten die Blüten, »wir sind aufgeblüht, und die edlen Rosen im Beet schlafen noch in ihren grünen Knospen. Sieh her, wir sind frisch und fröhlich, und wenn du uns ein bißchen wiegst, strömen wir Düfte aus, so süß wie die unserer berühmten Königin.«

Darauf hörte ich den Zephir antworten:

»Oh, schweigt! Ihr seid doch nur Kinder des Nordens. Ich will gern einen Augenblick mit euch plaudern, aber es steht euch nicht an, euch mit der Königin der Blumen zu vergleichen!«

»Lieber Zephir, wir achten und verehren sie ja«, sagten hierauf die Blüten, »wir wissen, wie eifersüchtig die anderen Blumen im Garten auf sie sind. Sie behaupten, daß sie nicht mehr wert sei als wir, daß sie eine Tochter des Rosenstrauchs sei und ihre Schönheit lediglich der Züchtung verdankt. Aber wir sind unwissend und können nichts dazu sagen. Du bist schon viel länger auf der Erde als wir, sag du uns, ob du weißt, wo die Rose wirklich herkommt.«

»Nun, dann werde ich es euch sagen, denn es ist auch meine eigene Geschichte. Hört zu und vergeßt es nicht wieder.«

Und der Zephir erzählte:

»Zu der Zeit, als alle Wesen und Dinge noch die Sprache der Götter sprachen, war ich der älteste Sohn des Herrn der Stürme. Meine schwarzen Flügel spannten sich bis zu den äußersten Punkten der fernsten Horizonte, mein mächtiges Haar spielte in den Wolken. Mein Aussehen war furchteinflößend, und es stand in meiner Macht, die Abendwolken zu versammeln und sie wie einen undurchdringlichen Schleier zwischen Erde und Sonne auszubreiten.

Lange regierte ich mit meinem Vater und meinen Brüdern auf dem noch unbelebten Planeten. Unsere Aufgabe war es, zu zerstören und Verwirrung zu stiften. Meine Brüder und ich fegten wütend über die ganze armselige kleine

Welt, als würden wir es nicht dulden, daß Leben auf dieser unförmigen Schlacke entstünde, die wir heute den Planeten der Lebenden nennen. Ich war der stärkste und wildeste von allen. Wenn der König, mein Vater, müde war, legte er sich auf die Wolkengipfel und ruhte sich aus von der Anstrengung des unaufhörlichen und erbitterten Zerstörungswerkes. Aber im Schoß der noch kalten Erde regte sich ein Geist, eine mächtige Gottheit, der Geist des Lebens. Es drängte ihn zum Licht, er warf Gebirge auf, füllte die Meere, häufte Staub und Erde und brach überall hervor. Wir verdoppelten unsere Kräfte, beschleunigten damit jedoch nur noch das vielfältige Entstehen einer Unzahl von Lebewesen, die uns gerade deshalb entschlüpften, weil sie so klein waren, und gerade deshalb trotzten, weil sie so schwach waren. Einfache biegsame Pflanzen, kleine mit der Strömung schwimmende Muscheln erschienen auf der noch heißen Kruste der Erdrinde in Sümpfen, Gewässern und Trümmerresten aller Art. Vergebens jagten wir die wilden Fluten über die entstehenden Geschöpfe. Das Leben entstand und erschien unter immer neuen Formen, als hätte es sich der geduldige und erfinderische Genius der Schöpfung gerade zum Ziel gesetzt, die Körperbeschaffenheit und die Bedürfnisse der Lebewesen eben der ungebärdigen Umgebung anzupassen, die wir ihnen bereiteten. Wir wurden des anscheinend passiven, jedoch unbeugsamen Widerstands allmählich müde. Wir zerstörten ganze Arten von Lebewesen, und wieder neue tauchten auf, die so beschaffen waren, daß wir ihnen nichts mehr anhaben konnten.

Unsere Wut war erschöpft. Wir zogen uns auf den Wolkengipfel zurück, um Rat zu halten und unseren Vater um neue Kräfte zu bitten.

Während er uns jedoch Anweisungen gab, bedeckte sich die Erde, für einen Augenblick befreit von unserem wilden Toben, mit unzähligen Pflanzen, und viele Tiere, durch die gewaltige Vielfalt der Arten ihrer Umgebung angepaßt, suchten Schutz und Nahrung in riesigen Wäldern, an

den Hängen hoch aufragender Gebirge und im klaren Wasser großer Seen.
›Seht‹, sagte mein Vater, der König der Stürme, ›die Erde hat sich geschmückt wie eine Braut, als wollte sie sich der Sonne vermählen. Werft euch zwischen sie, türmt ungeheure Wolkengebirge auf, stürmt heulend und brausend über alles hinweg, was lebt, laßt die Wälder niederstürzen, ebnet die Berge ein und entfesselt die Meere! Los mit euch, und kommt mir nicht zurück, bevor noch ein einziges Lebewesen existiert, noch eine einzige Pflanze aufrecht steht auf diesem verfluchten Erdkreis, auf dem das Leben sich ausbreiten will und unsere Macht für nichts erachtet.‹
Wie eine Todessaat verteilten wir uns über die beiden Hemisphären. Ich durchstieß adlergleich die Wolken und überfiel die Gegenden des alten Fernen Orients, wo die tiefen Senken des asiatischen Hochlandes unter glühendem Himmel zum Meer hin abfallen und aus fruchtbringender Feuchtigkeit gewaltige Pflanzen und gefährliche Tiere entstanden. Ich hatte mich wieder erholt und fühlte mich ausgestattet mit riesenhafter Kraft; ich war stolz darauf, all den schwachen Wesen, die mir widerstehen wollten, Tod und Verderben zu bringen. Mit einem Flügelschlag vernichtete ich einen ganzen Landstrich, mit einem Windstoß ließ ich einen ganzen Wald niedersinken. Ich fühlte eine blinde, rauschhafte Freude, die Freude, stärker zu sein als alle Kräfte der Natur.
Da zog plötzlich ein mir fremder Hauch, ein Duft durch mich hindurch, und überrascht von dieser neuen Empfindung, hielt ich inne, um zu erkunden, was das war. Ich erblickte ein nie gekanntes Wesen, das während meiner Abwesenheit auf der Erde erschienen war, ein taufrisches, kleines und zartes Geschöpf: die Rose.
Ich wollte auf sie hinunterstürzen und sie zermalmen, aber sie beugte sich hinab zur grasbewachsenen Erde und sprach: ›Hab Mitleid! Ich bin so schön und so fein! Atme meinen Duft ein, dann wirst du mich verschonen.‹
Ich roch an ihr, und ein seltsamer Taumel besänftigte so-

gleich meine Wut. Ich legte mich neben der Rose ins Gras und schlief ein.
Als ich erwachte, stand die Rose wieder aufrecht und wiegte sich sacht in meinem friedlichen Atem.
›Sei mein Freund‹, sagte sie, ›und verlaß mich nie wieder. Wenn du deine furchtbaren Flügel zusammengefaltet hast, finde ich dich nämlich sehr schön und liebe dich. Sicher bist du der Herr des Waldes. Dein besänftigter Atem ist wie ein wunderbar melodiöses Rauschen. Bleib bei mir, oder nimm mich mit dir, damit ich die Sonne und die Wolken einmal aus der Nähe sehen kann.‹
Ich nahm die Rose an meine Brust und flog mit ihr davon. Bald kam es mir so vor, als ob sie welkte. Sie war matt und konnte gar nichts mehr sagen. Ihr Duft ließ jedoch nicht nach, mich zu bezaubern. Um sie nicht zu beschädigen, flog ich sehr behutsam über die Baumwipfel und vermied es, auch nur leicht an etwas zu stoßen. So gelangte ich vorsichtig zum Palast der dunklen Wolken hinauf, wo mich mein Vater erwartete.
›Was willst du hier?‹ fragte er, ›und warum hast du den Wald stehen lassen, den ich noch am Ufer des Indus sehe? Kehr schleunigst um und zerstöre ihn!‹
›Ja‹, erwiderte ich, ›aber laß mich dir erst dieses Kleinod anvertrauen, ich möchte es gern retten.‹ Und ich zeigte ihm die Rose.
›Retten?!‹ brüllte er und wurde rot vor Zorn. ›Du willst etwas retten?!‹
Mit einem Atemstoß riß er mir die Rose aus der Hand, ihre matten Blütenblätter zerstreuten sich in alle Richtungen, und sie entschwand ins All.
Ich wollte ihr nachstürmen, um wenigstens noch einen Rest von ihr zu erfassen, aber der verärgerte König ergriff mich erbarmungslos, legte mich übers Knie und riß mir wütend die Flügel aus. Die Federn stoben davon, den fortgeflogenen Blättern der Rose nach.
›Unwürdiger Sohn!‹ sagte er, ›du hast Mitleid gehabt, du bist nicht mehr mein Sohn! Hinunter mit dir zur Erde,

zum unheilvollen Geist des Lebens, der mir trotzt! Da wirst du sehen, ob er mit dir etwas anfangen will, nun, da ich dich verstoßen habe und du nichts mehr bist!‹
Er warf mich in abgrundtiefe Leere und vergaß mich für immer. Ich sank hinunter bis zur Waldlichtung und fand mich völlig vernichtet neben der Rose, die strahlender lachte und herrlicher duftete als je zuvor.
›Was ist das für ein Wunder? Ich glaubte, du seist tot, und habe dich beweint. Hast du die Fähigkeit, wiedergeboren zu werden?‹
›Ja‹, antwortete sie, ›wie alle Kreatur, die sich vom Geist des Lebens nährt. Sieh die Knospen, die um mich herum stehen. Heute abend werde ich meinen Glanz verloren haben und wieder an meiner Erneuerung arbeiten, während meine Schwestern dich mit ihrer Schönheit bezaubern werden, ihren Festtag haben und ihre Düfte verströmen. Bleib bei uns. Bist du nicht unser Kamerad und unser Freund?‹
Ich war noch so niedergedrückt von meinem Sturz, daß ich die Erde, der ich mich nun für immer verbunden fühlen sollte, mit meinen Tränen netzte. Der Geist des Lebens sah meine Tränen und war tiefbewegt. Er erschien mir in der Gestalt eines lichten Engels und sagte zu mir:
›Du hast Mitleid gefühlt, du hast dich der Rose erbarmt, nun habe ich Mitleid mit dir. Dein Vater ist mächtig, aber ich bin mächtiger als er, denn er kann zwar zerstören, ich aber kann erschaffen.‹
Indem es so sprach, berührte das Lichtwesen meinen Körper, und ich wurde ein schönes Kind mit rosenfarbenem Gesicht. Schmetterlingsflügel wuchsen mir im Rücken, und ich schwebte selig umher.
›Bleib bei den Blumen im kühlen Wald‹, sagte die Fee, ›fürs erste wird der grüne Dom dich bergen und schützen. Später, wenn ich die Wut der Elemente besiegt habe, kannst du auf der Erde umherziehen. Die Menschen werden dir dankbar sein, und die Dichter werden dich besingen. Und du, liebliche Rose, die du als erste mit deiner

Schönheit den wilden Zorn besänftigt hast, sei das Symbol der kommenden Versöhnung der Kräfte, die heute der Natur noch feindlich sind. Auch wirst du ein Lehrmeister kommender Geschlechter sein, denn die zivilisierten Menschen werden alle Dinge nur ihren Wünschen gefügig machen wollen, und meine schönsten Gaben, Anmut, Sanftmut und Schönheit, werden ihnen, fürchte ich, weniger wertvoll erscheinen als Reichtum und Macht. Lehre sie, freundliche Rose, daß die stärkste und einzig legitime Macht die der Bezauberung und Versöhnung ist. Ich gebe dir einen Namen, den dir kein kommendes Jahrhundert mehr streitig machen wird: Ich nenne dich Königin der Blumen. Die Königreiche, die ich einsetze, sind göttlich und kennen nur eine Art des Tuns: die Bezauberung.‹
Von diesem Tag an lebte ich in Frieden mit den Göttern, geliebt von Menschen, Tieren und Pflanzen. Von freiem und göttlichem Ursprung, bleibt mir die Wahl zu weilen, wo ich will, aber ich bin zu sehr ein Freund der Erde und ein hilfreicher Diener des Lebens, um die geliebte Erde je wieder zu verlassen, auf der mich meine erste und nie mehr erkaltende Liebe festhält. Ja, meine Kinder, ich bin der treue Geliebte der Rose und also auch euer Bruder und Freund.«
»Wenn das so ist«, riefen all die kleinen Rosen im Rosenstrauch durcheinander, »dann gib uns ein Fest, und wir feiern und singen das Lob der Frau Königin, der Hundertblättrigen Rose aus dem Orient.«
Der Zephir bewegte seine reizenden Flügel, und über meinem Kopf ging ein ausgelassenes Tanzen los, begleitet vom Knistern der Zweige und vom Schlagen der Blätter, die wie Zimbel und Castagnetten klangen. Einigen wilden kleinen Tänzerinnen zerriß sogar das Ballkleid, und ihre Blütenblätter fielen in mein Haar. Aber sie achteten nicht darauf, sie tanzten wild und ausgelassen weiter und sangen:
»Hoch lebe die schöne Rose, sie hat mit ihrem Liebreiz den Sohn der Stürme besiegt! Hoch lebe der gute Zephir, der immerwährende Freund der Blumen!«

Als ich meinem Lehrer erzählte, was ich gehört hatte, erklärte er, ich sei krank und bräuchte wohl ein Abführmittel. Aber meine Großmutter nahm mich in Schutz und erklärte ihm:

»Sie sind sehr zu bedauern, wenn Sie nie gehört haben, wie die Rosen sprechen! Ich jedenfalls sehne mich zurück nach der Zeit, wo ich sie verstehen konnte. Denn es ist eine Fähigkeit der Kindheit. Passen Sie ja auf, daß Sie nicht Fähigkeiten mit Krankheiten verwechseln!«

DIE ROTE STREITAXT

Letztes Mal, meine Kinder, habe ich euch das Geheimnis des Windes und der Rosen verraten. Jetzt will ich euch die Geschichte von einem Stein erzählen. Es wäre jedoch eine Lüge, wollte ich behaupten, daß die Steine sprechen wie die Blumen. Wenn sie überhaupt etwas äußern, etwa wenn man auf sie schlägt, so ist es nur ein wortloses Geräusch. Alles in der Natur hat eine Stimme, aber nur die belebte Natur hat das, was wir eine Sprache nennen. Eine Blume ist ein Wesen mit Organen und gehört damit zum großen Prinzip des Lebens. Steine leben nicht, sie sind nur Knochenteile eines großen Körpers, unseres Planeten. Dieser Körper kann wohl als ein Lebewesen betrachtet werden, aber die einzelnen Teile seines Knochengerüstes sind als solche ebensowenig Lebewesen, wie ein Glied unseres Fingers oder ein Stück unseres Schädelknochens ein menschliches Wesen ist.

Der Stein, von dem ich erzählen will, war dennoch ein sehr schöner Stein, und nun denkt ja nicht, daß ihr ihn hättet in die Tasche stecken können – er maß auf allen Seiten über einen Meter. Er hatte sich von einem Karneolfelsen gelöst und war daher selbst ein Karneol, aber er war nicht stierblutfarben wie die gewöhnlichen Feuersteine, die bei uns auf den Straßen liegen, sondern rosafarben, durchsetzt mit Bernstein und durchscheinend wie ein Kristall. Ein glasiges Gestein, entstanden durch das Wirken plutonischer Feuer auf der Siliziumkruste der Erde. Bei einer Dislokation wurde er von seinem Felsen getrennt, und nun lag er, ich kann nicht sagen seit wieviel Jahrhunderten, unbeweglich und stumm im Gras und glänzte in der Sonne. Da entdeckte ihn eines Tages die Fee Hydrocharis. Die Fee Hydrocharis – das heißt »Wasserschönheit« – war höchst angetan von klaren und stillen Bächen, weil sie dort ihre Lieblingspflanzen wachsen lassen konnte; ich brauche sie euch nicht zu nennen, ihr kennt sie schon.
Hydrocharis war empört, denn nach einer starken Schneeschmelze auf den Berggipfeln hatte der Bach mit seinen wilden, tosenden Wassern die Blumen- und Pflanzenteppiche, die die Fee noch tags zuvor so hingebungsvoll gepflegt hatte, mit Sand überschüttet. Sie setzte sich auf den großen Stein, blickte hinab auf das Zerstörungswerk und dachte bei sich:
»Die Fee des Eises, meine unbarmherzige Feindin, will mich aus dieser Gegend vertreiben, wie sie mich bereits aus anderen, höher gelegenen Gegenden vertrieben hat, die jetzt nur noch Steinwüsten sind. Das Felsgestein, das die Eismassen mit sich führen, die unfruchtbaren Moränen, wo keine Blume mehr blüht, kein Vogel mehr singt, wo Frost und Tod ihre stumpfe Herrschaft ausüben, drohen sich über meine lachenden Weiden und duftenden Wälder auszudehnen, und ich werde weichen müssen. Der Tod droht das Leben zu ersticken, eine blinde und taube Schicksalsmacht ist gegen mich. Wenn ich wenigstens wüßte, was die Feindin vorhat, ich würde vielleicht versu-

chen zu kämpfen. Aber nur die ungestümen Wasserläufe kennen das Geheimnis, und ich kann ihre verworrenen Stimmen nicht verstehen; sobald sie dann in meinen Seen und Teichen angekommen sind, verstummen sie oder schlängeln sich lautlos die Wiesenhänge entlang. Wie kann ich sie nur dazu bringen auszuplaudern, was sie über die Regionen wissen, von denen sie herabkommen und in die ich nicht vordringen kann?«

Die Fee erhob sich, dachte noch eine Weile nach und blickte umher. Da fiel ihr Auge plötzlich auf den Stein, den sie bisher nur für einen leblosen, unnützen Gegenstand gehalten und nicht beachtet hatte, und es kam ihr die Idee, ihn dem herabströmenden Bach in den Weg zu stellen. Sie brauchte sich nicht die Mühe zu machen, den Steinblock selbst dorthin zu wälzen, sie blies einfach nur darüber hin; der Block rollte in das fließende Gewässer und sank dort durch sein eigenes Gewicht so tief in den Sand, daß er wie festgemauert stehenblieb. Die Fee wartete und lauschte, was geschehen würde.

Der Bach war offensichtlich verärgert, auf ein Hindernis zu stoßen, und er ließ seine Wellen wütend auf den Stein aufklatschen, um ihn aus seinem Weg zu vertreiben. Dann jedoch floß er um ihn herum und drückte sich an den Seiten ein, bis er sich eine Rinne gegraben hatte, durch die er alsbald grollend weitersprudelte.

»Du sagst immer noch nichts, womit ich etwas anfangen könnte«, dachte die Fee, »aber ich werde dir schon gehörig zusetzen, damit du mir antwortest.«

Sie schnippste mit dem Finger auf den Karneolblock, und er zersprang in vier Teile. So mächtig ist der Finger einer Fee! Das Wasser, das nun auf vier Hindernisse stieß statt auf eines, ließ sich an ihnen herunterfallen, und während es von allen Seiten in kleinen Bächen auseinandersprang, fing es wie verrückt an zu plappern und gab in einer solchen Geschwindigkeit Worte von sich, daß nur ein unsinniges, unverständliches Gebrabbel daraus wurde.

Die Fee brach den Steinblock noch einmal, und aus den

vier Teilen wurden acht. Der Wasserlauf wurde so noch weiter unterteilt und gezwungen, ruhiger zu fließen und nur noch leise zu murmeln. Nun verstand sie, was er sagte, und da Bäche von Natur aus indiskret und geschwätzig sind, erfuhr sie, daß die Königin des Eises beschlossen hatte, ihr Gebiet zu überziehen und sie noch weiter fortzujagen. Hydrocharis nahm darauf alle ihre geliebten Pflanzen unter ihr aus Sonnenstrahlen gewebtes Kleid und ging fort. Die zertrümmerten Stücke des großen Steinblocks ließ sie im Wasser liegen. Und da blieben sie, bis sie das unaufhörlich über sie hinwegfließende Wasser fortgetragen oder aufgelöst hatte.

Nichts ist so philosophisch und schicksalergeben wie ein Stein. Derjenige, von dem hier berichtet wird, ist jetzt nur noch durch eines von den acht Stücken einigermaßen würdig vertreten; allerdings ist er immer noch so groß wie eure Köpfe und fast ebenso rund, da er in dem Wasser, das die anderen Teile zerstört hatte, lange umhergerollt worden war.

Vielleicht war es Zufall, vielleicht geschah es absichtlich, jedenfalls gelangte er, schön glänzend und glattpoliert wie er war, zur Tür einer Schilfhütte. Hier wohnten eigenartige Menschen.

Es waren Wilde. Sie trugen Tierfelle, lange Bärte und lange Haare, entweder weil sie keine Schere hatten, um sie zu schneiden, oder aber weil es ihnen so besser gefiel, und damit hatten sie vielleicht gar nicht mal unrecht. Auch wenn sie aber die Schere noch nicht kannten – wovon ich gar nicht unbedingt überzeugt bin –, waren diese primitiven Menschen durchaus geschickte Werkzeughersteller. Der Bewohner der Hütte war sogar ein bekannter und gesuchter Waffenschmied.

Mit Eisen konnte er noch nicht umgehen, aber rohe Steine wurden in seinen Händen zu hervorragenden Arbeitswerkzeugen oder zu gefährlichen Waffen. Kurz, die Leute gehörten einer Menschenrasse des Steinzeitalters an, das im Dunkel der Zeiten mit den ersten keltischen Eroberungen zusammenfällt. Eins der Kinder des Waffenschmieds fand den schönen Stein, den der Bach mit sich geführt hatte, zu seinen Füßen, und da es ihn für einen der Splitter oder weggeworfenen Stücke aus der Werkstatt seines Vaters hielt, die überall herumlagen, begann es mit ihm zu spielen und ihn vor sich herzurollen. Der Vater jedoch war erstaunt über die lebhafte Färbung und die Durchsichtigkeit des Materials, nahm ihm den Karneol aus der Hand und rief die anderen Kinder und die Lehrlinge herbei, um ihn zu bewundern. In der ganzen umliegenden Gegend war kein Felsgestein bekannt, von dem der Brocken hätte stammen können. Der Waffenschmied bat seine Familie und seine Gehilfen, sich genauestens alle Steine anzusehen, die der Bach vorbeitrug, aber so gründlich sie auch immer wieder suchten, sie fanden keinen zweiten seiner Art. So wurde er als ein besonders seltenes und kostbares Stück in der Werkstatt aufgehoben.

Kurze Zeit darauf kam der Blaue Mann vom Hügel herunter, der bei dem Waffenschmied etwas in Auftrag gegeben hatte, und wollte es abholen. Der Blaue Mann war unter der Farbe weißhäutig, aber er hatte Gesicht und Körper mit dem Saft einer Pflanze eingerieben, mit der sich die Häuptlinge und Krieger eine Kriegsbemalung zulegten, wie es die Indianer heute noch nennen. Von Kopf bis Fuß war er mit schöner azurblauer Farbe bemalt, und die Familie des Waffenschmieds begegnete ihm mit Bewunderung und Ehrfurcht.

Er hatte ein Beil aus Feuerstein bestellt, es war das schwerste und schärfste, das seit der Zeit des Rentiers jemals hergestellt worden war, und diese gewaltige Waffe wurde ihm nun gegen den Preis von zwei Bärenfellen wie vereinbart ausgehändigt. Der Blaue Mann hatte gezahlt und wollte gehen, da zeigte ihm der Waffenschmied den Karneol und schlug vor, ihm ein Beil oder eine Axt daraus zu machen. Der Blaue Mann war von der Schönheit des Steins entzückt und bestellte eine Axt, die auch eine scharfe Schneide haben sollte, um getötete Tiere zu zerlegen. Der

Waffenschmied machte ihm also aus dem wunderschönen Stein ein vortreffliches Gerät, das zudem mit einiger Geduld noch einen Glanz erhielt, der bei einem Handwerk ohne Schleifstein bis dahin unbekannt gewesen war. Und um den Blauen Mann auch ja aufs höchste zufriedenzustellen, kratzte einer der Söhne des Waffenschmieds, ein geschickter Junge, sehr kunstvoll mit einem spitzen Splitter den Kopf eines Damhirschs auf eine Seite der Schneide. Ein anderer, im Montieren sehr begabter Gehilfe, fügte die Waffe in einen in der Mitte gespalteten Holzgriff, dessen Enden mit sehr fein geflochtenen und äußerst haltbaren Schnüren aus Pflanzenfasern zusammengehalten wurden. Der Blaue Mann gab für das Wunderwerk zwölf Damhirschfelle und nahm es stolz mit sich in sein großes Mardell, denn er war der große Häuptling eines Klans; er war durch das Jagen reich geworden und siegreich in vielen Kriegen gewesen.

Ihr wißt, was das ist, ein Mardell oder eine Wohngrube. Ihr habt schon die großen Mulden in unseren heute bebauten Feldern gesehen, die einst mit Wäldern und Teichen bedeckt waren. Einige sind auf dem Grund mit Wasser gefüllt, in anderen hat man auf etwas höherem Niveau Asche gefunden, Knochen, Scherben von Tongeschirr und zu einer Feuerstelle angeordnete Steine.

Offenbar liebten es die primitiven Völker, auf dem Wasser zu leben, davon zeugen auch die Pfahlbausiedlungen, die in so großer Anzahl gefunden wurden und von denen ihr schon viel gehört habt.

Ich kann mir vorstellen, daß man in ebenen Landstrichen wie dem unseren, wo Wasser rar ist, sehr tief graben mußte, möglichst auch in der Nähe einer Quelle. Man lenkte dann bei Bedarf den Lauf eines Rinnsals um und sammelte das Wasser in diesen tiefen Erdbehältern, dann baute man auf Pfählen eine geräumige Behausung, die sich wie eine Insel aus einem Trichter erhob, ohne daß das Dach zu sehen gewesen wäre, denn es erhob sich nicht über das Erdniveau. All das sicherte gegen wilde Tiere, die vorbeikamen, oder gegen den Einfall von feindlichen Horden. Wie dem auch sei, der Blaue Mann wohnte in einem großen Mardell, umgeben von vielen anderen, kleineren und weniger tiefen, in denen mehrere Familien hausten, die seinen Befehlen gehorchten und seinen Schutz genossen. Der Blaue Mann machte nun die Runde durch all diese bewohnten Zisternen, in die er über Baumstämme gelangte, die als Brücken dienten, und besuchte seine Gefolgsleute, wärmte sich an ihren Feuerstellen, redete freundschaftlich mit ihnen und zeigte allen seine prächtige Axt aus dem rosafarbenen Stein, wobei er sie gern glauben ließ, daß er sie von einer Gottheit zum Geschenk erhalten hatte. Ob sie es ihm wirklich glaubten oder ob sie nur so taten, das weiß ich nicht. Die rote Axt wurde jedenfalls als ein magischer Gegenstand von unüberwindlicher Kraft angesehen, und wenn ein Feind kam, um den Stamm zu überfallen, gingen alle mit grenzenloser Zuversicht in den Kampf. Zuversicht macht kühn, und Kühnheit macht stark. Der Feind wurde vernichtet, und die rosafarbene Streitaxt des großen Häuptlings wurde purpurrot im Blut der Besiegten. Neuer Ruhm krönte die bisherigen Ruhmestaten des Blauen Mannes, und der erschrockene Feind gab ihm den Namen »Rote Streitaxt«. Diesen Namen trug fortan auch sein Volk.

Die Axt brachte ihm Glück. Er blieb Sieger in allen Schlachten und bei allen Jagden, und er starb hochbetagt, ohne je das Opfer eines der vielen kriegerischen Ereignisse seines Lebens gewesen zu sein. Man bestattete ihn unter einem riesigen Erd- und Sandhügel, wie es üblich war, und obwohl seine Erben die rote Streitaxt nur zu gern behalten hätten, wurde sie mit ihm begraben. So wollte es der religiöse Brauch aus Achtung vor den Toten.

Unser Stein ist also nach einer kurzen Epoche ruhmvoller Tätigkeit von neuem der Finsternis anheimgegeben. Der Klan der Roten Streitaxt hatte die Beerdigung der magischen Waffe sehr zu beklagen, denn die feindlichen Stämme, lange Zeit in Furcht und Schrecken versetzt durch die

unerschrockene Tapferkeit des großen Häuptlings, kamen in Scharen zurück, verwüsteten die Jagdgebiete, nahmen die Herden mit und zerstörten die Behausungen.
Das Unglück bewog einen der Nachkommen des ersten Häuptlings Rote Streitaxt, die Totenruhe seines Vorfahren zu stören, in die dunkle Gruft seiner letzten Ruhestätte einzudringen und heimlich den Talisman zu entwenden, den er sorgfältig in seinem Mardell verbarg. Da er aber mit keinem seiner Stammesgenossen über die Entweihung des Grabes sprechen konnte, konnte er sich auch nicht der Wunderwaffe bedienen und sie in der Schlachtensonne blitzen lassen, um den Mut seiner Leute neu zu beleben. Als die Waffe nicht mehr von einem starken und unverzagten Arm geschwungen wurde – der neue Besitzer war eher abergläubisch als tapfer –, verlor sie ihre Kraft; der Stamm, besiegt und zersprengt, mußte sich andere Stätten suchen, an denen er sich niederlassen konnte. Die Mardelle waren vom Sieger in Besitz genommen worden, und Jahrhunderte vergingen, ohne daß die ruhmreiche Axt, die zwischen zwei Steinen versteckt lag, gefunden worden wäre. Sie geriet in Vergessenheit, und als sie eines Tages eine alte Frau, die in ihrer Küche nach einer Ratte jagte, unversehrt wiederfand, konnte ihr niemand mehr sagen, welchen Zweck das steinerne Werkzeug einst gehabt haben konnte. Werkzeuge dieser Art wurden nicht mehr benutzt, die Menschen hatten gelernt, Bronze zu schmelzen und zu bearbeiten, und da sie keine Geschichtsschreibung kannten, erinnerten sie sich auch nicht mehr an die Dienste, die der Feuerstein geleistet hatte. Die alte Frau fand den Stein recht hübsch. Sie versuchte, mit ihm die Wurzeln zu schaben, die sie für die Suppe brauchte, und fand ihn dazu gut geeignet. Zeit und Feuchtigkeit hatten ihm seinen schönen Griff mit den Schnüren aus Pflanzenfasern geraubt, aber seine Kanten waren noch scharf, und so wurde er das Lieblingsmesser der alten Frau. Nach ihr jedoch benutzten ihn Kinder zum Spielen und gingen so schonungslos mit ihm um, daß er ganz schartig wurde.

Als das Zeitalter des Eisens kam, lag das Stück Stein nutzlos und unbeachtet am Rand des ausgetrockneten und halb verschütteten Mardells. Die Menschen errichteten ihre Behausungen auf ebener Erde und bebauten das Land ringsum. Sie kannten den Spaten und die Axt aus Eisen, und sie sprachen, handelten und dachten anders als die Menschen der Vergangenheit. Die ruhmreiche rote Streitaxt war zu einem gewöhnlichen Stein geworden und lag reglos schlummernd im Gras.
Wieder vergingen viele Jahrhunderte. Da verfolgte einmal ein Bauer beim Jagen einen Hasen, der Hase flüchtete sich in ein Mardell, und der Bauer, der sich die Schuhe ausgezogen hatte, um besser laufen zu können, schnitt sich an einer noch immer scharfen Kante der roten Streitaxt in den großen Zeh. Er hob den Stein auf, weil er Feuersteine für sein Gewehr brauchen konnte, nahm ihn mit nach Hause, legte ihn dort in eine Ecke und vergaß ihn. Als die Zeit der Weinernte kam, stützte er mit ihm seine Kiepe ab. Danach warf er ihn in den Garten, und Kohlköpfe, die stolzen Bewohner lange sich selbst überlassener Erde, bargen ihn in ihrem Schatten und erlaubten ihm, geschützt vor den Launen der Menschen weiterzuschlafen.
Hundert Jahre später stieß ein Gärtner mit seinem Spaten auf ihn, und da der Garten des Bauern inzwischen Teil eines herrschaftlichen Parks geworden war, trug der Gärtner seinen Fund zum Schloßherrn und sagte:
»Wahrhaftig, Herr Graf, ich glaube, ich habe in meinem Spargelbeet so eins von den alten Steinwerkzeugen gefunden, für die Sie sich interessieren.«
Der Graf machte seinem Gärtner ein Kompliment wegen seines »guten Auges« für alte Dinge und war sehr stolz auf seine Entdeckung. Die rote Streitaxt war eins der schönsten Werkzeuge der Vorväter, und trotz der durch die Zeit entstandenen Schäden trug sie unauslöschlich und bemerkenswert deutlich die Spuren menschlicher Bearbeitung. Die Freunde der Familie und die Antiquitätensammler des Landes bewunderten sie. Ihr Alter wurde Gegenstand eif-

riger Debatten; zum einen war sie zwar als Feuerstein geschnitten und bearbeitet wie die ältesten Exemplare aus dieser Zeit, zum anderen aber war sie geformt und poliert wie Exemplare aus einer späteren Zeit. Offenbar stammte sie aus einer Übergangszeit, vielleicht war sie auch von Einwanderern mitgebracht worden. Jedenfalls, so versicherten die Geologen, war der Stein nicht im Land selbst hergestellt worden, denn da gab es keine Karneole.
Die Geologen vergaßen nur, daß Flüsse und Bäche Steine mit sich führen, und den Altertumskundlern fiel es nicht ein, die Möglichkeit ins Auge zu fassen, daß unsere Vorstellung von der geschichtlichen Entwicklung des Werkzeugs jeden Augenblick widerlegt werden kann durch die Bemühungen eines einzelnen, durch die Laune oder den Einfallsreichtum eines Handwerkers, der geschickter ist als die anderen. Von dem auf die Schneide gezeichneten Kopf waren noch einige Umrißlinien übriggeblieben, die sorgfältig geprüft wurden. Man konnte noch gut erkennen, daß es ein Tier sein sollte, aber welches Tier war es? Ein Pferd, ein Hirsch, ein Höhlenbär oder ein Mammut? Als man die rote Streitaxt lange genug geprüft und untersucht hatte, wurde sie auf ein kleines Samtkissen gelegt und bildete fortan das ungewöhnlichste Stück in der Sammlung des Grafen; sie behielt ihren Ehrenplatz gut zehn Jahre.
Der Graf starb aber kinderlos, und die Gräfin fand, daß der Verstorbene für seine Sammelstücke viel zu viel Geld ausgegeben hatte, das er besser dafür verwendet hätte, ihr Spitzen und neue Kutschen und Pferde zu schenken. Sie ließ den ganzen alten Plunder verkaufen, da sie ihn schnellstens aus den Räumen ihres Schlosses verbannt wissen wollte, und behielt nur ein paar geschnittene Gemmen und goldene Medaillons, die sie als Schmuck anlegen wollte. Und da die rote Streitaxt aus einem besonders schönen Karneol war, vertraute sie diese einem Steinschneider an mit dem Auftrag, ihr Plättchen für eine Gürtelschließe daraus zu schneiden.

Als die letzten Reste der roten Streitaxt geschnitten und aufgesetzt waren, fand die Gräfin das Ganze ziemlich häßlich und gab es ihrer kleinen sechsjährigen Nichte, die es als Schmuck für ihre Puppe verwendete. Das zu schwere und zu große Schmuckstück gefiel ihr jedoch nicht lange, und sie beschloß, aus den Steinen eine Suppe zu machen. Jawohl, meine lieben Kinder, eine Suppe! Eine Suppe für die Puppen. Ihr wißt ja besser als ich, daß Suppe für Puppen aus sehr unterschiedlichen Dingen zusammengesetzt sein kann: Blumen, Körner, Muscheln, weiße und rote Bohnen, alles ist brauchbar, wenn es nur richtig in einem Napf auf einem vermeintlichen Feuer gekocht wird. Der kleinen Nichte fehlten Karotten für ihren Eintopf, und da stach ihr die schöne Farbe des Karneols ins Auge, und sie stieß ihn mit einem Bügeleisen in tausend kleine Stücke, die ihr für die Suppe recht geeignet erschienen und die die Puppe sicher ganz köstlich fand.
Wäre der rote Stein ein lebendiges Wesen gewesen, hätte er also denken können, welche Gedanken hätte er sich wohl gemacht über sein ungewöhnliches Schicksal? Erst war er ein Berg gewesen, dann nur noch ein Felsbrocken dieses Berges. In dieser Gestalt hatte er dem geheimnisvollen Werk einer Fee gedient und einen Bach dazu gezwungen, die Geheimnisse der Eisfee zu verraten. Später war er der Kultgegenstand eines kriegerischen Stammes gewesen, der Ruhm eines Volkes, das Szepter des Blauen Mannes. Darauf sank er herab zum bescheidenen Küchenmesser und schabte irgendwelches Gemüse bei einem noch immer wilden Volk. Schließlich hatte er es in den Händen eines Antiquitätensammlers noch einmal zu so etwas wie Ruhm gebracht und konnte sich auf einer Samtunterlage stolz den entzückten Augen von Liebhabern präsentieren – all das, um zuletzt für ein kleines Mädchen zu einer imaginären Karotte zu werden, ohne auch nur den verächtlichen Appetit einer Puppe wecken zu können!
Dennoch ist die rote Streitaxt nicht ganz untergegangen. Ein Stück davon blieb übrig, etwa so groß wie eine Nuß.

Der Kammerdiener hob es auf, als er den Boden kehrte, und verkaufte es für fünfzig Centimes an den Steinschleifer. Aus diesem letzten Stück machte der Steinschleifer drei Ringe, die er für einen Franc das Stück verkaufte. Ein Karneolring ist zwar sehr hübsch, aber er kann auch zerbrechen oder verlorengehen. Nur noch einen einzigen gibt es. Er wurde einem kleinen Mädchen geschenkt, das mit den Dingen sehr sorgsam umgeht und das ihn aufbewahrt wie eine Kostbarkeit, ohne zu ahnen, daß es das letzte winzige Stück der ruhmreichen roten Streitaxt besitzt, die ihrerseits wieder nur ein winziges Stück des Feenfelsens gewesen war.

Dies ist das Schicksal der Dinge. Sie existieren nur durch den Wert, den wir ihnen beimessen, sie haben keine eigene Seele, die sie zu neuem Leben erweckt, sie werden zu Staub. Aber auch in dieser Form gehen sie nicht ganz auf im Nichts. Das Leben macht sich alles zunutze, und was Zeit und Menschen zerstören, ersteht wieder neu unter neuen Formen, dank der Fee, die nichts untergehen läßt, die alles wieder neu macht und allem einen neuen Anfang gibt, auch wenn es zerstört ist. Ihr kennt sie gut, diese Feenkönigin: Es ist die Natur.

DIE STAUBFEE

Als ich noch jung war – und das ist schon lange her, liebe Kinder! – hörte ich oftmals, wie die Leute sich über eine aufdringliche, kleine, alte Frau beklagten, die zum Fenster immer wieder hereinkam, kaum war sie aus der Tür gejagt. Sie war so fein und zierlich, daß sie schwebte, statt zu laufen, und meine Eltern verglichen sie mit einer kleinen Fee. Die Hausangestellten verachteten sie und vertrieben sie mit dem Besen; aber kaum hatte man sie von einem Platz verdrängt, erschien sie wieder an einem anderen.

Sie trug immer ein häßliches, graues Kleid und einen fahlen Schleier, der schon bei dem geringsten Wind um ihren von gelblichen Strähnen zerzausten Kopf flatterte. Ich hatte Mitleid mit ihr, weil man sie verfolgte, und gerne durfte sie in meinen Garten, um sich auszuruhen, obwohl sie viele meiner Blumen beschädigte. Ich unterhielt mich mit ihr, ohne aber in den Gesprächen auch nur einen einzigen vernünftigen Satz zu hören. Sie wollte alles anfassen und sagte, daß sie damit nur Gutes tun würde. Man tadelte mich, weil ich sie tolerierte; und wenn sie in meine Nähe gekommen war, schickte man mich zum Waschen und zum Umziehen; man drohte, mir sonst ihren Namen zu geben. Es war ein häßlicher Name, vor dem ich mich sehr fürchtete. Weil die Frau so schmutzig war, daß man annahm, sie schliefe in dem Kehricht der Häuser und Straßen, nannte man sie die *Staubfee.*

»Warum sind Sie so staubig?« fragte ich sie eines Tages, als sie mich in den Arm nehmen wollte.

»Es ist dumm von dir, dich vor mir zu fürchten«, antwortete sie scherzhaft. »Du gehörst mir und du gleichst mir mehr, als du denkst. Aber du bist noch ein unwissendes Kind, und ich würde meine Zeit verlieren, wenn ich dir dies näher erklären würde.« »Sieh mal an«, sagte ich, »es ist das erste Mal, daß Sie anscheinend vernünftig reden wollen. Erklären Sie mir, was Sie mit Ihren Sätzen gemeint haben.«

»Darüber kann ich mit dir hier nicht reden«, antwortete sie. »Ich könnte dir viel erzählen, aber sobald ich mich bei euch irgendwo niederlasse, fegt man mich mit Verachtung hinweg. Doch wenn du wissen willst, wer ich bin, dann rufe mich diese Nacht dreimal, sobald du eingeschlafen bist.«

Laut lachend entfernte sie sich, und mir schien, als würde sie sich auflösen und in goldenem Staub emporheben, der von der untergehenden Sonne gerötet wurde.

Abends im Bett dachte ich an sie.

»Ich habe dies alles nur geträumt«, sagte ich mir, »oder diese kleine Alte ist wirklich verrückt. Wie sollte es mir denn möglich sein, sie im Schlaf zu rufen?«

Dann schlief ich ein und sofort träumte ich, daß ich sie rufen würde. Ich bin mir nicht sicher, ob ich nicht auch dreimal ganz lauf gerufen habe: »Staubfee! Staubfee! Staubfee!«

Im gleichen Augenblick befand ich mich in einem großen Garten mit einem zauberhaften Palast. Auf der Treppe dieses wunderbaren Schlosses erwartete mich eine junge und schöne Frau in wundervoll festlicher Kleidung.

Ich lief zu ihr hin, sie umarmte mich und sagte zu mir: »Nun, erkennst du jetzt die Staubfee?«
»Nein, keineswegs, Madame«, antwortete ich ihr, »und ich glaube, daß Sie sich über mich lustig machen.«
»Ich mache mich nicht über dich lustig«, sagte sie. »Da du aber nicht verstehen würdest, was ich dir zu sagen habe, will ich dir etwas zeigen. Folge mir.«
Sie führte mich an den schönsten Platz ihres Schlosses. Dort gab es einen kleinen, klaren See, der einem Diamanten glich, welcher in einen Ring von Blumen eingefaßt war. Fische in allen Schattierungen von orange bis karneolrot trieben hier ihr Spiel, amberfarbene Chinakarpfen, schwarze und weiße Schwäne, exotische und mit Edelsteinen geschmückte Enten. Und auf dem Grund des Sees gab es Muscheln aus Perlmutt, bunte Salamander mit gezackten Streifen, schließlich eine ganze Welt lebender Wunder, die auf einem silbernen Sandbett hin- und herglitten; auch wuchsen dort feine Gräser, die einen schöner blühend und hübscher als die anderen. Dieses große Becken war ringsum umgeben von Porphyrsäulen mit Alabasterkapitälen. Das Hauptgesims, das aus den kostbarsten Mineralien bestand, verschwand fast unter dem Wuchs von Reben, Jasminsträuchern, Blauregen, Zaunrüben und Geißblatt, wo tausend Vögel ihr Nest errichtet hatten. Rosensträucher aller Arten und aller Düfte spiegelten sich im Wasser ebenso wie die Säulen und die schönen Statuen aus weißem Marmor von der Insel Paros, die unter den Arkaden aufgestellt waren. In der Mitte des Beckens schoß ein Wasserstrahl in einem Sprühfeuer von Diamanten und Perlen hervor und fiel zurück in riesige Perlmuttbecken. Diese Anlage war wie ein Amphitheater gestaltet und öffnete sich auf ein anmutiges Theaterparterre hin, das von riesigen Bäumen voller Blüten und Früchte in ihren Kronen beschattet war; die von Weinranken umwachsenen Stämme bildeten so gegenüber der Porphyrkolonnade eine Säulenreihe aus grünem Laub und Blumen.
Die Fee ließ mich neben ihr niedersitzen am Eingang einer

Grotte, aus der ein kleiner, wohlklingender Wasserfall entsprang und die ausgeschmückt war mit dem schönsten Zungenfarn und mit dem Samt des frischen Mooses, auf dem die Wassertropfen wie Diamanten strahlten.
»Alles, was du hier siehst«, sagte sie, »ist mein Werk. All dies besteht aus Staub. Indem ich mein Kleid in den Wolken ausgeschüttelt habe, habe ich das Material für dieses Paradies bereitgestellt. Mein Freund Feuer, der es in die Lüfte geschleudert hatte, hat es wieder zurückgenommen, um es erneut zu glühen, zu kristallisieren oder zusammenzudrängen, nachdem mein Diener Wind es in die Feuchtigkeit und die Elektrizität der Wolken getrieben und dann wieder auf die Erde zurückgeworfen hat; diese große dichte Fläche hat sich also wieder mit meiner fruchtbaren Substanz bedeckt, und der Wind hat daraus Sand und Phosphat geschaffen, nachdem er daraus Granit, Porphyr, Marmor, Metall und Steine aller Arten gemacht hat.«
Ich hörte zu, ohne etwas zu verstehen und dachte mir, daß die Fee sich über mich lustig machen wollte. Daß sie Erde aus Staub hat machen können, mag noch angehen; daß sie aber Marmor, Granit und andere Mineralien geschaffen hätte, indem sie sich ausgeschüttelt habe, glaubte ich keineswegs. Ich wagte nicht, ihr diese Lügen vorzuhalten, sondern wandte mich ihr unwillkürlich wieder zu, um zu sehen, ob sie wirklich ernsthaft eine solche Absurdität behaupten könne. Wie war ich überrascht, als ich sie nicht mehr hinter mir bemerkte! Ich hörte aber ihre Stimme, die aus der Erde kam und mich rief. Gleichzeitig versank auch ich in der Erde, ohne mich dagegen wehren zu können, und fand mich an einem schrecklichen Ort wieder, wo alles Feuer und Flamme war. Man hatte mir schon von der Hölle erzählt, und ich glaubte nun, daß dies die Hölle sei. Rote, blaue, grüne, weiße und violette Schimmer, mal fahl und mal blendend, ersetzten das Tageslicht; und selbst wenn die Sonne an diesen Ort gelangen würde, dann würden die Dämpfe, die aus einem großen Ofen strömten, sie gänzlich verhüllen.

Ein furchtbarer Lärm, gellendes Pfeifen, Explosionen und Donnerschläge füllten diese Höhle mit schwarzen Wolken, in die ich mich eingeschlossen glaubte.
Mittendrin bemerkte ich die kleine Staubfee, die wieder ihr erdfarbenes Gesicht hatte und ihr farbloses, schmutziges Kleid trug. Sie lief hin und her, indem sie hier etwas aufschichtete, dort etwas wegräumte, irgendwelche Säuren braute und vermischte; kurz: alles was sie tat, war mir unverständlich.
»Hab keine Angst«, rief sie mir zu, mit einer Stimme, die den betäubenden Lärm dieser Unterwelt übertönte. »Hier bist du in meinem Laboratorium. Du verstehst doch etwas von Chemie?« »Ich weiß davon gar nichts«, rief ich, »und ich will auch an einem solchen Ort nichts davon erfahren.«
»Du wolltest doch mehr wissen, und jetzt mußt du schon meiner Vorstellung zuschauen. Es ist sehr bequem, auf der Oberfläche der Erde zu wohnen, mit Blumen, Vögeln und zahmen Tieren zu leben, in ruhigen Gewässern zu baden, köstliche Früchte zu essen und auf einem Teppich von Gras und Blumen zu laufen. Du hast dir wohl vorgestellt, daß das menschliche Leben seit jeher so ausgesehen hat. Es ist aber an der Zeit, dich über den Anfang aller Dinge aufzuklären und über die Macht der Staubfee, deiner Großmutter, Mutter und Amme.«
Während sie so sprach, stürzte ich zusammen mit der Alten in die tiefste Tiefe des Abgrunds, hindurch durch verzehrende Flammen, schreckliche Explosionen, beißenden schwarzen Rauch; durch schmelzende Metalle, speiende Lava und alle Schrecken eines Vulkans.
»Hier sind meine Öfen und dies ist die Unterwelt, wo meine Vorräte entstehen. Du siehst, daß es hier angenehm ist für den Geist, der befreit ist von jenem Schildpanzer, den man Körper nennt. Dein Körper ist in deinem Bett zurückgeblieben und nur dein Geist ist bei mir. So kannst du also an die Urmaterie rühren. Du verstehst noch nichts von Chemie und du weißt nicht, woraus dieser Stoff besteht; du weißt auch nicht, durch welch geheimnisvolles

Verfahren das, was hier als fester Stoff erscheint, aus einem gasförmigen Stoff entsteht, der wie ein Nebelfleck im Weltall schimmerte und später leuchtete wie die Sonne. Du bist noch ein Kind, und ich kann dich nicht in alle großen Geheimnisse der Schöpfung einweihen. Es wird auch noch einige Zeit vergehen, bevor selbst deine Lehrer davon etwas wissen werden. Aber ich kann dir die Produkte meiner Kochkunst zeigen. Alles hier ist für dich ein wenig verworren. Steigen wir ein Stockwerk höher, nimm die Leiter und folge mir!«

Tatsächlich war plötzlich eine Leiter vor uns, von der ich weder Anfang noch Ende sehen konnte. Ich folgte der Fee und befand mich mit ihr in der Finsternis. Aber da bemerkte ich, daß die Fee ganz hell war und wie eine Fackel leuchtete. So sah ich riesige Lager, gefüllt mit einer rötlichen, teigartigen Masse; weiße Kristallblöcke und riesige Klingen aus einem schwarz glänzenden, glasartigen Stoff, den die Fee in ihren Händen zerbröckelte. Dann zerstampfte sie den Kristall in kleine Teilchen, mischte alles zusammen mit einem rötlichen Teig und stellte es auf eine kleine Flamme.

»Welches Gericht bereiten Sie da?« fragte ich sie.

»Es ist ein Gericht, das für deine arme kleine Existenz notwendig ist«, antwortete sie. »Ich mache Granit, das heißt: aus Staub mache ich den härtesten und haltbarsten aller Steine. Man braucht ihn, um den Höllenfluß Kozythus und den Feuerstrom Phlegethon einzudämmen. Ich bereite auch aus den gleichen Elementen verschiedene andere Mischungen zu. Hier zum Beispiel etwas, das man dir als Gneis, Quarzfels, Talkschiefer, Glimmerschiefer usw. vorgestellt hat. Von all dem, was aus meinem Staub wird, werde ich später wieder neuen Staub mit neuen Elementen herstellen, und das wird dann Schiefer, Sand und Kiesel sein. Mit Geschick und Geduld stelle ich laufend neuen Pulverstaub her, um wieder neue Verbindungen zu schaffen. Ist nicht die Grundlage von jedem Kuchen das Mehl? Im Augenblick bin ich dabei, meine Öfen auf kleiner

Flamme zu halten, indem ich ihnen dennoch einige notwendige Zuglöcher anlege, damit nicht alles auseinandergerissen wird. Wir werden weiter oben sehen, was passiert. Wenn du müde bist, dann kannst du jetzt ruhig etwas schlafen, denn ich brauche hierfür noch ein wenig Zeit.«
Ich verlor jegliches Zeitbewußtsein. Dann weckte die Fee mich wieder auf.
»Du hast ja einige Jahrhunderte geschlafen«, sagte sie.
»Wieviel denn, gnädige Fee?«
»Das wirst du besser deine Lehrer fragen«, antwortete sie mit höhnischem Kichern. »Nehmen wir wieder die Leiter!«
Sie ließ mich mehrere Stockwerke voll verschiedener Lager hochsteigen. Ich sah, wie sie aus Metallrost Kalk machte, Mergel, Ton, Schiefer und Jaspis. Als ich sie nach dem Ursprung der Metalle fragte, antwortete sie:
»Du willst ja viel erfahren! Eure Wissenschaftler können zwar einige Phänomene mit Wasser und Feuer erklären. Aber wie sollen sie wissen, was zwischen Himmel und Erde geschehen ist: als der Wind meinen vulkanischen Sand aus der Tiefe emporgeschleudert hat, um neue, feste Wolken zu bilden; als diese in einen Gewitterstrudel gerieten und vom Blitz mit seiner geheimnisvollen Spannung durchdrungen wurden; als die oberen Winde sie in Wolkenbrüchen wieder auf die Erde zurückgeworfen haben? Hier liegt der Anfang der ersten Erdlagerungen. Du wirst ihren wunderbaren Transformationen noch beiwohnen.«
Wir stiegen höher und sahen Kreide, Marmor und Kalksteinbänke, aus denen man eine Stadt bauen könnte, die so groß wäre wie der ganze Erdball. Und da ich so begeistert davon war, was die Fee mit Vermischen und Kochen bewirken konnte, sagte sie zu mir:
»All dies ist noch gar nichts, und du wirst noch mehr sehen. Du wirst sehen, wie inmitten dieser Steine schon das Leben begonnen hat.«
Sie näherte sich einem Becken, das so groß wie ein Meer war, tauchte ihren Arm ein und zog daraus zunächst fremd-

artige Pflanzen, dann noch fremdere Tiere hervor, die aber noch halbe Pflanzen waren; dann unabhängige Lebewesen; lebende Muscheln, schließlich Fische, die sie springen ließ, und sagte:

»Hier siehst du, was die Staubfrau alles herstellen kann, wenn sie sich auf den Grund des Wassers begibt. Aber es gibt noch Besseres; schau dich einmal um und betrachte das Ufer!«

Ich drehte mich um: Der Kalkstein und alle seine Verbindungen, gemischt mit Kieselerde und Ton, hatten an ihrer Oberfläche eine feine Schicht aus fettem, braunen Staub, worauf ganz seltsame, dicht belaubte Pflanzen wuchsen.

»Dies ist die Pflanzenerde«, sagte die Fee. »Warte ein wenig, und du wirst daraus Bäume sprießen sehen.«

Tatsächlich sah ich eine Baumvegetation entstehen, die sich mit Reptilien und Insekten bevölkerte, während sich am Ufer unbekannte Wesen bewegten, die mir einen wahren Schrecken einjagten.

»Diese Tiere werden dich auf der Erde der Zukunft nicht erschrecken. Sie sind dazu bestimmt, die Erde mit ihrer abgestreiften Haut zu düngen. Es gibt noch keine Menschen, welche sich vor ihnen fürchten könnten.«

»Moment«, sagte ich, »dieser Aufwand an Tieren gefällt mir nicht. Ihre Erde hier gehört diesen reißenden Bestien, die einander verschlingen. Brauchen Sie denn all diese Massaker und all diesen Blödsinn, um uns Dünger zu bereiten? Ich verstehe schon, daß sie zu nichts anderem taugen. Aber ich verstehe nicht eine Schöpfung mit all ihrer Üppigkeit an belebten Formen, die einfach nur da ist, um doch nichts zu tun und nichts an Wert zu hinterlassen.«

»Der Dünger ist schon etwas Wichtiges, auch wenn er nicht alles ist«, antwortete die Fee. »Denn die Substanzen, die durch ihn geschaffen werden, sind für andere Lebewesen bedeutsam, die nach diesen hier folgen werden.«

»Und die ihrerseits aber auch wieder verschwinden, ich weiß. Ich weiß auch, daß die Schöpfung sich bis zum Menschen hin immer mehr vervollkommnen wird; zumindest hat man es mir so gesagt, und ich glaube es auch. Aber ich habe mir noch nicht diese Verschwendung an Leben und Zerstörung vorstellen können, die mich erschreckt und abstößt. Diese scheußlichen Formen, diese gigantischen Amphibien, diese monströsen Krokodile und all diese kriechenden oder schwimmenden Tiere, die nur zu leben scheinen, um sich ihrer Zähne zu bedienen und andere Tiere zu verschlingen ...«

Meine Entrüstung amüsierte die Staubfee sehr.

»Die Materie ist die Materie«, sagte sie, »sie ist immer logisch in ihrem Wirken. Der menschliche Geist hingegen ist es nicht, und du hast selbst dafür einen Beweis: du ernährst dich nämlich von herrlichen Flugtieren und einer Fülle anderer Tiere, die schöner und intelligenter sind als diese hier. Soll ich dir zeigen, daß es keine Schöpfung ohne dauernde Zerstörung gibt, oder willst du die Ordnung der Natur umkehren?«

»Ja, das würde ich schon gerne. Ich wollte, alles wäre vom ersten Tag an gut. Wenn die Natur eine große Fee ist, könnte sie auf all diese scheußlichen Versuche gut verzichten und eine Welt errichten, in der wir Engel wären, vom Geist lebend in einer unveränderlichen und immer schönen Schöpfung.«

»Die große Fee Natur hat höhere Ziele«, antwortete die Staubfrau. »Sie beabsichtigt nicht, bei den Dingen stehenzubleiben, die du kennst. Sie erschafft und erfindet unaufhörlich. Für sie, die keinen Stillstand des Lebens kennt, würde Ruhe nur den Tod bedeuten. Wenn sich die Dinge nicht veränderten, wäre das Werk des Königs der Geister beendet; und dieser König, der nichts anderes ist als die höchste unendliche Aktivität, würde mit seinem Werk untergehen. Die Welt, in der du lebst und in die du gleich zurückkehren wirst, wenn deine Vision der Vergangenheit sich verflüchtigt – diese Welt der Menschen, welche du für besser hältst als die der frühen Tiere, und diese Erde, mit der du dennoch nicht ganz zufrieden bist (denn du würdest dort ja lieber für immer im Zustand des reinen Geistes leben), und dieser arme, noch junge Planet sind dazu bestimmt, sich unaufhörlich zu verändern. Die Zukunft wird aus euch schwachen menschlichen Kreaturen, die ihr seid, Feen und Geister machen, welche das Wissen, die Vernunft und die Güte besitzen werden. Schau dir an, was ich dir zeige; und du sollst erfahren, daß diese ersten Entwürfe des Lebens, noch im Instinkt gefaßt, dir näher sind als das, was eines Tages einmal das Reich des Geistes auf der Erde sein wird, die du bewohnst. Die Bewohner dieser zukünftigen Welt werden dich dann ebenso tief verachten, wie du heute die Welt der großen Saurier verachtest.«

»Gut«, antworte ich, »wenn mich alles, was ich hier aus der Vergangenheit sehe, dazu führen soll, die Zukunft zu lieben, dann laß uns doch etwas Neues sehen!«

»Vor allem«, sagte die Fee, »wollen wir aber diese Vergangenheit nicht zu gering schätzen, damit wir nicht undankbar auch die Gegenwart verachten. Wenn der große Geist des Lebens sich des Materials bedient, das ich ihm liefere, dann vollbringt er Wunder seit dem ersten Tag. Betrachte einmal die Augen dieses angeblichen Monsters hier, das eure Wissenschaftler ›Ichtyosaurier‹ genannt haben.«

»Sie sind größer als mein Kopf und machen mir Angst!«

»Sie sind aber den deinen sehr überlegen. Nach Belieben sind sie kurz- oder weitsehend zugleich. Sie sehen ihre Beute auf beträchtliche Distanz wie durch ein Fernrohr; und wenn sie ganz nahe ist, so sehen sie diese aufgrund eines einfachen Funktionswechsels ganz deutlich in der wirklichen Distanz, ohne eine Brille zu benötigen. In diesem Augenblick der Schöpfung hat die Natur nur ein Ziel: ein denkendes Lebewesen zu schaffen. Sie gibt ihm Organe, die hervorragend auf seine Bedürfnisse abgestimmt sind. Das ist doch ein hübscher Anfang; bist du nicht davon überrascht? – Und so wird es sein, immer besser, bei allen Lebewesen, die nach diesen hier kommen werden. Jene, die dir erbärmlich, schwach und schmächtig erscheinen, sind ebensolche Wunder der Anpassung an ihre Umwelt, in der sie leben.«

»Und denken sie auch nur an Nahrung wie diese hier?«
»Was willst du, woran sollen sie denken? Der Erde liegt nichts daran, bewundert zu werden. Den Himmel gibt es heute und gibt es immer, ohne daß ein Trachten und Bitten der Kreaturen seiner Pracht und der Herrlichkeit seiner Gesetze etwas hinzufügen könnten. Die Fee deines kleinen Planeten kennt die große Ursache, zweifle nicht daran; aber wenn sie ein Wesen schaffen soll, das diese Ursache vorausahnt oder errät, dann ist auch sie dem Gesetz der Zeit unterworfen, von dem ihr Menschen euch keine Vorstellung machen könnt, da ihr zu kurz lebt, um ein Wirken zu beurteilen. Ihr haltet das Wirken für langsam, doch es ist schnell wie der Blitz. Laß mich einmal deinen Verstand von seiner Schwäche befreien und die Ergebnisse unzähliger Jahrhunderte vor dir vorbeiziehen. Schau gut hin und hör auf zu klagen. Nutze meine Gefälligkeit für dich.«
Ich spürte, daß die Fee Recht hatte und betrachtete wie gebannt die Entwicklung der Erde. Ich sah, wie Pflanzen entstanden und untergingen; wie Tiere geboren wurden und starben, die aufgrund ihres Instinkts immer geschickter wurden und in ihrem Äußeren immer ansehnlicher. Je mehr sich die Erde verschönerte mit Schöpfungen, die denen unserer Tage glichen, desto freundlicher erschienen mir die Bewohner dieses großen Gartens, den große Ereignisse unaufhörlich veränderten; sie wirkten weniger gefräßig auf Artgenossen und mehr auf ihre Nachkommenschaft bedacht. Ich sah, wie sie Unterkünfte für ihre Familien errichteten und wie sie seßhaft wurden. So gut, daß ich von einem Augenblick zum anderen eine Welt untergehen und eine neue Welt entstehen sah, wie in einem Zauberstück auf der Bühne.
»Ruh dich aus«, sprach die Fee zu mir, »denn du hast gerade viele Jahrtausende durcheilt, ohne es zu ahnen. Und der Mensch wird seinerseits entstehen, wenn das Reich des Affen beendet sein wird.«
Ich schlief ganz erschöpft wieder ein, und als ich aufwach-

te, befand ich mich mitten auf einem großen Ball im Palast der Fee, die wieder jung und schön war.
»Du siehst hier all die herrlichen Dinge und diese ganze schöne Welt«, sprach sie zu mir. »Aber alles ist nur Staub, mein Kind. Diese Wände aus Porphyr und Marmor sind nichts anderes als der Staub von Molekülen, die geformt und dann gekocht wurden. Diese Mauern hier aus Quadersteinen sind nichts anderes als der Staub von Kalk und Granit, der ebenso behandelt wurde. Das Porzellan und das Steingut sind ein Pulver aus Feldspat, und die Verwendung der Porzellanerde haben uns die Chinesen gelehrt. Der Diamantenschmuck der Tänzerinnen ist Kohlestaub, der sich kristallisiert hat. Diese Perlen sind hier ein Kalkphosphat, den die Austern in ihre Muscheln durchsickern lassen. Das Gold und alle Metalle entstammen nichts anderem als der Verbindung allerkleinster Moleküle in der entsprechenden Mischung und dem richtigen Schmelzverfahren. Diese hübschen Pflanzen, die fleischfarbenen Rosen, die gefleckten Lilien, die Gardenien, welche die Luft mit ihrem Wohlgeruch füllen – sie alle sind aus dem Staub geboren, den ich ihnen bereitet habe. Und all diese Leute, die zum Klang der Instrumente lachen und tanzen, diese Lebewesen par excellence, die man Menschen nennt: auch sie sind, mit Verlaub gesagt, aus mir geboren und werden zu mir zurückkehren.«
Als sie dies gesprochen hatte, verschwanden plötzlich das Fest und der Palast. Ich befand mich jetzt mit der Fee auf einem Weizenfeld. Sie bückte sich und hob einen Stein auf, in den eine versteinerte Muschel eingeprägt war.
»Hier siehst du noch als Versteinerung ein Wesen, das ich dir lebendig vorgeführt habe in seinen ersten Lebenszeiten. Was ist es jetzt? Kalkphosphat. Man mahlt ihn zu Staub und düngt damit jene Böden, die zu kieselhaltig sind. Wie du siehst, beginnt der Mensch jetzt zu erkennen, daß es nur die Natur als einzigen Lehrmeister gibt.«
Sie zerdrückte die Versteinerung in ihren Händen und zerstreute den Staub auf dem Ackerland.

»Und dies wird auch wieder in meine Küche zurückkommen. Ich säe die Zerstörung, um den Keim zum Sprießen zu bringen. So ist es mit allem Staub, sei er von Pflanzen, Tieren oder Menschen. Er ist der Tod, nachdem er das Leben war. Und daran ist nichts Trauriges, da er mit meiner Hilfe immer wieder beginnt, das Leben zu sein, nachdem er der Tod war. Adieu! Du sollst aber ein Erinnerungsstück von mir erhalten. Hier ist ein Stück von meinem Ballkleid, das du so bewundert hast; du kannst es gerne näher untersuchen.«

Alles verschwand auf einmal. Als ich die Augen öffnete, lag ich wieder in meinem Bett. Die Sonne war schon aufgegangen und sandte mir einen herrlichen Strahl in mein Zimmer. Ich sah mir das Stück Stoff an, das die Fee mir in die Hand gedrückt hatte. Es war nichts anderes als ein kleines Häuflein Staub. Aber mein Geist war noch ganz von dem Traum verzückt und gab meinen Sinnen die Fähigkeit, die kleinsten Bestandteile dieses Staubes zu unterscheiden.

Ich war begeistert, denn hier war alles zu finden: Luft, Wasser, Sonne, Gold, Diamanten, Asche, Blütenpollen, Muscheln und Perlen; der Staub von Schmetterlingsflügeln, Fäden, Wachs, Eisen sowie Holz und auch viele kleine Kadaver. Aber inmitten dieser nicht wahrnehmbaren Restbestandteile sah ich eine Art von Leben gären: ungreifbare Wesen, die sich irgendwo niederlassen wollten, um auszuschlüpfen oder sich zu verwandeln. Sie verschmolzen mit dem rötlichen Strahl der aufgehenden Sonne.

DER HUND UND DIE GÖTTLICHE BLUME

DER HUND

Für Gabrielle Sand

Einst hatten wir auf dem Land einen Nachbarn, dessen Name oft Heiterkeit auslöste: Monsieur Lechien, Herr Hund. Er war aber keineswegs etwa verärgert, wenn ihn die Kinder »Medor« oder »Azor« nannten, im Gegenteil, er war als erster bereit, sich darüber lustig zu machen.

Er war ein sehr ruhiger und guter Mensch, und wenn er sich auch etwas distanziert benahm, so war er doch wegen seiner Freundlichkeit und der Redlichkeit seines Charakters sehr angesehen. Außer seinem Namen war an ihm durchaus nichts seltsam, und so erstaunte er uns eines Tages sehr, als sein Hund bei Tisch eine Ungehörigkeit beging und er, anstatt ihn auszuschimpfen oder ihn zu schla-

gen, ihn streng ins Auge faßte und ihm mit ruhiger Stimme folgende merkwürdige Rede hielt:
»Wenn Sie sich derart benehmen, mein Herr, wird es noch einige Zeit dauern, bis Sie kein Hund mehr sind. Ich bin einer gewesen, ja ich, der ich mit Ihnen rede, und manchmal hat auch mich die Naschhaftigkeit überfallen und ich holte mir eine Speise, die nicht für mich bestimmt war. Aber da war ich noch nicht im Alter der Vernunft wie Sie, mein Herr, und im übrigen nehmen Sie zur Kenntnis, daß ich nie einen Teller zerschlagen habe!«
Der Hund hörte dieser Ansprache mit ergebener Aufmerksamkeit zu. Dann gab er ein melancholisches Winseln von sich, welches, wie sein Meister erklärte, bei Hunden nicht Mißmut, sondern Trauer bedeutet. Anschließend legte er sich nieder, bettete die Schnauze auf die Vorderpfoten und machte den Eindruck, als sei er in äußerst betrübliche Gedanken versunken.
Wir glaubten, unser Nachbar wolle uns unterhalten und scherzhaft auf seinen Namen anspielen. Aber wie verblüfft waren wir, als er nun mit durchaus ernster Miene fragte, ob wir nicht vielleicht auch Erinnerungen an unsere früheren Leben hätten.
»Nicht im geringsten!« war die allgemeine Antwort.
Monsieur Lechien machte mit einem Blick die Runde über die Tafel, und als er uns alle mit ungläubigen Mienen dasitzen sah, lenkte er seine Augen auf den Diener, der eben eingetreten war, um einen Brief zu überbringen, und der von der Unterhaltung nichts mitbekommen hatte.
»Und Sie, Sylvain«, fragte er, »erinnern Sie sich daran, was Sie in einem früheren Leben waren?«
Sylvain war spottlustig und skeptisch.
»Mein Herr«, erwiderte er gelassen, »seitdem ich ein Mensch bin, bin ich immer Kutscher gewesen – es ist also sehr wahrscheinlich, daß ich, bevor ich ein Kutscher wurde, ein Pferd gewesen bin.«
»Das ist gut geantwortet!« riefen alle, und Sylvain entfernte sich unter dem Beifall der belustigten Gäste.

»Der Mann hat Verstand und Geist«, sprach unser Nachbar weiter, »es ist also anzunehmen, daß er, um seine Ausdrucksweise zu gebrauchen, im nächsten Leben nicht mehr Kutscher, sondern ein Herr sein wird.«
»Dann wird er seine Leute schlagen«, warf einer aus der Runde ein, »wie er als Kutscher seine Pferde geschlagen hat.«
»Ich wette um alles, was Sie wollen«, entgegnete unser Freund, »daß Sylvain niemals seine Pferde schlägt, ebensowenig, wie ich jemals meinen Hund schlagen würde. Wenn Sylvain brutal und grausam wäre, wäre er nie ein guter Kutscher geworden und auch nicht dazu bestimmt, einmal ein Herr zu werden. Und wenn ich meinen Hund schlagen würde, würde ich nach meinem Tod nur wieder ein Hund werden müssen.«
Alle fanden diese Theorie originell und bedrängten den Nachbarn, sie weiter auszuführen.
»Das ist ganz einfach«, sagte er, »ich werde es Ihnen in wenigen Worten erklären. Der Geist, oder das Leben des Geistes, wenn Sie so wollen, hat seine Gesetze, so wie die organische Materie, die er annimmt, die ihren hat. Es wird nun behauptet, daß Geist und Körper oft gegensätzliche Neigungen haben. Ich möchte das bestreiten. Zumindest bin ich der Ansicht, daß diese Neigungen nach einem Kampf, den sie miteinander auszufechten haben, immer zur Übereinstimmung gelangen werden, um das Lebewesen, das die Bühne dieses Kampfes um Rückfall oder Vorwärtsschreiten darstellt, auf der Stufenleiter der Seinsweisen voranzubringen. Nicht etwa, daß eine die andere besiegt hätte. Weder ist das animalische Wesen so böse, wie man meint, noch ist das geistige Leben so unabhängig, wie man denkt. Das Sein ist immer eins: Die Bedürfnisse entsprechen dem inneren Bestreben und umgekehrt. Es gibt ein stärkeres Gesetz als diese beiden Gesetze, ein drittes, das die Gegensätze im Individuum versöhnt. Das ist das allgemeine Gesetz des Lebens, und dieses göttliche Gesetz ist das des Vorwärtsschreitens. Rückschritte bestätigen

nur, daß es einen aufsteigenden Weg gibt. Jedes Lebewesen spürt also, ohne es zu wissen, das Bedürfnis nach einer Verwandlung in etwas Höheres, und mein Hund, mein Pferd, alle Tiere, die der Mensch sich zugesellt hat, spüren es deutlicher als die Tiere, die in Freiheit leben. Sehen Sie nur diesen Hund! Bei ihm ist es auffälliger als bei anderen Tieren. Er versucht, mir immer ähnlicher zu werden. Er ißt gern, was ich esse, er liebt meinen Sessel, meine Freunde, meine Kutsche. Er würde in meinem Bett schlafen, wenn ich es ihm erlaubte. Er hört auf meine Stimme, er kennt sie und versteht, was ich sage. Im Augenblick weiß er genau, daß ich von ihm spreche. Sie können es daran sehen, wie er seine Ohren spitzt.«

»Er versteht höchstens zwei, drei Worte«, unterbrach ich.

»Wenn Sie das Wort ›Hund‹ sagen, zuckt er zusammen, das stimmt, aber was Sie weiter denken, bleibt für ihn doch ein undurchdringliches Geheimnis.«

»Nicht so sehr, wie Sie glauben! Er merkt, daß er die Ursache meiner Gedanken ist. Er erinnert sich vielleicht an einen Fehler, den er begangen hat, und fragt mich mit seinem Blick, ob ich ihn bestrafen oder ihm verzeihen werde. Er hat den Verstand eines Kindes, bevor es sprechen gelernt hat.«

»Sie wollen es so, weil Sie es sich so vorstellen.«

»Ich stelle es mir nicht so vor – ich habe es so in Erinnerung.«

»Ah!« tönte es von allen Seiten. »Er glaubt sich zu erinnern! Er soll von seinen früheren Leben erzählen. Wir hören!«

»Das wäre eine lange Geschichte«, entgegnete Monsieur Lechien, »und eine recht wirre dazu, denn ich will nicht behaupten, daß ich mich vom Beginn der Welt an bis heute an alles erinnern kann. Der Tod hat die wunderbare Eigenschaft, daß er das Band zerreißt zwischen dem Leben, das endet, und dem, das neu beginnt. Er breitet eine dichte Wolke über das vergehende und sich verwandelnde Ich,

ohne daß wir um diesen Vorgang wissen. Ich habe, wie es scheint, ausnahmsweise ein wenig von der Erinnerung an Vergangenes bewahrt, aber so unklar, daß es mir kaum gelingt, in meinem Gedächtnis Ordnung zu schaffen. Ich könnte Ihnen zum Beispiel nicht sagen, ob mein Weg durch die Existenzen normal verlief, ob ich einige Stufen übersprungen habe oder ob ich einzelne Stationen meiner Seelenwanderung ein- oder mehrmals wiederholen mußte. Das, wahrhaftig, weiß ich nicht. Aber manchmal tauchen plötzlich lebhafte Bilder vor meinem inneren Auge auf und zeigen mir eine Umgebung, in der ich einmal gelebt habe – zu welcher Zeit könnte ich wirklich nicht sagen, aber dann fühle und empfinde ich auch wieder, was ich damals gefühlt und empfunden habe.
Seit kurzem etwa habe ich einen bestimmten Fluß vor Augen, in dem ich als Fisch gelebt habe. Als welcher Fisch, das weiß ich nicht. Als Forelle vielleicht, denn ich weiß noch, das ich eine furchtbare Angst vor trüben Gewässern hatte und daß es mich heftig drängte, die Flußläufe aufwärts zu schwimmen. Ich spüre noch, wie köstlich es war, wenn die Sonne auf den sich brechenden Wellen feine Netze aus Licht oder zitternde diamantene Muster zeichnete. Irgendwo, ich weiß nicht wo – die Dinge hatten damals ja noch keine Namen für mich –, gab es einen zauberhaften kleinen Wasserfall, in dem der Mond silbrige Funken sprühen ließ. Ich verbrachte ganze Stunden damit, dort gegen die Wellen anzuschwimmen, die mich zurücktreiben wollten. Tagsüber surrten am Ufer goldene und smaragdgrüne Fliegen über die Gräser hin, und ich schnappte sie mir mit erstaunlicher Geschicklichkeit, allerdings eher, weil ich die Jagd als ein vergnügliches Spiel empfand, als weil ich meine Freßlust stillen wollte. Manchmal streiften mich die Libellen im Flug mit ihren blauen Flügeln. Wundersame Pflanzen schienen mich mit ihren grünen Flechten umschlingen zu wollen, aber die leidenschaftliche Lust auf Bewegung und Freiheit trug mich immer wieder zurück in frei und rasch fließende Ge-

wässer. Mich schnell und immer schneller durchs Wasser zu bewegen, ohne je ausruhen zu müssen, oh, war das köstlich! Ich erinnerte mich daran, als ich neulich in ihrem Fluß badete, und jetzt kann ich diese schöne Zeit gar nicht mehr vergessen!«

»Mehr, mehr!« schrien die Kinder, die mit großen Augen zuhörten. »Waren Sie auch ein Frosch, eine Eidechse, ein Schmetterling?«

»Eine Eidechse, das weiß ich nicht. Ein Frosch, vielleicht. Aber daß ich ein Schmetterling war, daran erinnere ich mich gut. Ich war eine Blume gewesen, eine hübsche weiße Blume mit feingeschnittenen Blütenblättern, vermutlich aus der Familie der Steinbrechgewächse. Ich stand an einer Quelle, und da ich ununterbrochen großen Durst hatte, neigte ich mich über das Wasser, ohne es je erreichen zu können, denn ein frischer Wind schaukelte mich ständig hin und her. Das Verlangen ist eine Macht, die keine Grenzen kennt: Eines Morgens löste ich mich von meinem Stengel, und der Wind trug mich davon. Ich bekam Flügel und wurde frei und lebendig. Alle Schmetterlinge sind Blumen, die an einem Festtag der Natur, wenn sie in Erfinder- und Schöpferlaune ist, davonfliegen.«

»Klingt hübsch«, sagte ich, »aber das ist doch reine Poesie!«

»Nicht unterbrechen!« riefen die jungen Leute, »es ist doch so unterhaltsam!«

Und sie wandten sich wieder an ihn:

»Wissen Sie noch, was Sie so dachten, als Sie ein Stein waren?«

»Ein Stein ist ein lebloser Gegenstand und denkt nicht«, erwiderte er. »An meine mineralische Existenz kann ich mich nicht erinnern. Obwohl ich natürlich eine hatte, wie ihr auch. Man muß auch nicht glauben, daß das anorganische Leben gänzlich tot ist. Immer, wenn ich mich auf einem Felsen ausstrecke, fühle ich bei der Berührung mit ihm etwas, das mir bestätigt, daß ich früher einmal zu seiner Welt gehörte. Alle Dinge sind zur Verwandlung bestimmt. Selbst die gröbste Materie hat heimliche Regungen, ein dumpfes Pulsieren, das nach Licht und Bewegung strebt. Die Menschen sehnen sich danach, Tiere und Pflanzen drängt es dorthin, die Steine warten darauf. Um mich aber nun euren ungeduldigen Fragen zu stellen, will ich eins der Leben wählen, das mir noch am lebhaftesten gegenwärtig ist, und berichten, wie ich gelebt, beziehungsweise gehandelt und gedacht habe, als ich ein Hund war. Erwartet nun aber keine dramatischen Abenteuer mit überraschendem Ausgang. Jedes Tier hat seinen besonderen Charakter, und es ist also sozusagen eine Charakterstudie, die ich hier geben will.«

Die Kerzenleuchter wurden angezündet, die Diener gingen hinaus, Stille trat ein, und der sonderbare Gast begann zu erzählen:

»Ich war eine hübsche kleine Bulldogge, ein Rattenbeißer und von reinster Rasse. An meine Mutter, von der ich sehr früh getrennt wurde, erinnere ich mich nicht, ebensowenig an die grausame Operation, bei der mein Schwanz und meine Ohren gestutzt wurden. So verstümmelt fand man mich offenbar schön. Schon früh liebte ich Komplimente; soweit ich zurückdenken kann, habe ich den Sinn der Worte ›schönes Hündchen‹, ›hübsches Hündchen‹ bald begriffen. Auch das Wort ›sauber‹ mochte ich sehr. Wenn die Kinder mich begrüßten und ›sauberes Häschen‹ nannten, war ich entzückt. Ich badete gern, aber wenn ich, wie häufig, bei großer Hitze in morastiges Wasser sprang und ganz schlammbedeckt wieder herauskam, nannte man mich ›schmutziger‹ oder ›schwarzer Hase‹, und das verletzte mich tief. Das Mißvergnügen, das ich dabei empfand, führte dazu, daß ich weiß und schwarz peinlich genau unterscheiden lernte.

Die erste Person, die sich meiner Charaktererziehung annahm, war eine alte Dame, die ihre eigenen Ansichten hatte. Sie legte keinen Wert auf sogenannte Dressur und verlangte auch nicht von mir, Apportieren oder Pfötchengeben zu lernen. Sie sagte, ein Hund lernt diese Dinge nur,

wenn er geschlagen wird. Dieses Wort kannte ich bereits, denn manchmal schlug mich der Diener, wenn die Herrin gerade nicht in der Nähe war. So wußte ich bald, daß ich von ihr beschützt wurde und ich, wenn ich mich zu ihr flüchtete, nur Zärtlichkeit und Ermutigung zu erwarten hatte.
Ich war jung und übermütig und liebte es, Stöcke zu suchen und auf ihnen herumzubeißen. Herumgetobt bin ich mein ganzes Hundeleben lang, es gehörte zu meiner Art und ich hatte kräftige Kiefer und ein breites Maul. Ganz offensichtlich hatte mich die Natur ursprünglich als Raubtier geschaffen. Da man mir beigebracht hatte, Hühner und Enten zu schonen, und ich etwas brauchte, um mich damit herumzubalgen und meine noch jungen Kräfte zu üben, richtete ich in dem kleinen Garten der alten Dame großen Schaden an. Ich riß die Stützstangen der Pflanzen heraus und oft auch die Pflanzen. Der Gärtner wollte mich verprügeln, aber meine Herrin hinderte ihn daran. Sie nahm mich beiseite und sprach sehr ernsthaft mit mir. Sie hielt meinen Kopf in ihren Händen, sah mir in die Augen und wiederholte mehrmals:
›Was du gemacht hast, ist sehr, sehr schlimm, so schlimm, daß es nichts Schlimmeres gibt!‹
Dann legte sie einen Stock vor mich hin und verbot mir, ihn anzurühren, und als ich gehorchte, sagte sie:
›So ist's gut. Sehr gut. Du bist ein braver Hund.‹
Mehr bedurfte es nicht, um in mir das Gewissen wachzurütteln, das ein unschätzbares Gut ist und das die Erziehung einem Hund vermitteln kann, wenn er dafür begabt ist und wenn man ihn nicht durch Schläge und Beschimpfungen erniedrigt.
Ich erhielt also schon sehr jung das Gefühl für Würde, ohne das sich im Tier, ebenso wie im Menschen, niemals die rechte Vernunft entwickelt. Wer nur aus Furcht gehorcht, wird nie sich selbst beherrschen lernen.
Ich war achtzehn Monate alt und in der Blüte meiner Jugend und meiner Schönheit, als meine Herrin ihren

Wohnsitz wechselte und mich mit aufs Land nahm, wo sie von da an mit ihrer Familie wohnte. Es gab dort einen großen Park, und ich lernte den Freudentaumel der Freiheit kennen. Als ich den Sohn der alten Dame zum ersten Mal sah, begriff ich an der Art, wie sie sich begrüßten und wie er mir begegnete, sofort, daß er der Herr des Hauses war und daß ich seinen Befehlen zu gehorchen hatte. Vom ersten Tag an folgte ich ihm so artig und verständig, daß er mich als Freund behandelte, mich streichelte und mir erlaubte, in seinem Arbeitszimmer zu liegen. Seine junge Frau machte sich nichts aus Hunden und hätte gern auf mich verzichtet, aber ich war so zurückhaltend, unauffällig und reinlich, daß ich Gnade vor ihr fand.
Man konnte mich mit den verlockendsten Leckerbissen allein lassen, fast nie schnupperte ich auch nur daran. Ich war nicht naschhaft und verachtete Leckereien, und zudem hatte ich großen Respekt vor dem Eigentum. Man hatte mir gesagt – denn man redete mit mir wie mit einem Menschen:
›Das ist dein Teller, das ist dein Wassernapf, das ist dein Kissen und das deine Decke.‹
Ich wußte, welche Dinge mir gehörten, und niemand hätte sie mir streitig machen dürfen; aber es wäre mir auch nie in den Sinn gekommen, mich an Dingen zu vergreifen, die anderen gehörten.
Ich hatte auch noch eine andere schätzenswerte Eigenschaft: Ich wühlte nie im Abfall, wie andere Hunde, und ich wälzte mich nie im Dreck. Wenn mein weißes Fell manchmal schwarze oder braune Flecken hatte, weil ich auf dem Kohlenhaufen gelegen oder mich auf der Erde gewälzt hatte, so konnte man doch sicher sein, daß ich mich nie mit etwas Unappetitlichem beschmutzte.
Auch hielt man es mir sehr zugute, daß ich niemanden anbellte oder biß. Jemanden anbellen ist eine Drohung und eine Beleidigung. Ich war so intelligent zu begreifen, daß ich zu den Personen, die meine Herrschaft in ihrem Haus begrüßte oder aufnahm, höflich zu sein hatte, und ich ach-

tete auch darauf, Zuneigung und Freude zu bekunden, wenn ein alter Freund zu Besuch kam. Ich zeigte meine Sympathie durch kleine Liebkosungen, und ich tat ein übriges und paßte auf, wann die geehrten Gäste aufwachten, um ihnen Haus und Garten zu zeigen und sie spazierenzuführen, bis meine Herrschaft erschien. Für diese gastfreundschaftliche Geste, die mir niemand beigebracht hatte und die mir ganz von allein eingefallen war, war man mir sehr dankbar.

Als dann Kinder im Haus waren, war ich überglücklich. Beim ersten war man ein wenig besorgt wegen der Neugier, mit der ich das Baby beschnüffelte. Ich war noch ungestüm und heftig, und man fürchtete, ich könnte unvorsichtig oder eifersüchtig sein. Da nahm meine alte Herrin das Kind auf den Schoß und sagte:

›Jetzt bekommt Fadet eine kleine Moralpredigt. Du brauchst dich nicht zu fürchten, er versteht, was man ihm sagt. Schau, Fadet, das liebe Püppchen hier ist das Kostbarste im ganzen Haus. Hab es lieb, sei sanft zu ihm und sehr vorsichtig. Du verstehst mich doch, nicht wahr? Du wirst das Kindchen sehr liebhaben?‹

Sie küßte es und drückte es sanft ans Herz.

Ich hatte vollkommen verstanden und bat mit den Augen, das kleine Wesen ebenfalls küssen zu dürfen. Die Großmutter streckte mir sein Händchen hin und sagte noch einmal: ›Ganz sanft, Fadet, ganz sanft!‹

Ich leckte das kleine Händchen und fand das Kind so hübsch, daß ich nicht anders konnte; ich strich ihm mit meiner Zunge auch über die Wange, aber ich tat es so zart, daß es keine Angst vor mir bekam, und etwas später war ich es, der sein erstes Lächeln erhielt.

Zwei Jahre später kam noch ein Kind. Nun waren es zwei kleine Mädchen. Das ältere spielte schon mit mir. Das jüngere machte es später genauso, und ich durfte mit ihm auf dem Teppich herumtollen. Die Eltern fürchteten ein wenig, ich könnte zu stürmisch werden, aber die Großmutter setzte großes Vertrauen in mich, und ich bemühte mich, es auch zu verdienen. Nur ab und zu sagte sie noch einmal: ›Ganz sanft, Fadet, ganz sanft!‹

Man konnte mir keinen Vorwurf machen. Auch wenn ich noch so übermütig war, ich biß ihnen nie ins Händchen, zerriß ihnen nie das Kleid und fuhr ihnen nicht mit der Pfote ins Gesicht. Und trotzdem, weiß Gott, mißbrauchten sie, solange sie noch klein waren, meine Güte und fügten mir manchmal sogar Schmerz zu. Aber mir war klar, daß sie es nicht wußten, und daher wurde ich nie böse. Eines Tages fiel es ihnen sogar ein, mich vor ihren kleinen Gärtnerkarren zu spannen und ihre Puppen hineinzusetzen! Wie sie das machten, weiß ich nicht, aber ich zog, so lange sie wollten, brav den Wagen, und ich gebe zu, daß ich auch ein bißchen eitel war, denn die Dienerschaft war über meine Gelehrigkeit höchst erstaunt.

›Das ist kein Hund‹, sagten sie, ›das ist ein Pferd!‹

Den ganzen Tag lang riefen mich die kleinen Mädchen ›Schimmelchen‹, und ich muß sagen, daß mir das sehr schmeichelte.

Man wußte es sehr zu schätzen, wie klug und liebevoll ich mit den Kindern umging, nachdem ich ja von anderen weder Beleidigungen noch Drohungen duldete.

Bei aller Freundschaft zum Beispiel, die ich für meinen Herrn hegte, bewies ich ihm einmal, wie großen Wert ich auf meine Würde legte. Ich hatte das Haus beschmutzt, weil ich zu faul war hinauszugehen, und da drohte er mir mit der Peitsche. Ich bleckte wütend die Zähne, noch bevor er zuschlagen konnte, und da verzichtete er klugerweise darauf, mich zu bestrafen. Als jemand zu ihm sagte, er hätte nicht nachgeben dürfen und ein rebellischer Hund müsse geschlagen werden, antwortete er:

›Nein, ich kenne ihn. Er ist unerschrocken und unnachgiebig, wenn es ums Kämpfen geht, er würde sich niemals unterwerfen. Da müßte ich ihn schon töten, und damit wäre ich selbst am meisten gestraft.‹

Er verzieh mir also, und ich liebte ihn dafür nur um so mehr.

Ich verbrachte ein ruhiges und angenehmes Leben in diesem glücklichen Haus. Alle liebten mich, die Diener behandelten mich gut und achteten mich, die Kinder, die größer wurden, vergötterten mich und sagten mir die zärtlichsten und schmeichelhaftesten Dinge, und meine Herren schätzten mich aufrichtig wegen meines Charakters und meiner Anhänglichkeit, die, wie sie wußten, nie der Naschhaftigkeit oder sonst irgendeiner niedrigen Leidenschaft entsprang. Ich fühlte mich wohl in ihrer Gesellschaft, und als ich alt wurde und weniger überschwenglich, bezeigte ich ihnen meine freundschaftlichen Gefühle dadurch, daß ich zu ihren Füßen schlief oder auch vor ihrer Tür, wenn sie vergessen hatten, sie für mich offenzulassen. Mein Benehmen war, bei aller Freizügigkeit und ohne daß ich ständig überwacht worden wäre, untadelig. Ich kratzte nicht an den Türen und gab kein lästiges Winseln von mir.

Als ich langsam anfing, das Rheuma zu spüren, kümmerte man sich um mich wie um einen Menschen. Der Herr wikkelte mich jeden Abend in meine Decke, und wenn er einmal nicht daran dachte, ging ich zu ihm hin und sah ihn an, ohne aber an seinem Hosenbein zu zerren und aufsässig zu werden.

Das einzige, was ich mir in meinem Leben als Hund vorzuwerfen habe, ist mein Mangel an Wohlwollen gegenüber anderen Hunden. Fühlte ich bereits, daß ich mich von ihrer Rasse entfernte, oder fürchtete ich, die nächsthöhere Stufe der Existenz nicht zu erreichen, in ihrer Gesellschaft zu ›hündisch‹ zu werden, daß ich ihre Grobheiten und Laster so haßte? Oder hatte ich nur stolze Verachtung für ihre geistige und moralische Unterlegenheit? Mein ganzes Leben hindurch habe ich andere Hunde wütend angebellt, und oft sagte man, ich sei meinen Artgenossen gegenüber ausgesprochen bösartig. Zu meiner Entlastung muß ich allerdings hinzufügen, daß ich nie den Schwachen und Kleinen etwas antat. Ich griff nur immer die Größten und Stärksten an, und das mit heldenhafter

Kühnheit. Stets kam ich erschöpft und mit Wunden bedeckt wieder nach Hause, und kaum war ich geheilt, fing es wieder von vorne an.
Aber ich war nur zu Hunden so, die mir nicht vorgestellt worden waren. Als ein Freund des Hauses einmal seinen Hund mitbrachte, mahnte man mich ernst zur Höflichkeit und erinnerte mich an die Pflichten der Gastfreundschaft. Man sagte mir seinen Namen, näherte uns einander und beruhigte mein anfängliches Knurren mit Worten, die mir meine Selbstachtung ins Gedächtnis riefen. Daraufhin gab es nie wieder mit ihm Streit oder Herausforderungen.
Näher eingelassen habe ich mich, muß ich sagen, nie mit einem Vertreter meiner Rasse, außer mit dem Hund des Schäfers, genannt ›Lämmchen‹, mit dem mich immer eine große Freundschaft verband und der mich auch gegen feindliche Hunde verteidigte. Ich fand alle Hunde mir weit unterlegen, die schönen Jagdhunde ebenso wie die folgsamen kleinen Hündchen, die man mit Strafen dazu abgerichtet hatte, ihre Instinkte zu beherrschen. Man hatte mich immer nur sanft zurechtgewiesen, wenn ich, wie sie, einmal meinen Leidenschaften nachgab – ich tat es nur, wenn es ausschließlich um mich ging –, und so war ich gehorsam und gesellig, weil es mir so gefiel; anders hätte ich mich geschämt.
Ein einziges Mal habe ich mich undankbar gezeigt und großen Kummer darüber empfunden. Eine Epidemie wütete im Land, die Familie zog fort und nahm die Kinder mit, und da man fürchtete, ich würde sehr traurig sein, sagte man mir vorher nichts davon. Eines Morgens fand ich mich plötzlich allein mit dem Hausdiener. Er kümmerte sich um mich, aber er war zu sehr mit seinen eigenen Angelegenheiten beschäftigt, um daran zu denken, mich zu trösten; vielleicht wußte er auch nicht, wie er das anstellen sollte. Jedenfalls verfiel ich der Verzweiflung. Das verödete und bitterkalte Haus war für mich wie ein Grab. Ich habe nie unmäßig viel gefressen, aber nun verlor ich gänzlich den Appetit und wurde so mager, daß meine Rip-

pen hervortraten. Nach einer Zeit, die mir unendlich lang vorgekommen war, erschien meine alte Herrin wieder, um die Rückkehr der Familie vorzubereiten. Ich verstand nicht, warum sie allein kam, ich glaubte, der Sohn und die Kinder würden nie wiederkommen, und so konnte ich mich nicht dazu bereitfinden, auch nur die geringste Freude zu zeigen. Sie ließ in ihrem Zimmer Feuer machen und rief mich zu sich, damit ich mich wärmen konnte. Dann schrieb sie die Befehle für den Diener auf, und ich hörte, wie sie sagte:

›Haben Sie ihm denn nichts zu essen gegeben? Er ist ja schrecklich mager geworden. Bringen Sie mir Brot und Suppe!‹

Aber ich weigerte mich zu essen. Der Hausdiener berichtete von meinem Kummer, und sie streichelte mich lange und zärtlich, aber sie konnte mich nicht trösten. Sie hätte mir sagen müssen, daß es den Kindern gutging und daß sie und der Herr zurückkommen würden. Aber sie dachte nicht daran, ging fort und klagte über meine Zurückhaltung, die ihr unverständlich war. Einige Tage später kam sie jedoch mit der Familie wieder zurück, und als sie an den Zärtlichkeiten, mit denen ich vor allem die Kinder überschüttete, merkte, daß ich durchaus ein treues und empfindsames Herz hatte, schenkte sie mir wieder ihre Gunst.

In meinen alten Tagen fiel noch einmal ein Sonnenstrahl auf mein Leben, als die kleine Hündin Lisette ins Haus kam. Zuerst stritten sich die Kinder um sie, aber dann überließ die Ältere sie der Schwester, indem sie sagte, sie würde einen altbewährten Freund wie mich allen neuen Bekanntschaften vorziehen. Lisette war sehr nett zu mir, und ihre jugendlichen Scherze brachten etwas Heiterkeit in meinen Lebensabend; sie war aber auch quirlig und tyrannisch und biß mich in die Ohren, daß es weh tat und ich jaulen mußte. Ich war ihr nicht böse – sie war so drollig in ihrer wilden Ausgelassenheit! Sie brachte mich sogar dazu, mit ihr herumzuspringen. Meine große Liebe aber galt dem jungen Mädchen, das mich Lisette vorzog und gut und lehrreich mit mir redete, wie es einst ihre Großmutter getan hatte.

An meine letzten Lebensjahre und meinen Tod kann ich mich nicht mehr erinnern. Ich nehme an, daß ich, umsorgt und mit Zuspruch bedacht, sanft entschlafen bin. Man hat gewiß geahnt, daß ich würdig war, nun ein Mensch zu werden, denn man hat immer gesagt, mir fehle nur noch die Sprache. Ich weiß aber nicht, ob ich den Abstand sofort überwand, auch nicht, wann und in welcher Form ich wiedergeboren wurde. Ich glaube nicht, daß ich noch einmal ein Leben als Hund geführt habe, denn das, von dem ich eben berichtet habe, scheint mir nur sehr kurz zurückzuliegen. Und die Kleidung, die Lebensgewohnheiten, die Gedanken, die ich im jetzigen Leben vorfinde, unterscheiden sich nicht wesentlich von denen, die ich als Hund beobachtet habe.«

Der Ernst, mit dem unser Nachbar gesprochen hatte, hatte uns veranlaßt, ihm aufmerksam und ehrerbietig zuzuhören. Wir waren alle verwundert und fasziniert. Als wir aber bettelten, er solle uns noch ein anderes Leben erzählen, sagte er:

»Für heute ist es genug. Ich werde versuchen, meine Erinnerungen zu ordnen, und vielleicht erzähle ich euch ein andermal wieder aus einem früheren Leben.«

DIE GÖTTLICHE BLUME

Für Aurore Sand

Ein paar Tage, nachdem uns Monsieur Lechien seine Geschichte erzählt hatte, trafen wir ihn bei einem reichen Engländer wieder, der viel in Asien gereist war und gern von den interessanten und merkwürdigen Dingen erzählte, die er dort gesehen hatte.

Als er berichtete, wie man in Laos Elefanten jagt, fragte ihn Monsieur Lechien, ob er jemals selbst eines dieser Tiere getötet hätte.

»Nein, nie!« antwortete Sir William, »ich hätte es mir nie verziehen. Der Elefant schien mir immer durch Intelligenz und Urteilsvermögen dem Menschen so nahe zu stehen, daß ich gefürchtet hätte, eine Seele auf ihrem Weg der Wandlung zu stören.«

»Stimmt, Sie haben ja lange in Indien gelebt«, bemerkte jemand, »da teilen Sie sicher auch die Ansicht über die Seelenwanderung, die Monsieur Lechien uns neulich mehr phantasievoll als wissenschaftlich dargelegt hat.«
»Die Wissenschaft ist die Wissenschaft«, erwiderte der Engländer. »Ich schätze sie unendlich hoch ein, aber ich glaube, wo sie die Frage der Seelenwanderung behandeln will, sei es zustimmend oder ablehnend, verläßt sie ihr Gebiet und kann nichts ausrichten. Ihr Feld ist die Prüfung konkreter Fakten, von denen ausgehend sie dann auf bestehende Gesetze schließt. Jenseits dieses Feldes kann sie keine Zuverlässigkeit mehr beanspruchen. Woher diese Gesetze kommen, das entzieht sich ihren Forschungsmöglichkeiten, und ich meine, daß es der wissenschaftlichen Lehre auch grundsätzlich widerspricht, die *Existenz* oder *Nichtexistenz* irgendeines Prinzips beweisen zu wollen. Außerhalb der fachlichen Beweisführung steht es dem Gelehrten frei, etwas zu glauben oder nicht zu glauben. Doch die Forschung nach dem Prinzip ist eher eine Sache für denkfähige Menschen mit Einfühlungsvermögen und Vorstellungskraft. Es ist wahr, daß die Überlegungen und Thesen der letzteren nur stichhaltig sind, wenn sie das miteinbeziehen, was die Wissenschaft in der Welt der Tatsachen herausgefunden hat. Aber dort, wo die Wissenschaft uns nicht weiterhelfen kann, sind wir frei, die Tatsachen, wie Sie es ausdrücken, mit der Phantasie zu interpretieren; ich verstehe darunter eine idealistische Betrachtungsweise, die sich auf Schlüsse gründet, auf das Denkvermögen und auf das Gefühl für die Gleichgewichtskräfte und die gestalterischen Kräfte des Universums.«
»Sie sind also«, fragte derjenige, der Sir William zuvor schon angesprochen hatte, »Sie sind also Buddhist?«
»In gewisser Weise, ja«, sagte der Engländer, »... aber wir könnten eigentlich für die Kinder, die uns zuhören, ein unterhaltsameres Gesprächsthema finden.«
»Mich interessiert es aber, und gefallen tut's mir auch!« sagte ein kleines Mädchen. »Können Sie mir sagen, was ich

war, bevor ich ein kleines Mädchen geworden bin?«
»Du bist ein kleiner Engel gewesen«, antwortete Sir William.
»Nein, ich will keine Komplimente«, meinte das Mädchen darauf, »ich glaube aber, ich bin einfach ein Vogel gewesen, denn mir scheint, ich trauere immer noch den Zeiten nach, wo ich auf den Bäumen herumflog und immer nur getan habe, was ich wollte.«
»Nun gut«, meinte Sir William, »dieses Bedauern könnte auf eine Erinnerung hindeuten. Jeder von uns hat eine Vorliebe für ein bestimmtes Tier und glaubt zu wissen, wie es sich fühlt, als hätte er selbst schon einmal als ein solches Tier gelebt.«
»Und was ist Ihr Lieblingstier?« fragte ich ihn.
»Solange ich Engländer war«, sagte er, »habe ich das Pferd am meisten bevorzugt. Als ich dann Inder geworden bin, habe ich dem Elefanten den ersten Platz eingeräumt.«
»Aber sind die Elefanten nicht häßlich?« fragte ein kleiner Junge.
»Nun, nach unseren Vorstellungen von Ästhetik schon. Unser Vorbild für den Vierfüßler ist das Pferd oder der Hirsch. Wir lieben harmonische Proportionen, denn wir haben stets das Bild des Menschen als höchsten Ausdruck dieser Harmonie vor Augen. Haben wir aber die milderen Breiten einmal verlassen und befinden uns in einer üppiger wuchernden Natur, ändert sich unser Geschmack. Unser Blick begegnet anderen Formen, unser Geist versetzt sich in frühere, grandiosere Zeiten der Schöpfungsgeschichte, unsere Augen und unsere Gedanken erschrecken nicht mehr vor ihrer Urwüchsigkeit. Der dunkelhäutige Inder wirkt klein und zerbrechlich, und der Engländer mit seiner rosa Haut und seinem kräftigen Körperbau wirkt imposanter als in seinem Heimatland, aber beide, ob sie in einer Schilfhütte wohnen oder in einem Marmorpalast, verschwinden in der überwältigenden Kulisse der Natur wie unbedeutende Details. Das künstlerische Auge verspürt das Bedürfnis nach Dimensionen, die über die menschli-

chen hinausgehen, und ist voller Bewunderung für Lebewesen, die sich unter der glühenden Sonne zu riesenhafter Größe entwickelt haben, während die Menschen zu Zwergen geworden sind. Wo es so gewaltige Felsen, eine so wild wuchernde Vegetation, so unzugängliche Wüsten gibt, wird die Macht des Menschen bedeutungslos, und das Monströse wird für das Auge Ausdruck höchster Harmonie einer höchst erstaunlichen Welt ...
Überall in Indien wird der Elefant verehrt. In irgendeiner Form wurde sein Kult immer gepflegt. Seine Darstellung ist erstaunlich vielfältig, und je nach der Auffassung des Künstlers bringt er die bedrohliche Macht oder aber die Milde und Güte der Gottheit zum Ausdruck, die er vertritt. Was immer frühere Reisende gesagt haben, ich glaube nicht, daß er jemals selbst als Gott verehrt, sondern daß er als Symbol- und Kulttier betrachtet wurde und heute noch wird. In den Tempeln von Siam wurde der weiße Elefant immer als ein heiliges Tier verehrt.«
»Erzählen Sie vom weißen Elefanten!« riefen die Kinder. »Ist er wirklich weiß? Haben Sie ihn gesehen?«
»Ja, ich habe ihn gesehen, und als ich ihn mir einmal bei einem Siegesfest ansah, bei dem er anscheinend den Ehrenplatz einnahm, ist mir etwas Merkwürdiges zugestoßen.«
»Was denn?« wollten die Kinder wissen.
»Ich zögere, euch davon zu erzählen. Nicht etwa, weil ich fürchte, in einer so ernsten Sache verspottet zu werden. Aber vielleicht kann ich euch nicht von meiner Aufrichtigkeit überzeugen, und man wirft mir vor, ich würde einen Roman erfinden, um mit der eindrucksvollen Geschichte von Monsieur Lechien zu wetteifern.«
»Erzählen Sie nur! Erzählen Sie! Wir sind ganz still und hören ganz brav zu.«
»Also, meine Kinder«, erzählte der Engländer, »es war so: Ich sah, wie der heilige Elefant, begleitet vom Klang der Instrumente, denen er mit seinem Rüssel den Takt angab, gemessen und majestätisch daherschritt und einige Inder, die wahrhaft wie Diener eines Monarchen wirkten, rote

und goldene Sonnenschirme über seinem Kopf balancierten. Während ich so zusah, versuchte ich, aus seinem ruhigen Blick zu erraten, was er dachte, und plötzlich kam es mir so vor, als würde eine Reihe von vergangenen Leben, dem menschlichen Gedächtnis sonst nicht zugänglich, nun in das meine zurückkehren.«

»Wie! Sie glauben ...?«

»Ich glaube, daß manche Tiere uns deshalb so versonnen vorkommen, weil sie sich erinnern. Die Vorsehung begeht keinen Irrtum. Der Mensch vergißt, weil er so viel zu tun hat, daß ihn die Erinnerung nur stören würde. Er steht am Ende einer Reihe von nachdenklichen Lebewesen, er denkt wirklich und träumt nicht mehr nur vor sich hin. Kaum geboren, unterliegt er dem Gesetz des Fortschritts und der Arbeit. Er muß das Vergangene hinter sich lassen und sich ganz der Gestaltung der Zukunft widmen. Das Gesetz, das ihm diese Aufgabe zugedacht hat, muß ihm demgemäß auch die Fähigkeit entziehen, zurückzublicken und seine Kraft in nutzlosem Bedauern und fruchtlosem Vergleichen zu verschwenden.«

»Wie dem auch sei«, warf Monsieur Lechien lebhaft ein, »erzählen Sie von Ihren Erinnerungen! Es ist für mich von großer Bedeutung zu erfahren, daß Sie ein Erlebnis kennen, wie ich es auch aus meinem Leben kenne.«

»Einverstanden«, erwiderte Sir William. »Auch mich hat Ihre Geschichte sehr bewegt und beeindruckt, muß ich sagen. Denn selbst wenn es nur ein simpler Traum gewesen wäre, der mich während der Zeremonie mit dem heiligen Elefanten überkam, so war er doch so deutlich und überraschend, daß ich auch nicht die kleinste Einzelheit vergessen habe. Auch ich war ein Elefant gewesen, noch dazu ein weißer Elefant und daher ein heiliger Elefant, und ich überblicke mein ganzes Leben, angefangen bei meiner frühesten Kindheit in den Dschungelwäldern der Halbinsel Malakka.

In dieses Land, den damaligen Europäern fast völlig unbekannt, gehen meine ersten Erinnerungen zurück. Es muß die Zeit der Hochblüte des Buddhismus gewesen sein, lange vor der Eroberung durch die Europäer. Ich lebte in einer fremdartigen Wildnis auf der ›Goldhalbinsel‹ der Alten; sie hat dreihundertsechzig Meilen Länge und durchschnittlich dreißig Meilen Breite und ist eigentlich nur eine ins Meer gesetzte und mit Wäldern bewachsene Gebirgskette. Die Berge sind nicht sehr hoch, der Ophir würde nicht einmal an den Puy de Dôme heranreichen, aber durch ihre einsame Lage zwischen zwei Meeren wirken sie sehr imposant. Viele Berghänge sind den Menschen nicht zugänglich. Dennoch jagen dort heute die Küstenbewohner, Malaien und andere, unerbittlich wilde Tiere, und man kann billig Elfenbein und andere Waren kaufen, die aus den unwegsamen Regionen billig exportiert werden. Der Mensch ist dort aber noch nicht überall der Natur überlegen, und als ich dort lebte, war er es noch viel weniger.

Ich wuchs frei und glücklich in den Bergen auf, unter einem leuchtenden, glühenden und klaren Himmel, in den Höhen erfrischt von der Meeresbrise. Wie schön war das malaiische Meer mit seinen Tausenden von smaragdgrünen Inseln und alabasterweißen Klippen über dem dunklen Blau der Fluten! Welcher Horizont lag vor uns, wenn wir von unseren Felsheiligtümern herab in die endlosen Weiten blickten! In der Regenzeit genossen wir im Schutz der riesigen Bäume ihre warmen, saftigen Blätter. Es war die milde Jahreszeit, und die Andacht der Natur erfüllte uns mit heiterer Ruhe. Die reiche Vegetation, vom heißen Sommer nicht geschwächt, schien unsere Wonne zu teilen und aus der Quelle des Lebens neue Kraft zu schöpfen. Schöne Lianen verschiedenster Art schlangen ihre abenteuerlichen Mäander durch die Zweige der Zimtbäume und die blühenden Gardenien. Wir schliefen im duftenden Schatten von Mangroven- und Bananen-, Balsam- und Zimtbäumen. Es gab Pflanzen in Hülle und Fülle, um unseren großen und anspruchslosen Hunger zu stillen. Wir mieden die heimtückischen Raubtiere, Tiger durften sich unseren Weideplätzen nicht nahen. Antilo-

pen, Gazellen und Affen suchten bei uns Schutz, die wunderschönsten Vögel setzten sich auf uns und halfen uns bei der Toilette, und der *noctariam,* ein Riesenvogel, den es heute vielleicht gar nicht mehr gibt, teilte friedlich mit uns unser Mahl.
Wir lebten allein, meine Mutter und ich, wir mischten uns nicht unter die vielen in Gruppen lebenden gewöhnlichen Elefanten, die kleiner waren als wir und eine andere Haut hatten. Ob wir einer anderen Rasse angehörten, wußte ich nicht. Jedenfalls sind weiße Elefanten so selten, daß sie als etwas Außergewöhnliches betrachtet werden. Die Inder halten sie für die Inkarnation einer Gottheit. Wenn einer der weißen Elefanten in einem Hindutempel stirbt, bekommt er ein ehrenvolles Begräbnis wie ein König, und oft vergehen viele Jahre, bis ein Nachfolger für ihn gefunden wird.
Erschreckte unsere Größe die anderen Elefanten? Wir waren sogenannte Einzelgänger, lebten nicht in einer Gruppe mit einem Führer, und nie wurde uns der Platz streitig gemacht, an dem wir uns aufhielten. Wir wanderten auf unserem Gebirgskamm von einem Gebiet zum anderen und wechselten das Klima je nach Laune und Nahrungsbedarf, wobei wir die Ruhe der schattigen Gipfel dem tückischen Dunkel des Dschungels vorzogen, der von grausigen Schlangen bewohnt war und gespickt mit Kakteen und anderen stacheligen Pflanzen, die von lästigen Insekten wimmelten. Wenn wir unter großen Bambusbäumen nach Zuckerrohr suchten, blieben wir manchmal stehen, um auf die Mangroven an der Küste hinunterzusehen, aber meine Mutter war mißtrauisch und schien schon zu ahnen, daß unser weißes Kleid die Blicke der Menschen auf sich zog, und wir kehrten rasch wieder zu den Betelnuß- und Kokospalmen zurück, die wie Aussichtstürme über den Dschungel hinauswuchsen, als wollten sie ihre majestätisch aufgefächerten, fünf Meter langen Palmzweige frei in reinerer Luft wiegen können.
Meine gute Mutter liebte mich zärtlich, nahm mich überall

hin mit und war nur für mich da. Sie lehrte mich, die Sonne anzubeten, und so kniete ich mich jeden Morgen, wenn sie strahlend aufging, nieder, hob meinen weißen, glänzenden Rüssel empor und begrüßte den Vater und König der Erde. Wenn dann die purpurne Morgenröte meine feine Haut färbte, sah mich meine Mutter voller Bewunderung an. Wir hegten nur erhabene Gedanken, und unser unschuldiges Herz war weit von Liebe.

Glückliche Tage, allzubald verflogen!

Eines Morgens zwang uns der Durst, das Bett eines der Wildbäche hinabzusteigen, die von den Bergen herab in schnellem Lauf oder anmutig plätschernd ins Meer hinunterfließen. Es war gegen Ende der Trockenperiode. Die Quelle auf dem Gipfel des Ophir führte nicht einen einzigen Tropfen Wasser mehr in ihrem Moosbett. Wir mußten zum Rand des Dschungels, wo der Wildbach einige kleine Seen bildete, die wie trübe Diamanten zwischen meergrünen Cochenillekakteen verstreut lagen. Plötzlich wurden wir von ungewohnten Schreien überrascht, und mir unbekannte Wesen, Männer und Pferde, stürzten auf uns zu. Die bronzefarbenen Männer sahen aus wie Affen und machten mir keine Angst, und ihre Tiere näherten sich uns nur mit Furcht und Zagen. Außerdem schien mir keine Todesgefahr zu drohen, unser weißes Kleid flößte selbst den wilden und grausamen Malaien Respekt ein. Sie wollten uns einfangen, aber sie wagten nicht, sich ihrer Waffen zu bedienen. Erst drängte meine Mutter sie würdevoll und ohne Zorn zurück, denn sie war sicher, daß sie sie nicht fangen konnten. Dann kamen sie aber auf den Gedanken, daß es mit mir leichter wäre, denn ich war noch sehr jung, und sie versuchten, Lassos um meine Beine zu werfen. Meine Mutter stellte sich zwischen sie und mich und verteidigte mich verzweifelt. Als die Jäger sahen, daß sie sie töten mußten, um mich zu kriegen, schossen sie ihr einen Hagel von Wurfspießen in die mächtigen Flanken, und ich sah voll Entsetzen, wie Ströme von Blut ihr weißes Kleid hinunterrieselten.

Ich hätte sie gern verteidigt und gerächt, aber sie hinderte mich daran, sie drängte mich hinter sich und bot die Flanke, um mich wie ein Schutzwall zu decken. So blieb sie, durchbohrt von Pfeilen, stehen, reglos vor Schmerz und stoisch stumm, als würde sie den tödlichen Geschossen trotzen, bis ihr Herz getroffen wurde und seinen letzten Schlag tat. Sie stürzte in sich zusammen wie ein Berg, die Erde dröhnte unter ihrem Gewicht. Ihre Mörder eilten herbei, um mich zu fesseln. Ich leistete keinerlei Widerstand. Hilflos angesichts des Leichnams meiner Mutter, denn ich wußte nichts vom Tod, streichelte ich sie jammernd und flehte sie an, aufzustehen und mit mir zu fliehen. Sie atmete nicht mehr, nur Ströme von Tränen flossen noch aus ihren erloschenen Augen. Man warf mir ein grobes Tuch über den Kopf, ich konnte nichts mehr sehen, und meine vier Beine waren mit vier Stricken aus Hirschleder gebunden. Ich wollte gar nichts wissen und wehrte mich nicht, ich weinte nur. Ich spürte meine Mutter bei mir, ich wollte mich nicht von ihr trennen und legte mich neben sie. Aber man schleppte mich fort, wie und wohin, daß weiß ich nicht. Ich glaube, man hatte sämtliche Pferde eingespannt, um mich auf dem Sand zum Ufer hinunterzuziehen, wo man mich in einer Art Grube allein ließ. Ich weiß nicht, wie lange ich da blieb, ohne Nahrung, von Durst gequält und von blutgierigen Fliegen gepeinigt. Ich war schon ziemlich stark, ich hätte eine Wand des Erdlochs mit meinen Vorderbeinen eintrampeln und mir einen Pfad bahnen können, wie es mich meine Mutter auf Steilhängen gelehrt hatte, aber dessen wurde ich lange nicht gewahr. Ich wußte nicht, daß es den Tod gab, aber ich haßte das Leben und es drängte mich nicht, es fortzusetzen. Endlich jedoch gewann mein Instinkt die Oberhand, und ich stieß wilde Schreie aus. Darauf brachte man mir Zuckerrohr und Wasser. Ich sah besorgte Gesichter, die sich über den Rand der Grube beugten, in der ich stand. Sie schienen sich zu freuen, daß ich aß und trank. Sobald ich jedoch wieder etwas zu Kräften gekommen war,

packte mich der Zorn, und ich erfüllte Himmel und Erde mit laut tönenden Schreien. Da entfernten sie sich. Ich riß die eine Wand meines Gefängnisses ein und glaubte in die Freiheit zu gelangen, aber da befand ich mich in einem Gitterkäfig aus großen Bambusstäben, die durch Lianen so fest zusammengebunden waren, daß ich nicht einen von ihnen ins Wanken bringen konnte. Ich verbrachte mehrere Tage hartnäckig mit dem vergeblichen Versuch, aber das hinterhältige und geschickte Werk der Menschen widerstand mir. Man brachte mir zu essen und zu trinken und sprach freundlich mit mir, aber ich hörte nicht zu. Ich wollte meine Feinde überfallen, ich rammte meine Stirn mit furchtbarem Krachen gegen die Mauern meines Gefängnisses, aber ich konnte sie nicht erschüttern. Wenn ich allein war, dann allerdings aß ich. Das gebieterische Gesetz des Lebens siegte über meine Verzweiflung, und wenn die Müdigkeit meine Kräfte überwand, schlief ich auf dem frischen Gras, das man in meinem Käfig aufgeschüttet hatte.
Eines Tages dann betrat ein kleiner, dunkelhäutiger Mann, nur mit einem weißen Sarong bekleidet, allein und mit selbstsicherem Schritt mein Gefängnis. Er trug eine Schale mit gesalzenem Reismehl, das mit einer öligen Masse vermischt war, hielt sie mir auf Knien entgegen und sagte mit sanfter Stimme Worte, aus denen ich so etwas wie Zuneigung und Verehrung heraushören konnte. Ich ließ mich von ihm eine Weile bitten, dann besiegte mich sein Flehen, und ich aß in seiner Gegenwart. Während ich das Gericht verschlang, das sehr erfrischend war, fächerte er mir mit einem Palmzweig Luft zu und sang ein trauriges Lied, das mich sehr erstaunte. Etwas später kam er mit einer kleinen Flöte aus Schilfrohr und spielte eine klagende Melodie, die mir zeigte, daß ich ihm Mitleid einflößte. Bald ließ ich ihn meine Stirn und meine Ohren küssen, und nach und nach erlaubte ich ihm auch, mich zu waschen, mich von meinen lästigen Dornen zu befreien und zwischen meinen Beinen zu sitzen. Nach einer gewissen Zeit begann ich zu spüren,

daß er mich liebte und daß ich ihn auch liebte. Ich war gezähmt. Die Vergangenheit entschwand langsam meinem Gedächtnis, und ich folgte ihm bis zur Küste, ohne zu versuchen, ihm zu entfliehen.
Zwei Jahre, glaube ich, lebte ich allein mit ihm. Er sorgte so zärtlich für mich, daß er mir meine Mutter ersetzte und ich seine Gegenwart nicht mehr entbehren konnte. Dennoch war ich nicht sein Eigentum. Die reichsten Radschas von Indien würden hohe Summen bieten, sobald sie von meiner Existenz erfahren hatten, und den Preis würde der Stamm, der mich gefangen hatte, unter sich aufteilen. Es wurde beratschlagt, wie man so viel wie möglich aus dem Geschäft mit mir herausschlagen könnte. Der Stamm schickte Abgesandte an alle Fürstenhöfe der beiden Halbinseln, um mich an den Meistbietenden zu verkaufen, und bis zu ihrer Rückkehr war ich dem jungen Mann namens Aor anvertraut, der angeblich am geschicktesten und besten mit Tieren meiner Art umgehen konnte. Er war kein Jäger und also an der Ermordung meiner Mutter nicht beteiligt gewesen, und so konnte ich ihn ohne Gewissensbisse lieben.
Bald verstand ich die menschliche Sprache, in der er unausgesetzt mit mir redete. Die einzelnen Wörter konnte ich zwar nicht unterscheiden, aber die vielen verschiedenen Betonungen der Silben enthüllten mir seine Gedanken so klar, als verstünde ich seine Worte. Später verstand ich diese Musik des menschlichen Sprechens auch in jeder anderen Sprache, die mir zu Ohren kam, und wenn es von einer Stimme gesungene oder von Instrumenten hervorgebrachte Musik war, verstand ich sie noch besser.
So erfuhr ich von meinem Freund, daß ich den Blicken der Menschen entzogen werden mußte, denn jeder, der mich sähe, würde in Versuchung kommen, ihn zu töten und mich fortzuschleppen. Wir wohnten jetzt in der Provinz Tenasserim, in der verlassensten Gegend der Mogh-Berge, gegenüber dem Mergui-Archipel. Tagsüber blieben wir in den Felsen verborgen, erst nachts gingen wir aus. Dann

stieg Aor auf meinen Rücken und lenkte mich zum Bad. Alligatoren und Krokodile brauchte er nicht zu fürchten, es war mir ein leichtes, mit meinen Füßen ihren Kopf im Sand zu zerdrücken. Nach dem Bad streiften wir durch die Hochwälder. Ich suchte Zweige, die mir schmeckten, pflückte Früchte für Aor und reichte sie ihm mit dem Rüssel. Außerdem sammelte ich den Vorrat für den nächsten Tag. Besonders liebte ich frische Rinde. Ich war geradezu bewundernswert geschickt darin, sie bis zur feinsten Faser vom Baum abzulösen. Dazu brauchte ich aber Zeit, und so versorgte ich mich mit Zweigen für die Mußestunden am Tage, wenn ich nicht schlief. Die waren allerdings recht kurz, muß ich sagen; der allein lebende Elefant ist vornehmlich ein Nachtschwärmer.
Mein Leben verlief ruhig und war ganz auf die Gegenwart gerichtet. Über die Zukunft machte ich mir keine Gedanken. Nur über mich selbst mußte ich eines Tages nachdenken, als die Männer des Stammes eine Gruppe wilder Elefanten in mein Bambusgehege brachten, die sie mit Fakkeln und lautem Trommel- und Paukenlärm in diese Falle getrieben hatten. Zuvor hatten sie zahme Tiere hergebracht, die den Jägern helfen sollten, die Gefangenen zu bändigen, und sie halfen ihnen in der Tat sehr geschickt, damit man ihnen nacheinander die vier Beine fesseln konnte. Einige männliche Tiere jedoch, vor allem Einzelgänger, waren so wütend, daß man beschloß, mich den Jägern beizugesellen, damit sie mit ihnen fertig werden konnten. Sie zwangen also meinen lieben Aor, auf meinen Rücken zu steigen, und er gehorchte, wenn auch mit heftigstem Widerwillen. Da erwachte mein Gerechtigkeitsgefühl, und ich schauderte vor dem, was man mir zumuten wollte. Die wilden Elefanten waren mir wenn nicht ebenbürtig, so doch artgleich, und die fügsamen, die bei der Versklavung ihrer Brüder halfen, schienen mir weit unter ihrer und meiner Würde. Voll Verachtung und Entrüstung ging ich auf sie los und begann, die Gefangenen so energisch zu verteidigen, daß man davon absehen mußte, mich für eine

so erniedrigende Aufgabe zu benutzen. Ich wurde aus dem Gehege entlassen, und mein Aor überschüttete mich mit Lob und Zärtlichkeit.
›Daran könnt ihr sehen, daß er ein heiliges Tier ist!‹ rief er seinen Kameraden zu. ›Nie ist ein weißer Elefant zu groben oder gewalttätigen Arbeiten gezwungen worden. Er ist weder für die Jagd geeignet noch für den Krieg, weder als Lasttier noch als Reittier. Nicht einmal Könige gestatten es sich, auf ihm zu sitzen. Und ihr meint, er soll sich dazu hergeben, euch beim Bändigen von Tieren zu helfen? Ihr vergeht euch gegen seine Würde, die ihr nicht erkennt. Dafür werdet ihr die Rache böser Geister auf euch ziehen!‹
Als man meinem Freund vorhielt, er hätte mich selbst ja schließlich auch gezähmt, entgegnete er: ›Ich habe ihn mit sanften Worten und dem Klang meiner Flöte gezähmt, und nur so. Wenn er mir erlaubt, auf ihm zu reiten, so nur, weil er in mir seinen treuen Diener erkannt hat, seinen Mahaut, den ihm ergebenen Elefantenführer. Sollte man uns eines Tages trennen, wird einer von uns sterben, das merkt euch. Und ihr könnt dann nur wünschen, daß ich es sein werde. Denn vom Segen der Göttlichen Blume hängen Reichtum und Ruhm eures Stammes ab.‹
›Göttliche Blume‹, das war der Name, den er mir gegeben hatte, und niemand hätte ihn mir je abzusprechen gewagt. Die Worte meines Mahauts waren mir tief ins Innere gedrungen. Ich spürte, daß man mir ohne ihn meine Würde genommen hätte und fühlte mich darum nur noch um so stolzer und unabhängiger. Ich nahm mir vor – und ich habe mich an diesen Vorsatz stets gehalten –, nie etwas zu tun, ohne seinen Rat einzuholen, und wir waren beide immer darauf bedacht, jeden von uns fernzuhalten, der uns nicht mit tiefstem Respekt behandelte. Man hatte Aor angeboten, mir die schönsten und bestdressierten Elefanten zur Gesellschaft zu geben, aber ich weigerte mich strikt, sie neben mir zu dulden. Ich blieb allein mit Aor, und ich langweilte mich niemals mit ihm.
Ich war ungefähr fünfzehn Jahre alt, und meine Körper-

größe überstieg bereits beträchtlich die der erwachsenen indischen Elefanten, als unsere Gesandten zurückkehrten und verkündeten, daß der Radscha von Birma das höchste Angebot gemacht hatte und der Handel abgeschlossen sei. Man war umsichtig gewesen und hatte sich nicht an einen der Herrscher im Königreich Siam gewandt, denn der hätte mich wahrscheinlich verlangt, ohne etwas bezahlen zu wollen, da ich auf seinem Gebiet geboren war. Ich war also dem König von Pagan zugesprochen und wurde nachts auf mysteriöse Weise entlang der Küsten von Tenasserim bis Martaban gebracht, von wo aus wir über die Karenischen Berge zu den schönen Ufern des Flusses Irawadi gelangten.

Es fiel mir schwer, mein Vaterland und meine Wälder zu verlassen, und ich hätte mich nie dazu bereit gefunden, hätte Aor mir nicht auf seiner Flöte mitgeteilt, daß an den fremden Küsten Ruhm und Glück mich erwarteten. Während der Reise wollte ich ihn nicht einen Augenblick von meiner Seite lassen; kaum erlaubte ich ihm, von meinem Rücken herunterzusteigen, und zum Schlafen legte er sich zwischen meine Beine, damit mich nicht Unruhe quälte. Auch war ich eifersüchtig und ließ ihn keine andere Nahrung annehmen als die, die ich ihm reichte. Ich wählte für ihn die schmackhaftesten Früchte und reichte ihm mit dem Rüssel den Becher, den ich selbst für ihn mit reinstem Wasser gefüllt hatte. Ich fächerte ihm mit großen Blättern Luft zu, und wenn wir durch den Dschungel kamen, schlug ich das dornige Strauchwerk zur Seite, damit es ihn nicht verletzen konnte. Ich tat alles so, wie ein gut dressierter Elefant es tut, und noch besser, aber ich tat es aus freiem Willen, nicht gewohnheitshalber, sondern für meinen besten und einzigen Freund.

An der birmanischen Grenze empfing mich eine Gesandtschaft des Herrschers. Das Zeremoniell, das dabei abgehalten wurde, versetzte mich in Furcht und Sorge. Ich sah, wie man den malaiischen Jägern, die mich begleitet hatten, Gold und Geschenke gab und sie verabschiedete. Würde ich nun auch von Aor getrennt? Meine Erregung stieg beängstigend, ich nahm gegen die hohen Würdenträger, die sich mir ehrfurchtsvoll nahten, eine drohende Haltung ein. Aor verstand, was mich bewegte, erklärte ihnen, wovor ich Angst hatte und sagte, ich würde ihnen niemals folgen, wenn man uns trennen würde. Darauf kam einer der Minister, die mit meinem Empfang beauftragt waren, aus seinem Zelt, in dem er bisher gewartet hatte, zog seine Sandalen aus und überreichte mir kniend einen Brief des Königs von Birma, der mit blauer Farbe auf ein langes goldenes Palmblatt geschrieben war. Der Minister schickte sich an, ihn mir vorzulesen, aber ich nahm ihm den Brief aus der Hand und gab ihn meinem Mahaut, damit er ihn mir übersetzen konnte. Dem aber war es nicht erlaubt, das heilige Blatt zu berühren, da er einer niederen Kaste angehörte, und so bat er mich, es Seiner Exzellenz dem Herrn Minister zurückzugeben, was ich auch sogleich tat, um damit meine Wertschätzung und meine Freundschaft für Aor zum Ausdruck zu bringen. Der Minister nahm den Brief wieder entgegen, ein goldener Schirm wurde über ihm aufgespannt, und er las:

›Mächtiger, Geliebter und Verehrter Weißer Elefant mit dem Namen Göttliche Blume! Seid so huldvoll, Wir bitten Euch, in der Hauptstadt Unseres Reiches wohnen zu wollen, in der Euch ein würdiger Palast bereitet ist. Mit diesem königlichen Schreiben gewähre ich, der Herrscher von Birma, Euch ein Lehen als Euren Besitz, einen Minister, der Euch in allem zu Diensten sein wird, ein Haus mit zweihundert Personen, ein Gefolge von fünfzig Elefanten, soviel Pferde und Rinder, wie für Euren Dienst nötig sein werden, sechs goldene Sonnenschirme, eine Gruppe von Musikanten und alle Ehren, die einem Heiligen Elefanten, der Freude und dem Ruhm seines Volkes, gebühren.‹

Man zeigte mir das königliche Siegel. Da ich aber völlig ungerührt und gleichgültig blieb, wurde mein Mahaut gefragt, ob ich die Angebote des Herrschers akzeptieren würde oder nicht. Aor antwortete, man müsse mir versprechen, mich niemals von ihm zu trennen. Der Minister beriet sich mit seinen Amtskollegen und versprach dann, was ich gefordert hatte. Nun zeigte ich große Freude, streichelte mit dem Rüssel den königlichen Brief, den goldenen Sonnenschirm und ein wenig auch das Gesicht des Ministers, der sein Glück darüber äußerte, mich zufriedengestellt zu haben.

Obwohl müde von der langen Reise, wollte ich mich doch gleich auf den Weg machen, um meinen neuen Wohnsitz in Augenschein zu nehmen und meinen ranggleichen Amtsbruder, den König von Birma, kennenzulernen, und so traten wir die lange Reise den Fluß hinauf an. Es wurde ein wahrer Triumphzug. Der Fluß Irawadi war unvergleichlich schön. Er floß bald friedlich, bald rasch zwischen Felsen dahin, die mit mir ganz unbekannten Pflanzen bewachsen waren, denn wir bewegten uns nach Norden, und die Luft wurde kühler, wenn nicht sogar klarer als die in meiner Heimat. Alles sah anders aus als dort. Es war nicht mehr die stille, majestätische Wildnis, es war eine Welt glanzvoller Feste. Auf dem Fluß schwammen unzählige Barken, deren Heck sich wie ein Horn nach oben bog und die geschmückt waren mit goldenen Seidenbändern. Ihnen folgten Fischerboote, verziert mit Blattwerk und Blumen. Reiche Leute kamen an den Ufern aus ihren prächtigen Villen, knieten sich nieder, wenn ich vorbeizog, und entzündeten Räucherwerk. Musikgruppen und Priester liefen aus den Pagoden herbei und mischten ihre Gesänge in die Klänge des Orchesters, das mir vorauszog.

Wir fuhren in kurzen Tagesreisen, um mich nicht zu übermüden, und zwei- bis dreimal am Tag wurde angehalten, damit ich mein Bad nehmen konnte. Nicht immer gab es eine Furt am Ufer. Aor ließ mich mit dem Rüssel die Flußstellen prüfen. Ich wollte nur feinsten Sand und klarstes Wasser. War ich mir einmal sicher, daß mir die Stelle gefiel, warf ich mich in den Strom, wie schnell und tief er auch gerade sein mochte. Aor saß furchtlos auf meinem

Rücken und fand an dieser Übung ebensoviel Gefallen wie ich. An schwierigen oder gefährlichen Stromstellen belebte er meinen Mut und meine Kraft, indem er auf seiner Flöte ein Lied aus unserer Heimat blies, während mein Gefolge und das Volk, das sich an den Ufern drängte, vor Besorgnis oder Bewunderung schrie, sich zu Boden warf oder die Arme nach mir ausstreckte. Die Minister waren beunruhigt über Aors Kühnheit und überlegten, ob sie es nicht verbieten sollten, daß mein für das Heil des Reiches so kostbares Leben derart der Gefahr ausgesetzt wurde. Aber wie Aor auf meinem Rücken Flöte spielte, auch wenn er schon mit den Wellen in Berührung war, und wie ich meinen Rüssel hoch erhoben hielt, stolz wie ein Pfau seinen Hals, zeigte, wie sicher wir waren. Wenn wir dann gemächlich zum Ufer zurückschwammen, liefen alle herbei, fielen auf die Knie oder stießen Siegesschreie aus, und mein Orchester zerriß die Luft mit lauten Fanfarenklängen.

Was dieses Orchester betraf, so hatte es mir zunächst gar nicht gefallen. Es bestand aus Trompeten mit schrillem Ton, riesigen Hörnern, furchterregend dröhnenden Gongs, Bambuskastagnetten und Trommeln, die von Arbeitselefanten getragen wurden. Diese Trommeln waren runde, reichverzierte Käfige, in denen ein Mann mit gekreuzten Beinen saß und mit Stäben auf volltönende Zimbeln schlug. In anderen, ähnlich gebauten Käfigen, die ebenfalls von Elefanten getragen wurden, standen Pauken mit Kesseln aus verschiedenen Metallen, denen der Musiker mächtige Akkorde entlockte. Der furchterregende Lärm der Instrumente erschreckte zuerst mein empfindliches Ohr, aber dann gewöhnte ich mich daran, und zuletzt fand ich sogar Gefallen an den fremdartigen Harmonien, die meinen Ruhm in alle Winde trugen. Zarte Klänge zog ich jedoch immer vor, die liebliche birmanische Harfe, den Dschunken auf dem Irawadi zierlich nachgebaut, den Kaiman, eine Art Harmonika mit Stahlzungen, deren Klänge von engelhafter Reinheit sind; über allem aber standen mir die süßen Melodien, die Aor auf seiner Schilfrohrflöte hervorzauberte …

Endlich erreichten wir Pagan, das sich vier oder fünf Meilen lang am Flußufer hinzog. Der Anblick, den das Tal mit seinen Palästen, Tempeln, Pagoden, Villen und Gärten bot, setzte mich derart in Erstaunen, daß ich stehenblieb, als wollte ich meinen Mahaut fragen, ob es ein Traum sei oder Wirklichkeit. Er war nicht weniger verdutzt als ich und sagte, indem er seine Hände zärtlich auf meinen Kopf legte, wie er das immer tat: ›Dies ist jetzt dein Reich. Vergiß die Wälder und den Dschungel. Hier wirst du in einer Welt von Gold und Steinen leben!‹

Es war wahrhaftig eine berückende Welt. Tausend Tempel und Pagoden erstrahlten vom Fundament bis zur Spitze in Gold und Silber und verloren sich im gleißenden Horizont. Ihre Vielfalt war unendlich, denn der Buddhismus hatte die alten Kulturdenkmäler nicht zerstört. Groß und gewaltig standen sie da, die einen mehr geduckt, die anderen hochgereckt wie steile Berggipfel. Da gab es riesige, glockenförmige Kuppeln, Gebetstempelchen, überragt von schneeweißen Rieseneiern, die in goldene Sockel eingefaßt lagen, langgestreckte Dächer, auf Pfeilern ruhend, um die sich in allen Farben schillernde Drachen wanden, deren Schuppen glitzerten wie Edelsteine, hohe Pyramiden aus grün, blau, rot und golden lackierten Dächern, bis zur vergoldeten Spitze etagenförmig sich verjüngend und endend in einer Kristallkugel, die wie ein Riesendiamant im Feuer der Sonne funkelte. Viele der an den Hängen errichteten Gebäude hatten Außentreppen von dreihundert bis vierhundert Stufen, die so weiß leuchteten, als wären sie aus einem einzigen Block wundervollsten Marmors geschnitten. Ganze Hügel waren mit einem Mörtel aus weißer Koralle und Perlmuttstaub verschalt. An vielen Mauern, auf Dachgiebeln und unter den Dächern gab es fantastische Ungeheuer aus Sandelholz, verziert mit Gold und Email, die sich ins Nichts zu stürzen oder mit ihren Mäulern in den Himmel zu beißen schienen. Auch gab es raffiniert gebaute, offene Bambushäuser. Das Ganze war ein Rausch aus unvorstellbarem Reichtum und ungezügelter Formenvielfalt. Die düstere Pracht großer Klöster mit schwarzen Mauern in archaischem, gedrungenem Stil betonte nur noch den hellen Glanz der neuen Bauwerke. Heute existieren all diese unerhörten Herrlichkeiten nicht mehr, die es einst gab. Es war ein goldener Traum, ein orientalisches Märchen, geformt von Menschenhand.

An den Stadttoren wurden wir vom König und seinem Hofstaat empfangen. Der Monarch stieg vom Pferd und kam, um mich zu begrüßen. Dann geleitete man mich in ein Gebäude, wo mir die Kleider für die Zeremonie angelegt werden sollten. Der König hatte sie in einer großen Truhe aus mit Elfenbein eingelegtem Zedernholz hergebracht, die sein am schönsten geschmückter Elefant trug. Wie stellte ich aber den herausgeputzten Untertan in den Schatten, als ich in meinem Prunkkleid erschien! Aor wusch und parfümierte mich mit großer Sorgfalt, dann schmückte man mich mit langen Bändern aus scharlachroter Seide und Gold, die kunstvoll angeordnet wurden, damit sie nicht die Schönheit meiner Formen und das heilige Weiß meiner Haut verdeckten. Auf den Kopf setzte man mir eine orientalische Tiara aus scharlachrotem Tuch, die von großen Diamanten und herrlichen Rubinen funkelte, und um meine Stirn legte man neun geweihte Edelsteinketten, die den Einfluß böser Geister abwenden sollten. Zwischen meinen Augen glänzte ein Halbmond aus kostbaren Steinen und eine goldene Plakette, auf der meine Titel verzeichnet waren. Silberne Quasten wurden mir an die Ohren gehängt, Ringe aus Gold und Smaragden, Saphiren und Diamanten wurden um meine Stoßzähne gelegt, deren schimmerndes Weiß meine Jugend und meine Reinheit bezeugte, und zwei große Platten aus massivem Gold bedeckten meine Schultern. Zuletzt wurde mir ein Purpurkissen auf den Rücken gelegt, und ich sah mit Freude den Sarong aus weißer Seide mit silbernen Pailletten, den mein Aor trug, seine Arm- und Beinreife aus feinstem Gold und seinen Turban aus weißem, weichem Kaschmirtuch. Auch er hatte sich gereinigt und parfümiert. Aor war graziler und hübscher gebaut als die Birmanen, hatte eine dunklere Haut und schönere Augen. Er war noch jung, und als ich nun sah, wie er einen mit edlen Perlen eingelegten und mit Rubinen umkränzten Stab für mich überreicht bekam, war ich stolz auf ihn und legte liebevoll meinen Rüssel um ihn. Man bot ihm eine Bambusleiter an, mit der man Reitelefanten besteigt und die man ihnen anschließend an die Seite hängt, um jederzeit wieder absteigen zu können, aber ich lehnte dieses Attribut der Knechtschaft ab. Ich ging in die Knie, streckte meinen Kopf aus, damit mein Freund sich auf mich setzen konnte, ohne mein Prunkgewand in Unordnung zu bringen, und darauf erhob ich mich so gewaltig, daß der König selbst über meine erhabene Haltung verwundert war und erklärte, ein so edler heiliger Elefant hätte noch nie sein blühendes Reich beschützt und vertreten.

Der Festzug zu meinem Palast dauerte über drei Stunden. Mein Weg war mit Gras und Blumen bestreut, zu beiden Seiten standen Räuchergefäße und verströmten liebliche Düfte, gleichzeitig mit meinem eigenen spielte das Orchester des Königs, und die schönsten Bajaderen tanzten mir voraus. Von allen Straßen, die in die Hauptstraße mündeten, stießen die Größten der Stadt und des Landes zu uns, brachten mir immer neue Geschenke und folgten mir in langen Reihen. Die Luft wurde von den blauen Dunstschwaden des Räucherwerks durchzogen und hallte wider von Fanfaren, die so laut waren, daß sie den Donner übertönt hätten. Inmitten der festlichen Freude wirkten sie wie ein tosendes Ungewitter. Die Häuser der Stadt waren behangen mit bunten Teppichen und erlesenen Stoffen, dazwischen waren Triumphbögen errichtet, eiligst aus Rotang-Rohr gezimmert und ebenfalls aufs kunstvollste geschmückt. Von ihnen herab ließen unsichtbare Hände einen Schnee von duftenden Jasmin- und Orangenblüten auf mich niederfallen.

Wir hielten auf einem großen runden, von Palisaden gesäumten Platz, damit ich die Spiele und Tänze betrachten konnte, die zu meinem Empfang abgehalten wurden. Alles war großartig und gefiel mir sehr, bis auf die Tierkämpfe. Sie jagten mir Grauen ein; und als zwei Elefanten, die zuvor auf bestimmte Art gefüttert und behandelt worden waren, in Raserei gerieten, wütend ihre Rüssel ineinanderschlangen und sich mit ihren Stoßzähnen zerreißen wollten, rannte ich von meinem Ehrenplatz fort in die Arena, um die Kämpfenden zu trennen. Aor hatte gar nicht mehr die Zeit gehabt, mich zurückzuhalten, und von allen Seiten erhoben sich Verzweiflungsschreie. Man fürchtete, die Gegner würden sich nun gemeinsam auf mich stürzen. Aber kaum sahen sie mich auf sich zukommen, da sank ihre Wut auch schon wie durch Verzauberung in sich zusammen, und sie flohen, bestürzt und voller Scham. Aor, der eilends herbeigelaufen war, verkündete, daß ich den Anblick von Blut nicht ertragen könne und daß ich zudem nach einer Reise von über fünfhundert Meilen unbedingt Ruhe brauche. Das Volk war tief bewegt über mein Eingreifen, die Weisen des Landes pflichteten mir bei und erklärten, ich hätte den Willen Buddhas zum Ausdruck gebracht und er würde blutige Spiele und Tierkämpfe verabscheuen. Für viele Jahre verzichtete man daraufhin auf derlei grausame Zerstreuungen.

Man geleitete mich zu meinem Palast. Er lag außerhalb der Stadt, in einer lieblichen Senke am Flußufer, und war ebenso groß und prächtig eingerichtet wie der Palast des Königs. Außer dem Fluß gab es für meine Waschungen im Garten noch ein großes Bassin, dessen Wasser ständig erneuert wurde. Ich war sehr müde. Nachdem ich in dem Bassin gebadet hatte, zog ich mich in die Halle zurück, die mir als Schlafraum diente, und gab zu verstehen, daß ich keine Musik mehr hören und nur noch meinen Freund zur Gesellschaft haben wollte. Darauf blieb ich mit Aor allein. Der Ort meiner Ruhe bestand aus einer großen Kuppel, die von einem zweireihigen Säulengang aus rosafarbenem

Marmor getragen wurde. Teuerste Stoffe verschlossen die Eingänge und fielen in schweren Falten auf das Mosaikpflaster nieder. Mein Bett bildete ein duftender Hügel von feinzermahlenem Sandelholz, mein Wasserkübel war ein Silberbecken, in dem leicht vier Personen hätten baden können, und in meinem goldlackierten Futtertrog türmten sich die köstlichsten Früchte. In der Mitte des Saals stand eine riesige japanische Porzellanvase, aus der klares Wasser in ein Lotusbeet rieselte. Auf den Rändern des Jadegefäßes saßen in tausend Farben schillernde emaillierte Vögel aus Gold und Silber, die aussahen, als würden sie sich zum Trinken niederbeugen. Wohlriechende Girlanden aus Aronstab- und Pandangblüten wiegten sich über meinem Kopf. Ein riesiger Fächer, wie er in indischen Palästen nie fehlt, wurde von unsichtbaren Händen in Bewegung gesetzt und fächelte mir von der Kuppel herab stets frische Luft zu.

Als ich am nächsten Tag erwachte, brachte man mir gezähmte Tiere, kleine Affen, Eichhörnchen, Störche, Flamingos, Tauben und Hirsche jener ganz besonderen Art, die nur ein Horn auf der Stirn tragen. Ich vergnügte mich eine Weile mit der munteren Gesellschaft, dann aber zog ich doch die frische Luft und makellose Sauberkeit meiner Wohnstatt allen derartigen Besuchen vor und machte deutlich, daß die Gesellschaft von Menschen meinem ernsten Charakter mehr entsprach.

So lebte ich lange Jahre in Glanz und Wonnen mit meinem geliebten Aor. Bei allen Zeremonien und Festen waren wir zugegen, und wir empfingen die Besuche von ausländischen Gesandten. Kein Untertan des Reiches näherte sich mir anders als mit bloßen Füßen und gesenkter Stirn. Ich sammelte immer mehr Geschenke an, und mein Palast wurde eines der reichsten Museen Asiens. Weise und Hohepriester kamen, um mich zu sehen und mit mir zu sprechen; mein umfassender Verstand erschien ihnen den höchsten Lehren ebenbürtig, und sie behaupteten, sie könnten durch meine breite Stirn hindurch, auf der immer

eine erhabene Ruhe lag, in meinen Gedanken lesen. Kein Tempel war mir verschlossen. Und ich liebte es sehr, in den hohen und dunklen Gebetshäusern zu verweilen, wo in Nischen, die ihr Licht von oben erhielten, die riesige goldene Statue Gautama Buddhas leuchtete wie eine Sonne. Ich glaubte dann die Sonne meiner Wildnis wiederzuerkennen und kniete vor ihm nieder, und die Gläubigen, die meine Andacht tief berührte, taten es mir nach. Auch legte ich vor dem Götterbild Geschenke nieder und schwenkte das goldene Räucherfaß. Der König liebte mich und achtete sorgfältig darauf, daß mein Haus immer ebenso gut gehalten wurde wie das seine.
Kein irdisches Glück währt ewig. Mein König, dieser würdige Herrscher, ließ sich mit einem Nachbarstaat in einen unheilvollen Krieg ein, wurde besiegt und verlor seinen Thron. Der Thronräuber schickte ihn in die Verbannung und verwehrte es ihm, mich mitzunehmen, denn er betrachtete mich als Symbol der Macht und als Unterpfand seines Bündnisses mit Buddha. Er hegte jedoch weder Freundschaft noch Verehrung für mich, und so wurde mein Dienst bald vernachlässigt. Aor war darüber sehr betrübt und erhob Klage. Darauf begannen die Diener des neuen Fürsten ihn zu hassen und beschlossen, sich seiner zu entledigen. Eines Nachts, während wir schliefen, kamen sie lautlos herein, um ihn mit einem Dolch zu erstechen. Von seinen Schreien aufgeschreckt, stürzte ich mich auf die Mörder, und sie ergriffen die Flucht. Meinem armen Aor waren die Sinne geschwunden, sein Sarong war voller Blut. Ich besprengte ihn mit dem Wasser aus dem Silberbecken, konnte ihn aber nicht aus seiner Ohnmacht erwecken. Da erinnerte ich mich an den Arzt, der uns im Nebenraum zur Verfügung stand; ich weckte ihn und führte ihn zu Aor. Mein Freund wurde gut versorgt und kam wieder ins Leben zurück, aber er blieb noch lange schwach von seinem Blutverlust. Ich wollte ohne ihn weder ausgehen noch mein Bad nehmen, ich litt und verweigerte die Nahrung. Ununterbrochen lag ich neben ihm,

vergoß Tränen und flehte ihn mit allen mir zu Verfügung stehenden Mitteln an, doch gesund zu werden.
Nach den Mördern wurde nicht gefahndet. Man behauptete, ich hätte Aor versehentlich mit einem meiner Stoßzähne verletzt, und sprach davon, sie mir abzusägen. Aor schwor empört, er sei mit einem Dolch niedergestochen worden. Der Arzt, der wohl wußte, was gespielt wurde, wagte es nicht, die Wahrheit zu bezeugen. Mehr noch, er riet meinem Freund zu schweigen, wenn er den Sieg der Feinde, die seinen Untergang beschlossen hatten, nicht noch beschleunigen wollte.
Ein tiefer Gram bemächtigte sich meiner, und das zivilisierte Leben, an das man mich gewöhnt hatte, erschien mir nun als die bitterste der Knechtschaften. Mein Glück hing ab von der Laune eines Fürsten, der meinen besten Freund nicht beschützen konnte oder wollte. Die heuchlerischen Ehrenbezeigungen, die mir der Form halber noch gewährt wurden, stießen mich ab. Ich empfing offizielle Besucher höchst ungnädig, ich verjagte die Bajaderen und Musikanten, die den schwachen und gequälten Schlaf meines Freundes störten, und ich versagte mir so gut es ging den Schlaf, um ihn zu bewachen.
In der Vorahnung von neuem Unglück erinnerte ich mich schmerzlich wieder meiner Jugendjahre. In wirren Träumen sah ich wieder das lange Zeit versunkene Bild meiner ermordeten Mutter, wie sie mich, durchbohrt von Pfeilen, mit ihrem Körper deckte. Ich sah meinen Dschungel, meine herrlichen Bäume, meinen Fluß Tenasserim, mein Ophir-Gebirge und mein weites Meer, wie es am Horizont schimmerte. Sehnsucht stieg in mir auf, und der Gedanke an Flucht beherrschte unablässig gebieterisch meine Träume. Jedoch wollte ich nur mit Aor fliehen, und der Arme lag am Boden und konnte kaum den Kopf heben.
Eines Nachts fiel ich, krank und erschöpft vom vielen Wachen und von Müdigkeit, für mehrere Stunden in tiefen Schlaf, und als ich erwachte, fand ich Aor nicht mehr auf seinem Lager. Ich rief vergeblich nach ihm, lief bestürzt in

den Garten hinaus und suchte ihn beim Teich, aber mein Geruchssinn verriet mir, daß Aor schon längere Zeit nicht mehr hier gewesen war. Dank der Nachlässigkeit meiner Diener kam ich allein durch die Tore der Einfriedung und konnte durch die Palisaden entfliehen. Nach einer Weile roch ich, daß mein Freund in der Nähe war, und lief in einen Tamariskenwald, der sich an den Hügel schmiegte. Bald hörte ich ganz nah einen klagenden Schrei und brach durch ein Gebüsch. Da stand Aor an einen Baum gebunden, und eine Bande niederträchtiger Schurken umringte ihn, um ihn auszupeitschen. Mit einem Satz warf ich mich auf sie und zertrampelte sie erbarmungslos unter meinen Füßen. Darauf zerriß ich die Stricke, mit denen Aor festgebunden war, nahm ihn sanft mit dem Rüssel auf und half ihm, sich auf meinen Rücken zu setzen; schnell und lautlos, wie Elefanten auf der Flucht sind, lief ich aufs Geratewohl in die Wälder.

Damals gab es in dem Teil Indiens, in dem wir uns befanden, noch den unmittelbaren Übergang von hochentwikkelter Zivilisation und undurchdringlicher Wildnis. Ich hatte deshalb bald die unberührte Einsamkeit des Karenischen Gebirges erreicht, und als ich am Ufer eines Flusses, der weniger Windungen hatte und schneller floß als der Irawadi, entkräftet niedersank, waren wir bereits dreißig Meilen von der birmanischen Hauptstadt entfernt.

›Wohin sollen wir nun gehen?‹ fragte Aor. ›Oh, ich sehe es an deinen Augen, du willst zurück in unsere Berge. Du glaubst bereits in ihrer Nähe zu sein, aber du irrst dich. Wir sind noch sehr weit von ihnen entfernt, und wir können sie unmöglich erreichen, ohne entdeckt und wieder eingefangen zu werden. Und selbst wenn wir den Menschen entfliehen, weit würden wir nicht kommen, ich bin zu krank und würde bald sterben. Und wie sollst du dich dann auf dem weiten Weg zurechtfinden? Laß mich hier, denn nur auf mich haben sie es abgesehen, und kehre nach Pagan zurück. Niemand wird es wagen, dir etwas anzutun.‹

Ich gab ihm zu verstehen, daß ich ihn keinesfalls verlassen und ebensowenig zu den Birmanen zurückkehren wolle, daß ich, falls er stürbe, ebenfalls sterben würde, und daß wir, wenn wir nur genug Geduld und Mut aufbrächten, wieder unser Glück finden könnten.
Wir ruhten uns aus und machten uns wieder auf den Weg. Nach einigen Reisetagen hatten wir beide Gesundheit, Hoffnung und Kraft wiedererlangt. Die freie Luft in einsamer Gegend, der herbe Geruch der Wälder, die kraftspendende Wärme der Felsen heilten uns besser als aller verweichlichende Luxus und alle Arzneien der Ärzte. Aor war allerdings manchmal in Verlegenheit über die Aufgabe, die ich ihm stellte. Die Entführung eines heiligen Elefanten hatte die grausamsten Foltern zur Folge, wenn das Unternehmen scheiterte. Er teilte mir seine Befürchtungen auf der Schilfrohrflöte mit, die er sich neu angefertigt hatte und auf der er schöner spielte als je zuvor. Mittlerweile waren meine Gedankengänge denen der Menschen jedoch schon sehr ähnlich geworden. Ich zeigte ihm, was wir machen mußten, indem ich mich mit dem schwarzen Schlamm bespritzte, der am Ufer des Flusses lag. Aor war verblüfft über meinen klugen Einfall. Er sammelte verschiedene Pflanzen, von deren Saft er die Wirkung kannte, und machte daraus eine Farbtinktur, die mich, abgesehen von meiner Größe, ganz und gar aussehen ließ wie einen gewöhnlichen Elefanten. Ich fand, daß das nicht reichte und daß er mir, wenn ich völlig unkenntlich sein sollte, auch die Stoßzähne absägen mußte. Aber damit wollte er sich nicht abfinden. Ich war bei meinem sechsten Zahnwechsel angelangt, und er fürchtete, sie könnten nicht mehr nachwachsen. Er fand, ich sei genügend getarnt, und wir setzten unseren Weg fort.
Der Pfad durch die Berge war kaum je benutzt worden, und es war ein Wunder, wie wir die Gefahren unseres Unternehmens bestanden haben. Nie wäre es einem von uns allein gelungen. Aus der engen Verbindung von menschlicher Intelligenz und animalischer Kraft jedoch kann Au-

ßergewöhnliches entstehen. Hätten sich die Menschen genügend auf die Tiere eingestellt, daß diese sich ihrerseits auch auf sie hätten einstellen können, dann hätten sie an ihnen nicht bisweilen rebellische, gefährliche und oft überforderte und nutzlose Sklaven gehabt. Sie hätten die großartigsten Freunde gehabt und sie hätten die Frage der bewußt eingesetzten Kraft lösen können, ohne die blinden Kräfte der Maschinen zu Hilfe nehmen zu müssen, die gefährlichere und wildere Tiere sind als die der Wildnis.

Mit Klugheit und Ausdauer gelangten wir schließlich zum Fluß Tenasserim. Manchmal wurden wir von Banditen bedrängt, aber ich konnte sie in die Flucht schlagen und brauchte ihre Lanzen und Pfeile nicht zu fürchten, denn ich war bewehrt mit einem leichten Schuppenpanzer aus hartem Holz, den Aor mir angefertigt hatte. Auch die Richtung, die wir nehmen mußten, war nicht schwer einzuhalten. Wir konnten uns beide gut an den Weg erinnern, denn wir hatten ihn ja schon einmal zurückgelegt.

Wir erreichten unsere alten Wohnstätten. Jedoch näherten wir uns sehr vorsichtig, denn wir wollten unbeachtet und in vollkommener Freiheit leben. Wir fanden, was wir suchten. Der Stamm, der durch meinen Verkauf an den früheren König der Birmanen reich geworden war, hatte seine Dörfer aus Schilfhütten verlassen, und unsere Wälder waren nach einer großen Dürre von Tieren entvölkert und von den Jägern verlassen worden. Wir konnten uns sogar noch freier und sicherer bewegen als einst in der Vergangenheit. Aor, der nichts mehr besaß, vermißte auch nicht das geringste von der entschwundenen Pracht. Er hatte weder Freunde noch Familie, er kannte und liebte nur noch mich auf dieser Welt, und ich hatte nie jemand anderen geliebt als ihn und meine Mutter. Unser langes gemeinsames Leben hatte alle Hindernisse beseitigt, die die Natur gewöhnlich der Angleichung von Mensch und Tier entgegenstellt. Wir unterhielten uns miteinander wie zwei Wesen derselben Gattung. Mein Gebärdenspiel war so überlegt, so sparsam und dabei so ausdrucksvoll ge-

worden, daß er in meinen Gedanken lesen konnte wie ich in den seinen. Er brauchte nicht einmal mehr etwas zu sagen. Ich spürte an der Art seines Flötenspiels, ob er traurig oder fröhlich war, und da wir beide dasselbe Schicksal teilten, versetzten wir uns zusammen zurück in die Vergangenheit oder schwelgten im Glück der Gegenwart.
So verbrachten wir viele friedliche und glückliche Jahre. Wir litten keine Entbehrung, wir kannten weder Leid noch Krankheit.
Die Jahre gingen dahin, und Aor wurde alt. Ich hatte sein Haar weiß werden und seine Kräfte schwinden sehen. Er erklärte mir, was es mit dem Alter auf sich hatte, und kündigte mir seinen nahen Tod an. Ich versuchte, sein Leben zu verlängern, indem ich ihm jede Anstrengung und Mühe ersparte. Als er sich nicht mehr selbst verpflegen konnte, brachte ich ihm seine Nahrung und richtete ihm sein Lager. Sein Körper verlor seine Wärme, und er blieb ständig an mich geschmiegt. Eines Tages bat er mich, eine Grube auszuheben, denn er fühle, daß er nun sterben müsse. Ich gehorchte. Er legte sich hinein, auf ein Lager aus Laub, schlang die Arme um meinen Rüssel und sagte mir Adieu. Dann ließ er die Arme sinken, er bewegte sich nicht mehr, seine Glieder erstarrten.
Aor war nicht mehr. Ich schüttete die Grube wieder zu, wie er mir befohlen hatte, und legte mich auf dem Grabhügel nieder. Hatte ich verstanden, was der Tod eigentlich bedeutete? Ich glaube schon. Obwohl ich mich nicht fragte, ob ich ihn, angesichts der Langlebigkeit meiner Rasse, lange würde überleben müssen. Ich faßte nicht einmal den Entschluß, meinerseits zu sterben. Ich weinte nur und vergaß, Nahrung zu mir zu nehmen, und als die Nacht vorüber war, kam es mir auch nicht in den Sinn, aufzustehen und mein Bad zu nehmen. Ich blieb versunken in völlige Apathie. Die zweite Nacht kam, ich blieb reglos und gleichgültig, und als die Sonne dann wieder aufging, fand sie mich tot.
Ist die treue und großmütige Seele Aors in mich überge-

gangen? Vielleicht. In weiteren Leben habe ich erfahren, daß das birmanische Reich nach meinem Verschwinden von großem Unglück heimgesucht wurde. Die Königsstadt Pagan wurde vom Priesterrat des Gautama Buddha verlassen, denn der Buddha war empört über die Vernachlässigung meines Dienstes, meine Flucht hatte seine Unzufriedenheit bezeugt. Die Reichen zogen mit ihren Schätzen fort und bauten sich neue Paläste in Ava, und später verließen sie auch diese prächtige Stadt und zogen nach Amarapura. Die Armen banden ihre Häuser aus Schilfrohr auf den Rücken ihrer Kamele und folgten den Herren des Landes weit fort von der fluchbeladenen Stadt. Pagan war die stolze Residenz von fünfundvierzig aufeinander folgenden Königen gewesen. Mein Fortgehen hatte das Urteil über sie gesprochen. Heute ist sie nur noch ein riesiges Ruinenfeld.«

Das kleine Mädchen, das schon zu Anfang mit Sir William gesprochen hatte, sagte nun:

»Ihre Geschichte war wirklich wunderschön. Aber da wir alle Tiere waren, bevor wir Menschen wurden, möchte ich jetzt wissen, was wir später sein werden. Denn jede Geschichte, die man Kindern erzählt, hat am Ende eine Moral, und ich sehe noch nicht, welche die Ihre hat.«

»Da hat meine Schwester recht«, sagte ein Junge, der Sir William ebenfalls sehr aufmerksam zugehört hatte. »Wenn es eine Belohnung ist, ein Mensch zu sein, weil man ein ehrsamer Hund oder ein edler Elefant gewesen ist, muß doch auch der ehrsame und edle Mensch auf dieser Erde seine Belohnung erhalten.«

»Ganz gewiß«, antwortete Sir William. »Der Mensch ist noch nicht das letzte Wort, das die Schöpfung auf unserem Planeten gesprochen hat. Die fortschrittlichsten Gelehrten sind davon überzeugt, daß die Intelligenz aufgrund des Gesetzes, das die Materie lenkt, sich selbsttätig weiterentwickelt. Ich muß auf das Thema nicht näher eingehen, um sagen zu können, daß Geist und Materie sich gemeinsam weiterentwickeln. Für mich steht fest, daß jedes Wesen bestrebt ist, sich zu vervollkommnen, und daß sich unter allen der Mensch am meisten danach sehnt, über sich selbst hinauszugelangen. Seine vielseitige Intelligenz und die Begeisterungsfähigkeit seines Gefühls sind ihm dabei von großem Nutzen. Er fühlt, daß er ein noch sehr unvollkommenes Werk der Natur ist und daß ihm nach einem langen Weg stetiger Entwicklung eine vollkommenere Art folgen wird.«

»Das versteh ich nicht ganz«, sagte das kleine Mädchen, »werden wir dann alle Engel mit Flügeln und einem goldenen Kleid?«

»Genau das«, erwiderte Sir William. »Das goldene Kleid ist ein Symbol für Reichtum und Reinheit: Wir werden alle reich und rein sein. Und wir werden Flügel bekommen: Die Wissenschaft wird sie uns verschaffen, um damit die Lüfte zu durchsegeln, wie sie uns schon Flossen erfunden hat, um die Meere zu durchschwimmen.«

»Oh! Aber da sind wir ja bei den Maschinen, die Sie gerade eben verdammt haben!«

»Die Maschinen werden ihre Zeit haben, wie wir die unsere«, erläuterte Sir William, »und das Tierreich wird das Seine tun und sich ebenso weiterentwickeln wie wir. Wer sagt uns denn, daß es nicht eines Tages eine Gattung von Adlern geben wird, die so gut fliegt wie ein Ballon und gelehrig ist wie ein Pferd und die den zukünftigen Menschen bei seinen Luftreisen begleiten wird? Sind die Götter der Antike, die von Löwen, Delphinen oder Tauben gefahren oder gezogen werden, nur poetische Phantasie? Könnte es sich dabei nicht eher um eine Art prophetischer Schau von der Zähmung aller Lebewesen handeln, die dem zum Gott erhobenen Menschen der Zukunft beigesellt sind? In dieser Welt wird der Mensch ein Engel sein, jawohl, wenn ihr unter einem Engel ein Wesen versteht, das uns an Intelligenz und moralischer Größe überlegen ist. Es bedarf keines heidnischen Wunders, es bedarf nur eines Wunders der Natur, eines von jenen, die sich schon sooft auf der Erde ereignet haben, damit der Mensch seine Bedürfnisse und seine Körperbeschaffenheit ändern und sich eine neue Umwelt schaffen kann. Ich habe ganze Völker gesehen, die kein Fleisch von Tieren essen. Es wäre ein großer Fortschritt für die ganze Art, würde sie nur noch Früchte essen und würden die Fleischfresser aussterben. Es käme die große allgemeine Verbrüderung, die Kinder würden mit den Tigern spielen, wie es der junge Bacchus tat; der Elefant wäre der Freund des Menschen; Vögel, die in großen Höhen fliegen, würden uns in eiförmigen Wagen durch die Luft tragen; der Walfisch wäre Bote. Was weiß ich! Alles wäre möglich auf unserem Planeten, wenn wir Krieg und Totschlag einmal abschaffen würden. Alle intelligenten Wesen könnten sich, anstatt sich gegenseitig zu verschlingen, brüderlich zusammenfinden und sich die unbelebte Materie nutzbar und fruchtbar machen ...

Aber was versuche ich hier, Wunder zu erfinden! Ihr jungen Leute, die ihr mir Fragen stellt, könnt euch das alles viel besser als ich in den buntesten und großartigsten Farben ausmalen. Es genügt, daß ich euch für eine Weile von der realen Welt in die Welt des Traums entführt habe. Träumt und laßt eure Phantasie spielen, beschäftigt euch mit schönen Dingen! Ihr könnt euch gar nicht zu weit vorwagen, denn die ideale Welt der Zukunft – an die wir glauben müssen – wird das noch weit übertreffen, was sich unsere zaghaften und unvollkommenen Seelen ersehnen.«

Als Aurore Dupin, die spätere George Sand, vier Jahre alt war, verunglückte ihr Vater tödlich bei einem Reitunfall. So wuchs sie auf zwischen der Mutter und der Großmutter, zwei ganz gegensätzlichen Frauen, und war auch dann noch innerlich zerrissen, als die Mutter sich später in Paris niederließ und die Großmutter auf Schloß Nohant ihre Erziehung übernahm.

Diese Kindheitserfahrung muß bedacht werden, wenn George Sand im Alter selbst zu einer Großmutter wird (was sie lange ersehnt hatte), deren Enkeltöchter mit ihrer Familie in ihrem Haus aufwachsen und denen sie sich auch in der Rolle der Erzieherin verpflichtet fühlt. Von einer zweiten Mutterschaft für George Sand hat man in diesem Zusammenhang gesprochen[1], doch eher hat sie die Rolle des Mentors, des begleitenden Lehrers übernommen und ihre Erziehungsaufgabe zwei Monate vor der Redaktion der ersten Erzählung in dem Artikel *Les idées d'un maître d'école,* Die Ideen eines Schulmeisters, dargelegt. Zieht man ihr Tagebuch von Nohant und ihre umfassende Korrespondenz mit heran, dann lassen sich ihre späten pädagogischen Vorstellungen und ihre Erziehungspraxis genau erfassen.[2]

Dabei hat das Geschichten-Erzählen einen besonderen Platz: »J'amuse et j'enseigne Lolo«, ich unterhalte und belehre Aurore, heißt es am 14. 7. 1870 im Tagebuch. Auch anderswo klingt die alte Formel des *docere et delectare* immer wieder an. »Ich gebe Lolo Unterricht«, heißt es am 17. 2. 1872, »und sie ist liebenswürdig. Ich erzähle ihr Geschichten und auch sie erzählt mir welche.« Auch Theater- und Marionettenspiel bestimmen das Leben auf Schloß Nohant, denn »von allem und überall kann man etwas lernen, wenn die Substanz des Unterhaltsamen in sich gut ist«, meinte George Sand.[3]

So werden dann auch die Großmutter-Geschichten diesem Ziel der Unterhaltung zum Zweck des Lernens zugeordnet, anders gesagt: sie stehen bewußt in einem dialektischen Verhältnis von »éducation« und »amusement«, und in der Widmung der ersten Geschichte (vgl. S. 11) wird die doppelte Funktion des *docere et delectare* programmatisch an den Anfang gestellt. In zwei anderen Widmungen zu ihren Erzählungen heißt es:

> Ihr habt euch gewünscht, daß es in meiner Erzählung auch Märchenhaftes geben soll. Etwas davon kommt schon vor, aber unter der Bedingung, daß es auch um wirkliche Dinge gehen wird, die nicht jeder kennt und die ihr gerne erfahren wollt. Die Natur ist ein Wunderland, meine Kinder; und wenn man nur ein wenig die Nase hineinsteckt, ist man erstaunt darüber, was sie alles enthüllt.
>
> ... und wenn ich diese Geschichten erzähle, um euch eine Freude zu machen, dann will ich auch dabei ein wenig unterrichten, indem ich euch auch einen Teil der Wörter und Dinge, die ihr noch nicht kennt, suchen lasse.

Das Wunderbare und Märchenhafte ist hier in einem sehr genauen Sinn angesiedelt in der Natur, ist als unterhaltender Aspekt immer in der Wirklichkeit verankert und in den Zusammenhang mit »natürlichen« Erfahrungen, Verhaltensweisen und Dingen gestellt – darüber später mehr. Um George Sands pädagogische Vorstellungen und ihre Literatur für Kinder in dem Kontext der Zeit darzustellen, wäre mehr Raum erforderlich; auch um die späten Erzählungen in dem Gesamtzusammenhang ihres Schaffens sowie der Märchen und phantastischen Literatur des 19. Jahrhunderts zu erörtern.[4] Eine dagegen textbezogene Betrachtung kann hier etwas anderes leisten: Hilfe zum Verständnis geben, Anregungen zur kritischen Auseinandersetzung liefern und vielleicht sogar zu einer zweiten Lektüre zurückführen.

Unsere Auswahl wird vom frühesten Text (von 1872) unter den späten Erzählungen von George Sand eröffnet: ein Märchen, das auch von einem Märchen handelt, somit schon am Anfang des Erzählens über die Erfahrungen, die Geschichte und die Bedingungen des Erzählens und des Erzählten reflektiert.

Aus dem Manuskript ist ersichtlich, daß George Sand ursprünglich daran gedacht hatte, das Märchen in einer alten Burg in Deutschland anzusiedeln; und es fällt nicht schwer, das Froschkönig-Märchen der Brüder Grimm im Hintergrund der *Königin Quax* zu entdecken. Auch hier geht es um die Begegnung mit dem Mann. Bei den Brüdern Grimm ist der Königssohn als »lieber Geselle und Gemahl« identisch mit dem garstigen Frosch. Bei George Sand ist die Ambivalenz des Abstoßenden und des Reinen auf zwei Figuren verlagert: auf den widerlichen Puypercé, dessen Name schon das Verderben enthält, und auf den edlen Schwan Névé, dessen Name für die Reinheit steht und der zum rettenden Prinzen Rolando verwandelt wird.[5] Für Marguerite wird aber noch keiner der beiden Männer zum Partner: weder der materiell denkende Mélidor de Puypercé, der aufs Geld und auf seine Rolle in der Gesellschaft bedacht wieder nach Paris zurückkehrt, noch Névé bzw. der Prinz Rolando, der sich am Schluß in die höheren (geistigen) Sphären erhebt. Doch am Ende steht die Gewißheit und die Botschaft, daß für Marguerite einmal eine authentische Begegnung mit einem Mann stattfinden wird: wenn Marguerite gelernt hat, sich selbst als das zu akzeptieren und zu finden, was sie ist, und ein Mann sie so lieben wird. Das Sich-Finden, die Selbst-Erfahrung und Selbst-Bestätigung – dies sind die leitenden pädagogischen Maximen bei George Sand, die sie in ihren Geschichten vorführt und ihren Enkeltöchtern, den Kindern und auch den erwachsenen Lesern vermitteln will. Daß hier womöglich auch eine Ethik der Arbeit gepriesen werde, daß ein Klassenunterschied von Bürgertum und Adel behandelt sein soll, von bürgerlicher Aktivität (Marguerite) und adligem Nichtstun (Mélidor de Puypercé), überzeugt auch mit einem Verweis auf das Gegensatzpaar Diane und Blanche de Pictordu (in der folgenden Erzählung vom *Schloß Pictordu)* nicht.[6] Denn die artifizielle Aktivität von Marguerite, das künstliche Arrangement der Natur, gilt als Verlust: Der sterilisierten, entfremdeten Natur um das Schloß herum steht die »wirkliche« Natur lockend gegenüber.

Der antithetischen Gestaltung der beiden männlichen Figuren und der Natur entspricht auch ein doppeltes Bild von der Frau: Madame Yolande und die Froschkönigin sind Mutterfiguren und Frauenbilder. Sie stehen für Körperlichkeit und Sexualität einerseits, Geist und Rationalität andererseits.[7] So begegnet dem Kind der Geschichte und dem Kind, dem die Geschichte erzählt wird, eine widersprüchliche Welt, in welcher es sich finden muß: zwischen Gut und Böse, Stadt und Land, Individuum und Gesellschaft, Natur und Kultur, Körper und Geist. Es ist keine heile Welt, aber auch keine unheile Welt, denn sie öffnet sich zur Zukunft hin. Das Märchen hilft, »sich selber in dieser komplizierten Welt zu verstehen und dem Chaos seiner Gefühle einen Sinn abzugewinnen«, indem es auch das Vertrauen in sich selbst und in die Zukunft stärkt, indem es Verstandeskräfte entwickelt und Emotionen klärt, kurz: indem es auf allen Ebenen der menschlichen Persönlichkeit anspricht.[8]

Schloß Pictordu

Diese längere Erzählung, deren Titel über der ersten Ausgabe der *Contes d'une Grand-mère* stand, ist wie auch die folgende Erzählung von der *Titanenorgel* 1873 entstanden. Beiden Geschichten ist das Thema gemeinsam: die Entdeckung und Erfahrung einer künstlerischen Begabung, ein Reifungsprozeß im Übergang von phantastischem Erleben zu kultureller Schöpfung.

Man kann *Schloß Pictordu* auch einen kleinen Bildungsroman nennen, der in 10 Kapiteln die Lehrjahre einer Künstlerin beschreibt. George Sands eigene Erfahrungen mögen den Ausschlag gegeben haben, daß hier gerade der Weg eines Mädchens bzw. einer jungen Frau als Künstlerin in allen Schwierigkeiten verdeutlicht wird. Doch würde eine biographische Interpretation dieser phantastischen Erzählung zu kurz greifen, denn George Sand selbst legt in ihrer Erzählung Fragen aus psychoanalytischer und anthropologischer Sicht nahe.

Ein Mädchen auf der Suche nach seiner Identität und nach einem Platz zwischen Vater und Mutter (wobei die Vater- und Mutterrolle doppelt besetzt sind), eine mythische Topographie, fiebrige Halluzinationen, Tag- und Nachtträume – dies sind die Ingredienzen für eine Erzählung, in der die Erfahrungen des Mädchens seine Entwicklung bestimmen, seinen Reifungsprozeß vom Kind zur Erwachsenen.[9]

In der mythischen Topographie von George Sand – »Pictordu« bedeutet eine krumme Bergspitze – hat die vulkanische Landschaft einen besonderen Stellenwert: sie ist (wie auch in der folgenden Erzählung) der Ort eines heiligen Feuers, »feu sacré«, das die künstlerische Begabung wekken und kennzeichnen wird. Das Ruinenschloß inmitten der Natur hat nichts mit den angsteinflößenden Schlössern der Romantik gemein; es ist vielmehr Ort einer zurückliegenden Kultur und Voraussetzung dafür, daß Diane schließlich zu Diane wird.

Anders als üblich steht hier nicht die Abreise, das Aufbrechen zu einem Abenteuer in der Ferne am Anfang, sondern mit dem Weg zum Schloß eine Rückkehr nach Hause. Dianes Name verbindet sich mit einer antiken Göttin (der sie auf dem Schloß begegnet), und das Bild ihrer Mutter erscheint ihr hier. So erkennt sie, indem sie ihre Ursprünge findet und der Mutter wieder ein Gesicht ver-

schafft, sich selbst. Sie findet sich in einer Konstellation von Rivalitäten (zwischen Diane und Blanche, dem Vater und Dr. Féron, der Mutterfigur und der Stiefmutter), sie bewegt sich in einer steten Ungewißheit zwischen Realem und Imaginärem, Wirklichem und Wunderbaren: der Quelle künstlerischer Inspiration.
Unschlüssig bleibt aber auch der Leser und in Ungewißheit darüber, wie er die Ereignisse zuzuordnen hat. Diese im Text angelegte ambivalente Wahrnehmung hält Todorov für das gattungsspezifische Merkmal der phantastischen Literatur[10]; und »conte fantastique« hatte George Sand diese Erzählung tatsächlich auch ursprünglich im Manuskript genannt.

Die Titanenorgel

Die Auvergne hatte George Sand auf drei Reisen kennengelernt, und die Erzählung, die im Anschluß an die letzte Reise (1873) entstanden ist, wurde nach dem Erscheinen des ersten Bandes der *Contes d'une Grand-mère* im Dezember 1873 publiziert. Aufgenommen wurde sie in den zweiten Band mit allen anderen Texten von 1875.
Wie in keiner anderen Erzählung erhält hier die Landschaft eine besondere Funktion, die dem Text eine besondere Qualität verleiht. Jean-Baptiste Baronian nannte die Geschichte eine der vollendetsten und vieldeutigsten der französischen phantastischen Literatur, stellte sie als Meisterwerk der Gattung neben Nervals *Aurélia,* Gautiers *La Morte amoureuse* und Balzacs *Louis Lambert* und begründete seine Wertung damit, daß sich hier in einer zwar transparenten Atmosphäre eine dennoch verwirrende Unordnung von Mensch und Natur ergebe.[11]
Die fremde Natur außerhalb jener Sicherheit, die Meister Jean und Angelin mit der Stadt und ihren befestigten Wegen verlassen, wird von Angelin zum ersten Mal in ihrer Schönheit und in ihrem Schrecken erfahren. Sie gewinnt

einen symbolischen Charakter: »Eine vulkanische, eruptive Einsamkeit, in der das verborgene Feuer schwelt und plötzlich aufbrechen wird, wird zum Ort einer unerwarteten und umstürzenden Enthüllung eines Erdbebens im Innern eines Wesens. Die Wildheit der äußeren Erscheinungen dient der Begegnung mit der eigenen Essenz; die Wüste ist immer ein Ort der Epiphanie, der Erscheinung und der Erkenntnis.«[12] Diese Landschaft wird zudem auch noch spielerisch mythologisch erhöht zum »Sitz der Titanen«.

Der Mythos von den himmelstürmenden Titanen ist vielleicht im Zusammenhang mit geologischen Erschütterungen in Thessalien entstanden, paßt also auch zur Vulkanlandschaft im französischen Zentralmassiv; aber die Titanen wurden bei den Griechen auch als Erfinder der Künste und der Magie verehrt, und mit der Entdeckung einer künstlerischen Begabung sind sie auch hier verbunden.

Das Phantastische an dieser titanischen Landschaft, in der und durch die sich wie in den vorigen Erzählungen eine Reifung vollzieht, bei der auch die pädagogische Beziehung von Lehrer und Schüler bedeutsam ist[13], wird durch Wortspiele (Chanturgue/Chant-orgue; Sanadoire/Sonatoire) ins Sprachliche gezogen; schließlich entsteht die Phantastik allein aus den Erläuterungen und Scherzen von Meister Jean, denn alles scheinbar Übernatürliche läßt sich ja als Naturerscheinung erklären. Würde man aber die Erzählung um diese Dimension beschneiden, bliebe nur noch das etwas banale Gerüst von der Entdeckung eines künstlerischen Talents übrig. George Sands Erzählung bietet hingegen vielfach Anlaß, über die Rolle der genialen künstlerischen Begabung nachzudenken, deren Schöpfung – ganz romantisch gedacht – zunächst titanisch ist: Auflehnung und Auseinandersetzung zunächst, dann Beherrschung und Vertiefung.

Aber nicht ohne Ironie nehmen die letzten Worte des Musikers die symbolische Ausdeutung zurück; im Künstler-

leben bleiben Illusionen, viel Lärm und ein dornenreicher Weg als Rest.
Hatten bei Balzac der Maler Frenhofer oder der Musiker Gambara auf der Suche nach der absoluten Kunst und in manischem Perfektionsstreben die Berührung mit der Wirklichkeit verloren[14], so bleibt Angelin (dessen Name auf den Engel anspielt) eine geläuterte Figur in der Realität und vermag den »tragischen und dennoch glücklichen Augenblick« seiner Identitätsfindung als Künstler zu bewältigen und zu verarbeiten. Und anders als Louis Lambert in dem gleichnamigen Roman von Balzac, der als Ziel seiner Wünsche eine Wüste abseits der menschlichen Gesellschaft sucht, hat Angelin seine Wüste gefunden und überwunden.

Was die Blumen sprechen

George Sand erzählt ihrem Enkelkind Aurore, wie sie als kleines Mädchen die Sprache der Naturelemente und ihre Botschaft zu verstehen suchte. Nicht ein bornierter Lehrer (und George Sand spielt deutlich auf ihren eigenen Lehrer Deschartes an), sondern eine verständige Großmutter hatte das Mädchen dabei unterstützt. So spiegelt sich hier in der erzählten Situation auch die Erzählsituation zwischen Großmutter und Enkeltochter – wie oftmals in George Sands Erzählungen.
Dieser Text kann als Einleitung in einen zweiten Teil unserer ausgewählten Märchen und Erzählungen verstanden werden, die alle aus dem Jahre 1875 stammen und in ihren Titeln schon jeweils auf die Natur als Erzählgegenstand verweisen: auf die Zoologie und die Evolutionsgeschichte, die Botanik und die Mineralogie.
Das Studium der Natur, die Beschäftigung mit den Naturwissenschaften ist ein didaktisches Ziel von George Sand. Sie war mit den wichtigsten Erkenntnissen der Zeit vertraut (von Rousseau und Buffon über Linné und Cu-

vier bis zu Geoffroy Saint-Hilaire und Darwin, dessen Hauptwerke gerade in den sechziger Jahren in Frankreich erscheinen), sie hatte selbst eine nicht unbeträchtliche Praxis als Botaniker, Insektenkundler (neben ihrem Sohn Maurice als Spezialisten) und Sammlerin von Fossilien: »Ich würde gerne alles aufheben, denn alles ist erstaunlich«, sagte sie und füllte ihre Taschen mit Steinen.[15] Die Naturmärchen von George Sand sind somit auch ein Stück populärer Naturwissenschaft, doch Phantastik und positivistische Erkenntnise scheinen sich hier zu vertragen.

»Für das Kind ist die Natur eine dauerndes Schauspiel«, meinte George Sand einmal, und in dem Märchen von den sprechenden Blumen hielt sie sich daran: Dialog und direkte Rede treten hier in den Vordergrund, die Geschichte der Entstehung einer Pflanzenart wird regelrecht dramatisiert. Das kleine Mädchen ist der Zuschauer, der sogar einmal in das Schauspiel eingreift und den Schauplatz verlagert; und es kann die Sprache der Blumen nicht nur verstehen, sondern auch sprechen.

Die Botschaft, welche die Natur dem vermittelt, der sie verstehen gelernt hat, kommt von zwei Orten her: vom kultivierten Garten der Eitelkeiten und aus einer urwüchsigeren wilden Natur. Hier plärrisches Gezänke und Selbstüberheblichkeit, dort authentische Bescheidung und zugleich der Entwurf einer Kosmogonie, einer mythischen Lehre von der Entstehung der Welt.

Die Erzählung von Zephir, dem milden Südwest-Wind, der über die Blumen streicht, beschreibt die Entstehung der Welt und der lebenden Natur als eine Auseinandersetzung von Gut und Böse, Aufbau und Destruktion, Leben und Tod; und wie in vielen Mythen verschmelzen die beiden gegensätzlichen Kräfte in einer höheren Einheit. »Die Gegensätze«, so schreibt Philippe Berthier, »lösen sich auf in Harmonie: Schwachheit, Zärtlichkeit und Schönheit behalten Recht gegenüber der Gewalt und der Negativität.«[16]

Die rote Streitaxt

Von der belebten in die unbelebte Natur, von der stummen Sprache der Blumen zum beredten Schweigen der Steine führt diese zwei Wochen später publizierte kunstvolle Erzählung. Sie spinnt ihren Faden von der Steinzeit über verschiedene historische Etappen bis in die Gegenwart. In den mythischen Ursprüngen, sagt die Sand, gibt es noch Feen, die in einer Art Dialektik von Aufbau und Zerstörung um die Erde streiten; am Ende aber stellt sich die Natur selbst als die große Fee heraus. Und von einem geschichtslosen Bewußtsein am Anfang führt der Weg der roten Streitaxt bis zur Erkenntnis der Geschichte der Dinge überhaupt – und der Welt.

Die Geschichte des Steins, aus dem die Axt geschaffen wird, stammt aus dem Interesse George Sands für Mineralogie und Archäologie. Gerade die Dauerhaftigkeit der Natur faszinierte sie – durchaus aber auch die Dauer *im Wandel*. So zeigt sie den kostbaren Stein im Prozeß seiner Zersplitterung und Verwertung, bis er schließlich bloß noch Spielzeug für kleine Mädchen oder Schmuckstein im Ring ist.

Für George Sand ist diese – geradezu weltgeschichtliche – Entwicklung vom Stein zum Steinchen dennoch kein Verlust; nach ihrer Vorstellung ist die Natur ein Prozeß dauernder Transformation: »und was Zeit und Menschen zerstören, entsteht wieder neu unter neuen Formen.« So wird auch die Materie zu einer evolutionären und schöpferischen Kraft, von der vor allem das nächste Märchen von der *Staubfee* zu berichten weiß. Auch wenn George Sand die Evolutionsetappen vom tierischen Primitivismus über eine Periode der Wildheit bis zum zivilisierten Leben als einen dauernden Fortschritt begreift, so fehlt diesem doch die anthropozentrische Ausrichtung, in der der Mensch als Krone der Schöpfung erscheinen könnte. Auch wenn die Natur bei George Sand (wie bei Rousseau) als Lehrmeister gilt: nirgends wird in unseren Märchen deutlich,

ob denn die Menschen sich wirklich zum Besseren hin entwickeln. Die Hoffnung ist jedenfalls da und Grundstein von George Sands Pädagogik.
Ganz bewußt gibt sie den Kindern eine Orientierung:

> »Das Kind ist nie eine tabula rasa [d. h. nie ohne Eindrücke von außen und ohne Entwicklung von Vorstellungen]. Es kommentiert, stellt sich Fragen, zweifelt und sucht; und wenn man ihm nichts gibt, womit es sich ein Haus errichten kann, dann macht es sich ein Nest aus allen Strohhalmen, die es finden kann.«[17]

Aber George Sand geht nicht so weit, wie sie eigentlich hätte gehen können: sie macht keine Vorschläge für die Errichtung eines allgemeinen Schulwesens (was zu jener Zeit stark diskutiert wurde), läßt ihre Kinder in den Erzählungen von Privatlehrern ausbilden oder zeigt eine Welt, in der die Benachteiligten auf die Güte der Privilegierten hoffen dürfen. Die Helden in ihren Geschichten sind Einzelkinder, ohne soziale Integration mit Gleichaltrigen; industrielle und technologische Entwicklungen kommen weder als Gegenstand noch als Problem hier in den Blick. Passen also ihre Vorstellungen nicht mehr zur Zeit?
Eine solche Kritik an George Sand mag ihre pädagogischen Ideale treffen, wo man vielleicht progressivere Ideen hätte erwarten können. Sie ist dennoch, vom Standpunkt der Erzählungen, nur peripher. Die Märchen aus Schloß Nohant sollen nicht als Belegstücke eines pädagogischen Programms gelesen werden, denn sie bieten etwas anderes: »Die Kunst«, so schrieb George Sand im Vorwort zu *La Mare du Diable*, »ist nicht eine Studie der tatsächlichen Wirklichkeit: sie ist die Suche nach einer idealen Wahrheit.«

Die Staubfee

Es kann so auch keine positivistische, von der Wissenschaft bereitgestellte Erklärung über den Anfang aller

Dinge sein, wenn George Sand in diesem Märchen das Reich der Staubfee vorführt. Wie so oft erwächst auch hier die Begegnung mit der phantastischen Figur aus der konkreten Wirklichkeit und vollzieht sich im Traum, der ihre Bedeutung und ihre Geschichte aufdeckt. Ein zugleich poetischer und wissenschaftlicher Traum; er führt durch die Jahrtausende währende Entwicklung von der Materie zum Geist, in einer Retrospektive und in einem Ausblick in die Zukunft. George Sand hält hier mit darwinschem Optimismus die Entwicklung für unabgeschlossen: der Mensch ist nur ein Zwischenzustand und wie alles den Gesetzen der Materie unterworfen. »Die Materie ist die Materie«, alles ist aus Staub und wird wieder zu Staub zurückkehren (heißt es auch in der Bibel). »Alles ist Staub und der Staub ist alles«, schreibt Philippe Berthier sogar.[18] Eine materialistische Weltsicht, die bestimmt ist von der Dialektik von Leben und Tod, Aufbau und Zerstörung, hat für George Sand keinen Schrecken und bedarf keiner beruhigenden Transzendenz oder Heilserwartung. In ihr liegt jenseits von jeglichem Mystizismus oder illuministischem Sensualismus die Gewißheit einer vitalen und logischen Kraft von Schöpfung und Zerstörung; die »Natur« heißt, »la grande fée nature« oder auch »le grand esprit de la vie«. In ihr liegt auch das Vertrauen auf eine weitere positive Entwicklung; in ihr wird der Mensch zum alleinigen Schmied seines Glückes, zum Schöpfer seiner eigenen Bestimmung, zum Gestalter seiner Leidenschaften.[19]

De rerum natura, Von der Natur der Dinge, nannte Lukrez sein Lehrgedicht, in dem er gegen die Furcht vor dem Tod und die Angst vor den Göttern eine materialistische Kosmologie stellte, wo die Natur ausnahmslos ihrer eigenen Kausalität folgt und der Mensch gelassen seine Stellung inmitten aller Dinge einnimmt. Ähnlich mag auch George Sand gedacht haben, bei der keine mythische Erklärung von der Entstehung der Welt gegeben wird, bei der kein Rückgriff auf eine christliche Schöpfungsgeschichte erfolgt (wie etwa in der *Histoire sainte pour les en-*

fants der Madame de Ségur), sondern auch die schöpferische Fee nichts anderes ist als Natur.
Doch ist, wie es in der folgenden Erzählung deutlich wird, nicht zu verkennen, daß es bei George Sand auch ein spiritualistisches Wissen von der Beseeltheit der Materie gibt, wie sie seit Pythagoras' Theorie von der Metempsychose, d. h. der Seelenwanderung, im abendländischen Denken und gerade auch im 19. Jahrhundert immer wieder auftauchte.

Der Hund und *Die Göttliche Blume*

»Ich lese Lolo die Geschichte von ihrem Hund Fadet vor, zu der sie mich beauftragt hat und die ich gestern abend abgeschlossen habe«, heißt es im Tagebuch von Nohant. Die neunjährige Aurore und die siebenjährige Gabrielle begegnen in der Erzählung ihrer Großmutter George Sand einer vertrauten Welt, an der sie selbst ebenso teilhaben wie ihr Vater Maurice, die Großmutter, natürlich auch der Hund Fadet. Selbst die Abreise wegen einer Epidemie hat einen authentischen Hintergrund.
»Alle Dinge sind zur Verwandlung bestimmt«, heißt es hier und erinnert an die Kosmologie in den vorangegangenen Erzählungen. Dem Gesetz der Verwandlung unterliegt aber hier der Geist, die Seele: im Aufstieg vom Hund zum Menschen oder vom Pferd zum Kutscher und zum Herrn (und sogar auch im Abstieg vom Mensch zum Hund als Teil einer Strafe). Auf der »Stufenleiter der Seinsweisen« gilt für George Sand »das Gesetz des Lebens, das Vorwärtsschreiten«. George Sand ist überzeugt davon, daß jedes Wesen sich immer in einem Übergangsstadium zu einer höheren Stufe befindet. Was Wunder also, wenn wir Menschen in einem früheren Zustand einmal ein Hund oder ein Elefant waren, wenn Monsieur Lechien oder Sir William von ihren vergangenen Hunde- und Elefantenleben erzählen, einer der Stationen ihrer Seelen-

wanderung, die schon ganz auf menschliches Verhalten ausgerichtet ist! Hier zeigt sich dann auch ein pädagogischer impetus von George Sand, eine Moral des rechten Verhaltens, das die Geschichten modellhaft verfremdet vorführen.

In der Erzählung von der Göttlichen Blume wird der Satz »Die Materie ist die Materie« *(Die Staubfee)* durch den Satz »Die Wissenschaft ist die Wissenschaft« relativiert: hinter der ersten Tautologie stand eine materialistische Vorstellung, hinter der zweiten steht der Zweifel, ob die auf Materie bezogene »fachliche Beweisführung« hinreichen kann, alles über die »gestaltenden Kräfte des Universums« zu erklären. Mit der Behauptung von der Seelenwanderung, die als eine von der Phantasie geleitete Weltinterpretation erscheint und auf buddhistische sowie zeitgenössische Vorstellungen einer beseelten Welt zurückgreift (Swedenborg, die Palingenese als Wiedergeburt der Seele bei Charles Bonnet, Pierre Simon Ballanche, Gotthelf-Heinrich von Schubert und bei Nodier)[20], betont George Sand hier eine Vorstellung, die schon ihr ganzes Werk begleitete *(Les sept cordes de la lyre,* 1839; *Consuelo,* 1842/43; *La Comtesse de Rudolstadt,* 1843/44) und gewiß auch als romantisch zu klassifizieren ist.

Aber ganz deutlich werden die Vorstellungen von Seelenwanderung in jenem Text, den George Sand 1855 in Verzweiflung über den Tod ihrer ersten Enkeltochter geschrieben hat *(Après la Mort de Jeanne Clésinger).* Und in einem Brief an Flaubert vom 1.11.1866 meinte sie:

> »Ich hatte einen Bruder, der oftmals sagte: ›Zu der Zeit, als ich noch ein Hund war ...‹ Er meinte, erst in jüngster Zeit ein Mensch geworden zu sein. Ich selbst, so glaube ich, war wohl einmal eine Pflanze oder ein Stein. Ich bin mir nicht immer sicher, wirklich ganz zu existieren, und manchmal verspüre ich eine große Müdigkeit, weil ich vielleicht zuviel existiert habe.«

So mag es nicht verwundern, wenn George Sand ein Jahr vor ihrem Tode wieder auf die Seelenwanderung zu sprechen kommt, wenn sie gerade im Alter mehr an die Transformation als an das absolute Ende glauben will.
Der letzte Text von insgesamt allen Erzählungen, *Die Göttliche Blume*, führt uns aus der vertrauten Welt französischer Landschaften in das Stammland des Glaubens an die Seelenwanderung: auf den indischen Kontinent, wo Sir William einmal als weißer Elefant mit dem Namen einer Pflanze gelebt hat, wo die Freundschaft zwischen Mensch und Tier wie eine Symbiose erscheint. Ein autarkes, gemeinsames Leben von Mensch und Tier (in dem der Elefant immer mehr humanisiert und für Aor zum einzigen Gefährten – oder müßte man sagen: zur einzigen Gefährtin? – wird) wird zum Bild des gelungenen Einklangs von Mensch und Natur. An Zivilisationskritik fehlt es dabei auch nicht. Ein neuer, gemeinsamer Pakt von allem Lebenden erscheint im Schlußteil als eine Zukunftsverheißung, und der Mensch ist jetzt für George Sands utopischen Optimismus auf dem Wege zu einer weiteren Vervollkommnung. Dabei handelt es sich weniger um den Entwurf von technisch realisierbaren Möglichkeiten als um die Absage an jede Aggression und Gewalt in einer idealen Welt der Zukunft. »Träumt und laßt eure Phantasie spielen«, heißt es am Schluß.
George Sand hat mit dieser letzten Erzählung wieder an den Traum vom irdischen Paradies angeknüpft, der als Motiv von der großen Harmonie auch ihr Werk durchzieht. Es ist – so hat es Friedrich Wolfzettel ausgeführt – der »Traum einer naturgewordenen Zivilisation«, die »Sehnsucht nach dem echten (...) Leben aus einer zivilisationskritischen, rousseauistischen Perspektive«, eine »Rückkehr zu einer neuen Einfachheit«. Auch in unserer Erzählung findet sich das oftmals explizite Gartenmotiv: Aor und die Göttliche Blume gelangen am Ende wieder an einen exotischen, von Geschichte und Gesellschaft abgeschirmten Ort, wo sie »noch viele friedliche und glückli-

che Jahre« verbringen ohne Entbehrung, ohne Leid. Vielleicht eine »regressive Zufluchtsphantasie« (Wolfzettel), aber sicher auch eine archetypische Sehnsucht, ein Traum vom Goldenen Zeitalter: *Les Amours de l'âge d'or* – so lautet der Titel eines kürzlich wiederentdeckten Romans von George Sand aus dem Jahre 1861.[22]

George Sands Märchen und Erzählungen aus dem Schloß Nohant sind zwar Geschichten aus vergangenen Zeiten, aber auch Märchen, die in der Weise von Träumen wirken: »Sie geben der verdrängten Erkenntnis, der unterdrückten Angst, dem unerfüllten Wunsch Sprache. Entlasten, bewältigen, verwandeln – das sind Verben, die mir hierzu einfallen.« (Hartmut von Hentig)[23]

Anmerkungen

1 W. Karénine: George Sand. Sa vie et ses œuvres. T. IV, Paris: Plon 1926, p. 523.

2 Vgl. dazu besonders: Debra Linowitz Wentz: Fait et Fiction. Les formules pédagogiques des »Contes d'une Grand-mère« de George Sand. Phil. Diss. University of Connecticut 1980. Ferner: Georges Lubin: George Sand et l'éducation. In: Nineteenth Century French Studies IV, 4 (1976) 450-468; Marie-Jeanne Pecile: George Sand. La formation et l'éducation d'une femme écrivain. In: Nineteenth Century French Studies IV, 4 (1976) 417-437; Simone Vierne: Instruire sans détruire. In: Europe 587 (1978) 90-98.

3 George Sand: Œuvres autobiographiques. vol. 2, éd. Georges Lubin. Paris: Gallimard 1970, p. 1266.

4 Vgl. neben den in Anm. 2 genannten Arbeiten vor allem die Einleitungen von Philippe Berthier in der zweibändigen Ausgabe der »Contes d'une Grand-mère« (Meylan: Les Editions de l'Aurore 1982/83); Monique Coulloux: George Sand et le merveilleux. Les »Contes d'une Grand-mère«. Phil. Diss., University of Colorado 1978; Eva Girard: Le Fantastique en quelques contes de George Sand. Thèse, Université de Grenoble 1974.

5 Puypercé – ein »puits percé« ist ein durchlöcherter Brunnen, der das Wasser nicht halten kann; Névé – »Firnschnee«; es ist die weiße, reine Farbe symbolisch, und auch Lohengrin ist nicht vergessen.

6 So bei Wentz, a.a.O. S. 91.

7 Philippe Berthier bezieht sich in der Darstellung zu »Die Königin Quax« deutlich auf Bruno Bettelheim und führt aus: »... daß die kindliche Phantasie immer eine Beziehung von kalten, feuchten, klebrigen Empfindungen (wie sie der Frosch hervorruft) zu den sexuellen Empfindungen herstelle. Deutlich hat George Sand hier das Abstoßende gezeigt, wenn Königin Quax ihre Pfote auf das Gesicht von Marguerite legt: man könnte hierin eine ekelhafte symbolische Defloration sehen. Daß die Mutter (die böse Mutter, der auf der anderen Seite die Großmutter als positive Figur gegenübersteht) sich hier mit Sexualität identifiziert, hier als klebrige und inzestuöse Verbindung, deckt weitere unbewußte Hintergründe der Geschichte auf, die auch durch folgende ergänzende Beobachtung vertieft werden: der Lohengrin-Schwan bzw. Prinz (der die negative männliche Figur von Puypercé aufhebt) ist unbefleckt wie der Schnee, dessen Namen er trägt, und entspricht der Nicht-Sexualität. Der Schwertstreich, den Rolando (furioso) seiner Gattin zufügt und damit die Froschfrau für immer bestraft, ist Ausdruck für das Verlangen, nicht dem Körper des anderen zu begegnen. Und sein Aufstieg in die Morgenröte erscheint wie eine endgültige Befreiung von körperlichem Schmutz«. (Contes d'une Grand-mère, vol. 1, p. 15).

8 Vgl. Bruno Bettelheim: Kinder brauchen Märchen. Stuttgart: Deutsche Verlags-Anstalt 1978, S. 11.

9 Vgl. dazu besonders: Michèle Hirsch: Lire un conte merveilleux »Le Château de Pictordu«. In: Simone Vierne (éd.): George Sand. Colloque de Cérisy. Paris: Sedes 1983, p. 115-123. M. Hirsch verweist vor allem auf die Arbeiten von Mélanie Klein und Winnicot zur kindlichen Identitätsfindung. Auch die Theorie von René Girard (Mensonge romantique et vérité romanesque. Paris: Grasset 1961) in Paul Pelckmans Interpretation der »Titanenorgel«, könnte hier einbezogen werden (Fantastique et pédagogie. »L'Orgue de Titan« de George Sand. In: Présence de George Sand 12 (1981) 13-20).

10 Vgl. Tzvetan Todorov: Einführung in die fantastische Literatur. Frankfurt: Ullstein 1975.

11 Jean-Baptiste Baronian: Panorama de la littérature fantastique de langue française. Paris: Stock 1978, p. 85-86.

12 Philippe Berthier, a.a.O., vol. 2, S. 17.

13 Vgl. dazu besonders die von Girards »désir médiatisé« ausgehende Interpretation von Paul Pelckmans, a.a.O.

14 In »Le Chef-d'œuvre inconnu« und »Gambara«.

15 So schreibt George Sand in einem Brief an Emile Aucante vom 14.4.1855 (Correspondance. éd. Georges Lubin, t. 13. Paris: Garnier 1979, S. 123).

16 Philippe Berthier, a.a.O., vol. 2, S. 20.

17 George Sand: Œuvres autobiographiques, a.a.O., vol. 1, S. 811.

18 Berthier, a.a.O., vol. 2, S. 25.

19 »Je me résume. L'homme est l'artisan de son propre bonheur, le créateur de sa propre destinée, l'artiste de sa propre passion«, heißt es in der Correspondance von George Sand (hier zit. n. Wentz, a.a.O., S. 138).

20 Zu Swedenborg vgl. Balzacs »Seraphita« (1835); der Schweizer Charles Bonnet hatte im 18. Jh. in seiner »Palingénésie philosophique« den Begriff entwickelt, Ballanche hat ihn mit seinen »Essais de palingénésie sociale« (1827-29) erweitert, Schubert wird von Mme de Staël in »De l'Allemagne« empfohlen und Nodier schrieb 1832 seinen »Essai de la palingénésie humaine et de la ressurection«.

21 Das Zitat findet sich bei Berthier, a.a.O., vol. 2, S. 13, und bei Wentz, a.a.O., S. 238, wo auch der vorausgehende Brief von Flaubert zitiert ist: »Ich glaube, daß ich immer schon existiert habe ...« usw.

22 Friedrich Wolfzettel: Das »irdische Paradies« bei George Sand. Zur sozialromanesken Funktion eines »mythe personnel«. In: lendemains 14 (1979) 91-103. Vgl. ferner: Jean Gillet: Les Amours de l'âge d'or. L'Eden tourmenté de George Sand. In: Romantisme 16 (1977) 46-55; Jean-Claude Bertiaux: George Sand et le mythe de l'âge d'or. In: Présence de George Sand 5 (1979) 22-26.

23 Hartmut von Hentig über die Märchen der Brüder Grimm. In: Die ZEIT-Bibliothek der Weltliteratur. Frankfurt: Suhrkamp 1980, S. 175.

ZU DEN BILDERN

Gemalt und gezeichnet hat George Sand während ihres ganzen Lebens, ohne Ambitionen und nur zum eigenen Vergnügen (auch wenn sie es zeitweilig für möglich hielt, sich nach der Trennung von ihrem Mann mit Porträts und kleinen Bildern auf Dosen und Etuis ernähren zu können). Ihre Vorliebe galt Landschaften (auch wenn sie nur erdacht waren) und Gegenständen der Natur. Als sie die *Contes d'une Grand-mère* verfaßte, erprobte sie auch eine neue Aquarell-Technik, die schon auf die spätere Entwicklung der »Frottage« bei Max Ernst vorausweist: auf das noch feuchte Aquarell wurde ein Blatt gedrückt, dessen Struktur nach dem Ablösen auf dem Aquarell verblieb. Ihre so entstandenen Aquarelle (vgl. S. 153, 177) nannte sie »dendrites«, d. h. nach dem mineralogischen Begriff für Fossiliengesteine, an deren Oberfläche verzweigte und oft verschiedenfarbige Strukturmuster erscheinen, die einem Blatt oder Zweigwerk ähneln.
Die weiteren Abbildungen in diesem Buch sind zumeist Bleistiftzeichnungen oder Tuschzeichnungen und entstammen der Zeit zwischen 1825 und 1873. Sie wurden dem Katalog der Ausstellung »Dessins d'écrivains français du XIXe siècle« entnommen, die 1983–84 in der Maison Balzac, Paris, stattfand.